W0362519

Hervé Belliot

Requiem pour un chasseur

Roman

NOUVEAUX AUTEURS

Éditions Les Nouveaux Auteurs

16, rue d'Orchampt 75018 Paris
www.lesnouveauxauteurs.com

ÉDITIONS PRISMA

13, rue Henri-Barbusse 92624 Gennevilliers Cedex
www.editions-prisma.com

Copyright © PRISMA MÉDIA / 2022
Tous droits réservés
ISBN: 978-2-8195-07031

À Katrien, Océane et Nils.

Aussi longtemps que les lions n'auront pas leur historien, les récits de chasse tourneront toujours à la gloire du chasseur.

Proverbe africain

Chapitre 1

Le halo chancelant du phare de la mobylette peinait à percer l'épaisse brume qui enveloppait la route communale qui abandonnait le bourg de Férel pour se perdre dans les écarts en bordure de la Vilaine. Ronan n'avait cependant aucun doute sur l'identité du conducteur de l'engin. Ces dernières semaines, il avait pris le temps d'observer Lionel Denigot dans ses soûleries vespérales et nocturnes. Il connaissait par cœur l'heure à laquelle il quittait le bistrot, le trajet qu'il empruntait pour rentrer chez lui. Le bruit et la lumière du cyclomoteur lui étaient devenus plus que familiers. La trajectoire sinueuse et saccadée du deux-roues ne pouvait que le conforter dans sa certitude que l'homme qui se dirigeait vers lui était bien sa proie.

La soirée s'était déroulée encore mieux qu'il ne l'espérait. Les pizzas que Jeff, le patron du *Café des Sports*, préparait le mercredi, rencontraient toujours le même succès. Depuis plus de deux mois, Ronan avait rendu naturelle sa présence dans le bar et cela lui avait permis d'assister à la scène entre Denigot et André Thomas sans éveiller les soupçons. Il avait alors su sans l'ombre d'un doute que c'était le soir où il allait passer à l'action. L'ambiance du bistrot était pourtant détendue quand Ronan s'était installé au bout du comptoir en attendant que la traditionnelle quatre-saisons, qu'il avait commandée, lui soit servie. À l'autre bout du bar, l'équilibre précaire de Lionel Denigot trahissait les heures passées à s'enfiler des demis de Kronenbourg, que quelques verres d'un mauvais muscadet avaient relayés dans une zone de sa mémoire à laquelle même lui n'avait plus accès depuis bien longtemps.

André Thomas était allé s'accouder au comptoir à bonne distance de Denigot, et l'avait ignoré après un salut machinal qui n'avait reçu pour réponse qu'un vague hochement de tête. Ronan ne savait pas ce qui avait déclenché l'altercation entre les deux chasseurs, il voulait à tout prix éviter de croiser le regard de ces hommes qu'il haïssait par-dessus tout. Il avait vu Denigot tituber jusqu'à Thomas pour venir lui souffler sous le nez des mots avinés qu'eux seuls pouvaient saisir, mais dont les rictus qui défiguraient leurs visages traduisaient la violence et l'animosité. André Thomas avait bien tenté de se détourner, mais l'autre s'était déplacé et avait continué à lui postillonner à la face. Il avait alors opté pour ce qui semblait être la solution de sagesse et avait vidé son verre de vin rouge d'un trait, posé la monnaie sur le comptoir et s'était dirigé vers la sortie. C'est au moment où l'agent immobilier avait attrapé la poignée de la porte que Denigot avait éructé un flot d'insultes où s'entrechoquaient pêle-mêle sa filiation du côté maternel et quelques allusions à des pratiques qui rendirent tristement célèbres Dutroux et Fourniret. Ce sont les quelques mots sibyllins, en référence à un coup de fusil dans le dos clôturant la diatribe, qui avaient fait réagir André Thomas. Sa main s'était figée et pendant une interminable seconde, Ronan avait cru qu'il allait faire demi-tour et revenir vers le bar. Après ce qui avait semblé une éternité, il avait tiré la porte à lui et sans se retourner s'était avancé dans la nuit cotonneuse qui enveloppait la place de la mairie.

Le silence gêné qui s'était installé dans le troquet avait

disparu aussitôt. Le brouhaha des conversations avait envahi à nouveau l'espace saturé d'odeurs métissées de bière, de transpiration et de mauvais parfum que tentaient vainement de masquer les effluves de pizzas. Ces dernières se languissaient dans le four, dont elles s'apprêtaient à quitter la chaleur rassurante pour aller rejoindre, presque à regret, des palais que le goût avait fui depuis belle lurette. Ronan avait interpellé Jeff à travers le hublot de la porte de la cuisine pour s'inquiéter du devenir de la sienne, et s'était entendu rétorquer d'un air agacé que les derniers à commander étaient les derniers servis. Il avait vidé son verre et s'était adressé à son voisin, un petit vieux dont les coudes déjà rapiécés de la veste trahissaient les années passées à essuyer le comptoir. Il lui avait demandé si tous les gens de Férel étaient à cran en ce moment, et ce que pouvaient bien vouloir dire les mots que Denigot avait prononcés quand Thomas partait. Il n'en fallait pas plus pour piquer la curiosité de l'homme que Ronan avait depuis longtemps rangé dans la catégorie des commères du village. Le philosophe de comptoir avait apostrophé directement le poivrot, qui avait regagné sa place, pour s'enquérir de ce qu'il voulait au marchand de parpaings, le surnom dont on affublait l'agent immobilier lorsqu'il avait le dos tourné. Mal lui en prit, car cela avait eu le don de sortir Denigot de la torpeur dans laquelle il était retombé pour insulter le vieillard à son tour en remettant en cause son hétérosexualité. Il avait conclu en clamant haut et fort qu'il savait ce qu'il savait, mais que cela ne regardait que lui. L'homme assis à côté de Ronan n'avait pas insisté et s'était détourné de l'épave imbibée qui maladroitement et frénétiquement cherchait dans toutes ses poches son portefeuille pour payer ce qu'il avait consommé. C'est le moment que Jeff avait choisi pour apporter la pizza de Ronan. Ce dernier avait posé les douze euros sur le comptoir avant de franchir les quelques mètres qui le séparaient de la sortie.

Ronan referma la boîte de la pizza aux trois quarts entamée qui gisait sur le siège passager du Renault Trafic. Il s'essuya les mains en regardant le brouillard qui lentement lui amenait sa première victime et le rapprochait de cet instant à partir duquel il savait qu'il ne pourrait y avoir de retour en arrière. Cela ne lui procurait aucun état d'âme. Ses années dans la Légion étrangère lui avaient appris à se détacher des tourments qui auraient pu venir titiller sa conscience. Sa conscience serait-elle même perturbée ? Il en doutait ! Depuis cette conversation avec son oncle huit mois plus tôt, il n'avait vécu que pour le moment que cette nuit allait enfin lui offrir après tant d'attente et de colère maîtrisée.

Il laissa le deux-roues passer devant lui et prendre un peu de distance avant de quitter le chemin de halage où il avait attendu Denigot et engagea le Trafic sur l'étroit ruban bitumé. Il ne le distinguait plus, mais il sentait qu'il était juste là, à une centaine de mètres. Il ne lui fallut que quelques dizaines de secondes pour apercevoir à nouveau le point rouge qui ondulait dans la nuit. Il accéléra et le dépassa en donnant un coup de volant vers la droite, qui provoqua un geste brusque de Denigot et l'envoya hors de la chaussée. Ronan immobilisa la fourgonnette sur le côté et se précipita vers le fossé d'où sa victime avait toutes les peines du monde à s'extirper. Sous les insultes, il l'aida à remonter sur le goudron. La roue avant de la mobylette éclairée par la lampe frontale de Ronan ne laissait que peu d'espoir à Denigot de pouvoir reprendre sa route comme il l'avait entamée. À force d'excuses, Ronan parvint enfin à le calmer et lui proposa de charger l'engin à l'arrière de son Trafic pour le ramener chez lui. L'ivrogne, qui avait reconnu le fils Bodinaud, ne pouvait refuser une telle offre et il s'empressa de maugréer ce qui pouvait tout aussi bien être un mot d'insulte de plus, mais que Ronan décida de prendre pour un oui.

Les deux hommes n'eurent besoin que de quelques minutes pour sortir le deux-roues de l'ornière et le monter dans le véhicule. Ronan s'était équipé d'une rampe et il ne pouvait que s'en féliciter, Denigot était plus un handicap qu'une véritable assistance dans l'opération. Il se sentait étrangement calme, ce qu'il allait faire, comment il allait le faire, lui semblait maintenant une évidence. Il avait tout son temps. Ces longues soirées d'observation lui avaient fait connaître les trajets de tous les habitués du café. Il savait que ce soir-là aucun de ceux qui étaient restés après lui ne prendrait cet itinéraire pour rentrer chez lui. Il était également peu probable que quelqu'un vienne s'égarer sur cette petite route de campagne à cette heure-ci. Même si c'était le cas, il ne faisait après tout qu'aider quelqu'un dans le besoin et il pourrait toujours reporter son exécution à un autre jour. Ronan demanda à Denigot d'entrer dans l'estafette et de tenir la mobylette pendant qu'il l'attachait. Ce dernier se traîna plus qu'il ne monta à l'arrière du Trafic. Au moment où il se relevait, Ronan se plaça derrière lui et d'un geste, maintes fois répété lors de ses entraînements de légionnaire, lui fit perdre connaissance. Il le ligota et l'allongea contre l'arrière de la banquette du véhicule, même si toutes ces précautions n'étaient pas vraiment nécessaires. Il avait une heure devant lui, sûrement plus si l'on tenait compte de l'état d'ébriété de Denigot. C'était de toute façon beaucoup plus que ce dont il avait besoin.

Ronan alla ensuite se garer dans l'un des chemins qui quittent la route communale pour descendre vers la Vilaine. Il savait qu'André Thomas passerait d'ici quinze à trente minutes et que c'est seulement après qu'il pourrait reprendre son plan là où il l'avait interrompu. La planque pouvait débuter. Il fut lui-même surpris de sa tranquillité lorsqu'il s'aperçut, que sans y faire attention, il avait commencé à manger la dernière part de pizza froide qui gisait dans le carton à côté de lui. Était-ce donc aussi facile que cela de tuer quelqu'un de sang-froid ? Bien sûr, ce n'était pas la première fois qu'il donnait la mort. Cela avait fait partie de sa vie il y avait longtemps, après qu'il se fut engagé à Castelnaudary pour fuir ce désespoir qui le taraudait encore parfois aujourd'hui. Il n'avait pas compté, contrairement à certains de ses camarades légionnaires. Il ne l'avait jamais fait par plaisir, mais parce qu'il le fallait. Peu importe que les raisons soient bonnes ou mauvaises, son état d'esprit et l'urgence du moment ne lui avaient pas permis d'avoir ce genre de dilemme.

Il n'eut pas le temps de pousser cette introspection très loin, car déjà ce qu'il savait être les phares du Nissan Qashqai apparaissaient timidement à travers le brouillard. L'agent immobilier était décidément réglé comme du papier à musique. Il était resté exactement une heure chez la femme du maire avec laquelle, entre autres, il entretenait une liaison depuis plusieurs années. L'édile du village partait la moitié de la semaine en déplacement pour son travail et tous les mercredis il se faisait cocufier par l'un de ceux qu'il considérait comme l'un de ses plus proches amis. Mais après tout, n'était-ce pas souvent ainsi que les choses se passaient ? Ronan ne pouvait s'empêcher de se demander ce qu'il pouvait retirer d'une aventure qui finalement semblait s'être engluée dans la même habitude, la même monotonie que la relation qu'il devait avoir avec sa femme. La soif de pouvoir et de domination du notable local était intarissable, et elle expliquait probablement ce besoin d'aller voir ailleurs, même si l'herbe n'était guère plus verte que chez lui. Ronan accompagna des yeux le véhicule en sachant qu'il n'y avait aucune chance que

Thomas puisse le remarquer. De sa cachette, il regarda le 4x4 s'engager dans l'allée du lotissement les Berges de l'Isle, puis les feux s'immobilisèrent devant le portail de la demeure bourgeoise des Thomas avant de disparaître. Il pouvait maintenant poursuivre sa macabre besogne, puisque sa cible ultime allait rejoindre sa femme assommée par les somnifères et qu'il allait s'endormir sans savoir que son sort était déjà scellé.

Ronan tourna la clé de contact et remonta sur le bitume pour aller bifurquer vers la Vilaine avant l'entrée des Berges de l'Isle et stationner au bord de l'eau. Le brouillard s'était encore épaissi quand il approcha de l'eau, et les phares avaient bien du mal à transpercer la purée de pois qui l'encerclait désormais. Les conditions étaient parfaites pour ce qu'il avait à faire. À l'arrière de la voiture, Denigot toujours inanimé laissait entendre un ronflement bruyant. En quelques secondes, Ronan l'avait rejoint, libéré de ses entraves et soulagé de son portefeuille. Sa docilité lui facilitait la tâche et là encore, son passé de légionnaire lui servit pour sortir sans grand effort le corps et le transporter jusqu'à la rive. Ce sont les gestes de ces mêmes années qu'il pensait derrière lui après les avoir tant détestées qui revinrent instinctivement lorsqu'il appuya sur la tête de Denigot pour la maintenir sous l'eau glacée de la Vilaine. Cela eut pour effet immédiat de réveiller le poivrot, mais il était déjà trop tard et la position inconfortable dans laquelle Ronan l'avait mis ne lui permettait pas de se débattre. Ronan s'attendait à ce que les minutes nécessaires à noyer sa victime lui semblent interminables, mais il n'en fut rien. Il savoura chacune des secondes qui rapprochaient Denigot de la conclusion de sa misérable existence. Il sentit la résistance céder petit à petit pour finalement disparaître. Il garda le corps sans vie immergé encore quelques minutes avant de le pousser dans le courant. Il n'avait pas besoin de visibilité pour savoir que devant lui s'ouvrait une sorte d'anse qui s'achevait à côté de l'usine d'assainissement des eaux. Si un promeneur ne découvrait pas le macchabée, les équipes de surveillance de ce site sensible ne manqueraient pas de le faire.

Il ne lui restait plus qu'à remonter d'où il était venu et laisser la mobylette sur le côté tout en haut du chemin, tout près de l'entrée du lotissement. Il était sûr que quelqu'un verrait le deux-roues le lendemain matin et que l'on ferait le rapprochement avec la disparition de Denigot. Si le cadavre n'avait pas déjà été retrouvé, sa femme donnerait l'alerte à la première heure le jeudi et les recherches seraient orientées vers cette zone. Il imaginait les gendarmes en déduire que dans son état d'ébriété avancée Denigot s'était perdu puis avait fini dans un fossé et avait voilé la roue de son engin. Il leur serait alors facile de conclure que dans son délire, il avait dévalé le chemin qui se trouvait devant lui pour terminer son périple éthylique dans la Vilaine. Ronan avait conscience que tout cela était un peu tiré par les cheveux, mais après tout, à ce moment-là au moins, personne n'aurait pu penser que quelqu'un puisse assassiner un pauvre type comme Denigot. Cela viendrait plus tard pour que son plan fonctionne parfaitement. Une fois la bécane laissée sur le bas-côté, Ronan n'eut plus qu'à parcourir la centaine de mètres qui le séparaient de sa maison au fond du lotissement.

Chapitre 2

Claire franchit l'entrée du lotissement comme elle le faisait tous les matins depuis que Georges Grandin était rentré de l'hôpital une semaine plus tôt. Des années d'abus de corps gras et de liquides souvent alcoolisés avaient eu raison de la santé du voyageur de commerce. La première alerte avait été un AVC qui n'avait laissé que peu de séquelles, mais il avait été suivi par un autre plus grave qui l'avait privé de l'usage de ses deux jambes. Le manque d'activité et les petits plats, certes moins huileux, mais encore loin d'être diététiques, de sa femme Marlène, n'avaient guère amélioré les choses et il avait dû retourner à l'hôpital pour se faire déboucher les artères. Les plaies causées par l'intervention chirurgicale mettaient du temps à cicatriser et Claire devait venir chaque matin pour les nettoyer et changer les pansements. Cela faisait partie de son travail d'infirmière libérale. Elle n'était pas très bien rémunérée et certaines tâches n'étaient pas toujours très agréables. Elle ne se plaignait cependant pas, même si parfois elle regrettait son expérience passée avec Médecins sans frontières à Mitwaba, au cœur de la République démocratique du Congo. Elle aurait pu continuer avec l'ONG, mais elle avait préféré retrouver sa Bretagne natale et une vie plus tranquille, où elle ne risquait pas de se faire enlever ou attaquer par des types complètement shootés qui croyaient que leurs amulettes les protégeaient contre les balles de Kalashnikov. Ses patients d'aujourd'hui n'avaient rien des sanguinaires Maï-Maï, dont la crainte l'avait bien souvent laissée éveillée pendant sa mission humanitaire au Katanga. Elle soignait surtout des personnes âgées, certaines au caractère docile et d'autres plus acariâtres. Elle n'aurait pu classer les Grandin dans l'une de ces deux catégories. Elle les aimait bien somme toute, même s'ils avaient clairement des idées politiques à la con. Leur Volvo devant le portail contraignit Claire à stationner son Ford S-Max un peu plus loin, juste derrière un Trafic blanc. La vieille Renault contrastait avec l'ambiance bourgeoise qu'essayait de maintenir la dizaine de résidents du lotissement. Ce n'est qu'en s'éloignant de sa voiture qu'elle constata qu'elle était vraiment très proche de la fourgonnette et que si l'un des occupants de la maison souhaitait sortir, il risquait de ne pas pouvoir. Après tout, elle n'en avait pas pour bien longtemps et si quelqu'un voulait qu'elle déplace son véhicule, il n'aurait qu'à venir sonner chez les Grandin.

Comme à l'accoutumée, le portail électrique était déjà entrouvert et Claire contourna la bâtisse pour arriver à la baie vitrée de la véranda. Elle ne put s'empêcher d'admirer une fois de plus la vue qui s'offrait à elle. Un dégagement dans les arbres permettait d'embrasser la Vilaine dans toute sa largeur à l'endroit où se situait l'île qui avait donné son nom au lotissement. La brume de la veille s'était dissipée et l'on distinguait nettement le virage qu'amorçait le fleuve avant de rejoindre le petit port qui se trouvait en bas du hameau de l'Isle. Le patelin était resté presque désert pendant des années, mais depuis une décennie les maisons avaient poussé et nombre de celles qui semblaient délabrées, au-delà même du récupérable parfois, avaient connu une seconde naissance et gardaient au lieu-dit son caractère rural et rustique. Après s'être longtemps entassés dans les centres des villes ou des villages pour être au plus près des commerces, de la mairie ou encore de l'église, les gens aisés avaient finalement opté pour l'exode inverse et cherchaient désormais la quiétude des bords de Vilaine. Les Berges de l'Isle étaient le fruit de cette tendance. La maison des Grandin et celle de leur voisin, jusque-là isolées, s'étaient retrouvées au cœur d'un ensemble de dix résidences dont les prix avaient largement contribué à sélectionner les nouveaux propriétaires. Ce n'était pas du lotissement de prolos, mais ce que les agences immobilières locales appelaient pudiquement du lotissement haut de gamme. Claire n'avait jamais pensé avant que ces deux termes puissent être associés. À chacune de ses visites aux Grandin, elle ne parvenait jamais à calquer l'image des quelques cités grisâtres qui jouxtaient le bourg de Férel avec ce qu'elle avait sous les yeux.

Bien évidemment, son beau-père avait aussitôt voulu venir vivre dans ce nouveau lieu à la mode et il n'avait pas eu de difficulté à convaincre sa femme, dont la pharmacie trônait au beau milieu du village à quelques pas de chez eux. Il n'était alors pas rare qu'elle soit dérangée la nuit ou les week-ends par des voisins à qui elle ne pouvait refuser de rendre service. Claire n'habitait déjà plus avec eux quand ils avaient emménagé dans le lotissement. C'était après « le problème » avec André Thomas, comme elle le nommait intérieurement, peut-être pour le minimiser même si cela lui faisait encore mal chaque fois qu'elle y pensait. Elle n'entrait dans la maison que lorsqu'elle était certaine qu'il était absent et ne risquait pas de débarquer à l'improviste. Le plus souvent, c'était donc sa mère qui se déplaçait chez elle quand elles voulaient se voir. Claire avait préféré garder un peu de distance et elle louait une maisonnette à Camoël, à quelques kilomètres en direction de la mer. Elle se disait qu'elle avait ainsi moins de risque de se retrouver face à face avec cet homme qu'elle haïssait jusqu'au plus profond d'elle-même.

La baie vitrée coulissa avant même qu'elle ne pose la main sur la poignée. Marlène l'attendait, comme bien souvent. Dès son premier pas dans la véranda transformée en salon d'hiver, elle sentit la bonne odeur du café et des petits gâteaux que l'hôtesse des lieux lui avait préparés. Toutes les pensées moroses attachées au « problème » s'évanouirent aussi soudainement qu'elles étaient venues. Le sourire qui faisait beaucoup de son charme était revenu et elle se dirigea d'un pas décidé vers le fauteuil où patientait Georges Grandin. Il était face à la Vilaine, une main sur la lunette pointée vers la rivière. C'était son seul et unique spectacle depuis le début de sa convalescence et il n'en ratait pas une miette. Il abandonna son observation et tourna un regard bienveillant et enjôleur vers la jeune femme. On pouvait deviner qu'il avait été bel homme malgré les sillons laissés par les années et les accidents de santé. Diminué, il conservait néanmoins ce côté séducteur qui avait dû lui amener bien des conquêtes lorsqu'il partait pour la semaine loin de Marlène et de sa vie de couple corsetée. Il n'avait fait aucune allusion devant Claire, mais à son comportement, à ses petites phrases, elle savait sans l'ombre d'un doute qu'il était de ces hommes sûrs de leur fait et de l'effet qu'ils produisaient sur les femmes. Claire reprit ses esprits pour se concentrer sur les plaies sous les pieds de son patient. Il ne provoquait rien chez elle, malgré le désert sentimental et charnel qu'elle traversait depuis trop longtemps. D'ailleurs, Marlène était toujours à l'affût et surveillait son mari comme le lait sur le feu. Elle rattrapait ainsi toutes les frustrations accumulées pendant toutes ces années dans la maison isolée où seuls les jappements des yorkshires et autres roquets qui s'étaient succédé étaient venus meubler les longues journées et nuits d'attente. Après ces éternités à s'imaginer les mille et une catastrophes qui lui retireraient celui sur lequel elle avait jeté son dévolu bien des années plus tôt, il lui était finalement revenu. Même s'il n'était plus le même, chaque jour qu'elle passait à le couver, l'étouffer selon lui, était pour elle une revanche sur toutes ces années de tourments où elle avait cru devenir folle de jalousie et d'inquiétude. Ce n'était certainement pas une jeune infirmière, si jolie soit-elle, qui allait perturber la vie paisible et sans angoisse qu'elle était enfin parvenue à s'organiser.

Claire prit quelques gâteaux « à emporter » et reposa sa tasse vide sur la table de verre qui trônait au milieu de la véranda. Georges Grandin était déjà reparti dans son observation, l'œil rivé à sa lunette télescopique. Marlène proposa un autre café, mais Claire ne pouvait pas se permettre de prendre du retard à chacun de ses patients si elle voulait ne pas finir sa journée trop tard. C'est ce qu'elle expliqua à Marlène, qui la taquina en lui demandant si elle était pressée de terminer son travail pour rejoindre son prince charmant. Claire sourit bêtement et se leva pour prendre congé. Ses visites aux Grandin se déroulaient décidément toujours de la même façon. Le reste de sa vie aussi d'ailleurs, ne put-elle s'empêcher de penser.

Elle n'eut pas besoin d'être arrivée jusqu'à sa voiture pour constater que quelque chose n'allait pas. La vieille fourgonnette n'avait pas bougé, mais un gros pick-up rouge vif auquel on avait attaché une remorque était garé juste derrière elle. Il était si près qu'il ne lui servirait à rien d'essayer de reculer, d'avancer, de manœuvrer pour sortir de cette tenaille. Elle ne put s'empêcher de maudire l'abruti qui était venu se coller à sa voiture. Elle se dit qu'il avait probablement fait exprès pour lui signifier qu'elle ne devait plus se mettre à cet endroit-là. « Les petits-bourgeois ont décidément un sens de la propriété très développé, à défaut d'avoir bon goût en matière de 4x4… » se dit-elle en se dirigeant vers le portillon qui menait à la maison. La sonnette n'émit aucun bruit, ou bien elle ne l'entendit pas. Après l'avoir pressée nerveusement à plusieurs reprises, elle s'apprêtait à pousser la petite porte lorsqu'elle aperçut le molosse assis juste à côté de la demeure qui la fixait sans bouger. Elle posa sa main sur la poignée du portail et recula aussitôt en voyant que l'immense bête s'était levée et l'observait. Elle ne connaissait pas ce type de chien, mais elle ne se souvenait pas d'en avoir rencontré d'aussi grands. Elle ne pouvait pas dire qu'il soit menaçant, mais le gabarit de l'animal ne l'incita pas à prendre le risque de vérifier si cela n'était qu'une simple impression. Les quelques « il y a quelqu'un ? » qu'elle lança en s'époumonant ne provoquèrent aucune réaction dans et hors de la maison. Ils eurent toutefois le mérite d'attirer l'attention de Marlène qui arriva aussitôt, le téléphone portable à la main.

Elle assura à Claire que l'estafette blanche appartenait à Ronan, leur voisin, mais que par contre le pick-up devait être le nouveau jouet de Binet. C'était le parvenu du lotissement et il ne fallait donc pas compter sur lui pour déplacer son véhicule. Claire ne connaissait ni l'un ni l'autre et à vrai dire, seul lui importait de pouvoir s'en aller le plus vite possible afin de ne pas accumuler du retard. Marlène s'avança vers la barrière et appela : « Osiris, Osiris ! » D'un air dédaigneux, l'animal s'étira et s'éloigna sur le côté masqué de la maison. Marlène abaissa la poignée et poussa la porte. À Claire qui s'inquiétait de la présence du chien, elle assura que c'était une crème et que maintenant qu'il l'avait vue avec elle, il n'y aurait pas de problème. Ronan ne devait pas être à l'intérieur, sinon il aurait répondu à ses coups de sonnette. Elle avait entendu le bruit d'une tronçonneuse plus tôt dans la matinée et elle pensait que son voisin était dans le bois en bas de chez lui entre son terrain et la Vilaine. Elle n'avait pas terminé ses explications que le chien revenait vers elles en gambadant. Sans un regard pour la vieille femme, il vint tourner autour d'une Claire peu rassurée, qui prit sur elle pour suivre Marlène qui disparaissait déjà derrière la maison. À voir les battements de queue de l'animal, Claire sentait bien qu'il n'y avait aucun danger et qu'il semblait l'avoir admise sur son territoire. Devant elle, Marlène criait « Ronan » à pleine voix tout en continuant à descendre vers le bas du jardin. À défaut de tronçonneuse, l'on entendait distinctement maintenant des bruits de coups de hache qui s'amplifiaient au fur et à mesure que les deux femmes se rapprochaient du propriétaire des lieux.

Ce fut Claire qui l'aperçut la première. Il fendait des bûches dont il jetait ensuite les morceaux dans la remorque du petit tracteur qui était garé juste à côté. Malgré la fraîcheur hivernale, il ne portait qu'un simple tee-shirt qui tranchait avec l'épais bonnet qu'il avait enfoncé sur la tête. Marlène ne l'avait pas encore remarqué et Claire prit donc le temps de l'observer. Elle ne l'avait jamais vu auparavant et ne savait même pas qui il était. La maison avait appartenu il y a bien longtemps à une famille du coin, mais il était probable qu'elle avait changé de propriétaire avec l'engouement qu'avait connu la zone ces dernières années. Marlène s'était arrêtée quand elle avait enfin aperçu Ronan. Elle fit signe à Claire d'attendre et elle reprit ses appels tonitruants qui franchirent instantanément les quelques dizaines de mètres qui la séparaient du bûcheron. Surpris, celui-ci laissa échapper un juron et se retourna l'air furibond, avant de s'apaiser à la vue de sa voisine et de la jeune femme qui se tenait à quelques mètres derrière elle. Il s'avança lentement vers elles. Après l'avoir salué, Marlène lui expliqua que *le gros con d'à côté*, ce furent ses mots, avait bloqué la voiture de Claire, l'infirmière qui s'occupait de Georges. Elles préféraient lui demander à lui de bouger la sienne plutôt qu'à l'autre. Claire en profitait pour dévisager, mais pas seulement, l'homme qui leur faisait face. Elle lui donnait une petite quarantaine, mais l'absence de cheveux dépassant du bonnet la faisait douter. Il n'était pas d'une beauté qui vous saisissait, mais quelque chose dans son maintien et dans sa façon de parler imposait le respect. La jeune femme fut surprise par le frisson qui lui parcourut le bas du dos lorsque ses yeux plongèrent dans les siens. Il n'y avait rien d'obscène dans son insistance, ni concupiscence ni lubricité, mais la simple franchise de quelqu'un d'entier et direct. Elle ne se sentait pas mal à l'aise et fut presque déçue quand le regard de Ronan se déplaça vers Marlène. D'une voix calme, il lui demanda de retourner vers les voitures et de l'attendre le temps qu'il prenne la clé de son Trafic. Il se ferait un plaisir de le bouger si ça pouvait arranger la jeune dame. Osiris, qui était venu s'allonger au pied de son maître, se leva d'un bond au claquement de doigts de Ronan et lui emboîta le pas vers la maison. Claire n'avait pas ouvert la bouche pendant toute la scène. Lorsqu'elle croisa le regard amusé de Marlène, elle se trouva cruche et commença à remonter vers l'entrée de la propriété. Elles étaient à peine rendues devant la Ford que Marlène lui souffla d'un air entendu :

— Il est célibataire, je crois !

D'un haussement d'épaules, Claire lui signifia son agacement et elle s'assit dans son véhicule, qu'elle fit démarrer aussitôt. Ronan sortit de la maison la clé du Trafic à la main. Au moment où il arriva à sa hauteur, elle ouvrit sa fenêtre et murmura un timide merci. Elle reçut ce sourire et ce regard qui l'avaient tant intimidée quelques minutes plus tôt. Il ne fallut que quelques secondes pour que la voie soit dégagée et d'un dernier geste de la tête elle salua l'homme au volant de la fourgonnette.

Chapitre 3

Virginie avait bien essayé de rassurer Denise Denigot, mais l'insistance de cette dernière avait fini par instiller le doute en elle. Comme tous ses collègues, le major Thomas connaissait bien Lionel Denigot, et elle était convaincue qu'aussitôt dessoûlé il allait franchir la porte de sa maison du Tréguet. L'alcoolisme du manquant avait-il eu raison du peu de patience qu'il restait à sa femme, ou bien était-ce l'inverse ? Ni elle ni lui ne se posaient la question, ils étaient bien au-delà de ça. Si Virginie comprenait l'exaspération de Denise, elle essayait de se mettre à la place de Lionel. Elle l'imaginait retarder au maximum le moment où il allait une fois de plus se faire enguirlander et traiter de bon à rien. Au téléphone, la mégère avait l'air pourtant sincèrement inquiète et cela avait un peu bousculé les certitudes de Virginie. Quel que soit son état, son mari revenait toujours à la maison, avait-elle assuré. Elle avait appelé le café et on lui avait confirmé que son homme avait bien quitté l'estaminet juste avant la fermeture, et que même s'il n'avait rien dit dans ce sens, il semblait bien qu'il fût parti pour rentrer chez lui. Où aurait-il pu bien aller sinon ? Après avoir raccroché, Virginie avait décidé de ne pas trop y penser. Elle s'était remise à la rédaction de son rapport sur l'intervention de la veille au campement sauvage des gens du voyage. Il lui avait fallu faire preuve de beaucoup de retenue et de persuasion pour les convaincre de se déplacer sur l'aire mise à leur disposition par la communauté de communes. Elle leur concédait volontiers que celle-ci n'était pas vraiment adaptée. Elle était à l'écart de tout, sur un terrain tellement humide que leurs grosses caravanes s'embourbaient une fois sur deux à les entendre. Ils ne pouvaient cependant pas rester indéfiniment sur l'aire de repos de Marzan sur la RN 165 entre Nantes et Vannes. Le téléphone sonna à nouveau alors qu'elle n'était pas encore rendue au passage où l'un de ses collègues, encarté au Rassemblement national, avait failli en venir aux mains avec un jeune gitan qui avait craché à ses pieds lorsqu'il l'avait traité de voleur de poules. Les clichés ont la vie dure dans la campagne bretonne. Elle hésita à laisser l'adjudant Deschamps prendre la communication, en se disant qu'il devait une fois de plus s'agir de la marâtre qui se découvrait soudainement un cœur de mère poule pour son soûlaud de mari, mais sa conscience professionnelle l'emporta et elle souleva le combiné.

Les événements s'étaient ensuite précipités. L'appel de madame Dobson, qu'elle aurait considéré comme anodin en temps normal, prenait un tout autre relief après celui de Denise Denigot. En promenant son chien, la vieille Anglaise avait remarqué une mobylette abandonnée sur le bord du chemin qui descendait vers la Vilaine à côté de son lotissement. Elle trouvait ça scandaleux que les gens puissent laisser leurs épaves dans la nature. Les gendarmes devaient faire quelque chose ! En d'autres circonstances, cela aurait fait sourire Virginie. Elle connaissait bien les Dobson, les voisins de ses parents. Venus s'installer au sud de la Bretagne, comme beaucoup d'Anglais, ils ne se mêlaient que très peu aux autochtones. La dégradation rapide de l'état de santé du mari avait renforcé leur isolement, si bien qu'à part les courses au supermarché à Herbignac, la vieille femme ne sortait plus que très peu. Elle se distinguait surtout par une fierté démesurée pour son gazon, on a beau dire, cela devait être dans les gènes. Son obsession était telle qu'elle promenait son chien plusieurs fois par jour dans les chemins alentour pour que celui-ci ne défèque pas sur la divine moquette. Les balades du canidé se faisaient au grand désarroi des riverains et des randonneurs qui devaient parfois dans un virage étroit enjamber les énormes étrons du dogue argentin, que la bourgeoise britannique, qui ne daignait pas se munir de sacs plastique pour ramasser la production fécale de son molosse, laissait traîner après son passage. Après tout, les autres animaux se soulageaient bien dans la nature, alors pourquoi pas son Watson ? Virginie, intriguée par cette mobylette et la « disparition » de Denigot, lui dit qu'elle allait venir voir ce qu'il en était, mais que ce n'était pas la peine qu'elle reste à l'attendre. On n'était jamais trop prudent ; la vie quasi monacale de la Rosbif faisait le malheur des personnes sur qui elle mettait le grappin. Une fois la conversation entamée, il devenait impossible de s'en dépêtrer. Quand elle arriva sur les lieux, Virginie fut donc irritée d'apercevoir la vieille femme très agitée en haut du chemin, mais elle fut surtout surprise de constater qu'elle était en pleine discussion avec sa sœur, dont la voiture était stationnée à quelques mètres sur la route de Férel.

Claire eut à peine le temps de claquer une bise sur la joue de sa cadette que déjà la Dobson était venue se coller sous son nez. Dans un français que l'excitation ou le choc rendait presque incompréhensible, elle projetait d'une haleine aux remugles d'ail et de mauvais alcool des paroles incohérentes sur la moto, la rivière et le monsieur sur le bord. Claire reprit aussitôt les choses en main. Elle tira l'hystérique sur le côté et la cueillit d'une baffe retentissante qui, si elle eut le mérite de faire cesser instantanément les piaillements, déclencha une avalanche de larmes dont l'effet acoustique était tout aussi insupportable que le délire qui l'avait précédée. Claire la fit s'asseoir sur le muret qui encadrait l'entrée du lotissement et se retourna vers Virginie. Après avoir trouvé la mobylette et téléphoné à la gendarmerie, l'Anglaise avait suivi les conseils de Virginie et avait continué sa promenade avec Watson jusqu'au bord de la rivière. L'animal s'était alors jeté à l'eau sans crier gare pour se diriger aussitôt vers ce qui flottait à la surface et qu'il s'était mis dans la tête de ramener sur la berge. Elle avait eu beau l'appeler, rien n'y faisait, le semeur de crottes avait attrapé la chose dans sa gueule et la traînait avec peine vers la terre ferme. Il n'était plus qu'à quelques mètres quand la Dobson comprit qu'il s'agissait d'un cadavre. Elle se mit aussitôt à hurler. Partagée entre son envie de fuir et celle de ne pas abandonner son brave Watson, la pauvre n'en finissait plus de trépigner et de crier après son chien qui poursuivait sa vaine entreprise de sauvetage. Il ne lâcha le macchabée que lorsqu'il constata que sa maîtresse s'était décidée à prendre ses jambes à son cou et avait entamé la remontée vers le lotissement. Il s'était précipité à sa suite et était parvenu à sa hauteur juste à temps pour la voir marcher sur sa dernière production fécale, glisser et finalement s'étaler de tout son long dans la boue qui envahissait les chemins ombragés à cette époque de l'année. Elle se releva et repartit en claudiquant jusqu'à ce qu'à quelques mètres du bitume, elle aperçoive une voiture qui arrivait vers elle. Claire n'avait eu d'autre choix que de s'arrêter devant cette vision qui l'aurait sûrement fait rire si elle n'avait pas remarqué le visage catastrophé de la femme qui se planta les bras levés au ciel, bloquant ainsi le S-Max. Claire parlait correctement anglais et la Dobson avait rapidement délaissé la langue de Molière pour son charabia natal, avant de complètement perdre les pédales et tout mélanger à la vue de l'uniforme de gendarme.

Virginie fit signe à Deschamps, qui était restée dans la voiture de la rejoindre. Elle lui demanda de raccompagner l'Anglaise jusqu'à sa maison et de ne pas la quitter jusqu'à nouvel ordre. Claire ne semblait pas convaincue par l'histoire de la septuagénaire, mais elle voulait surtout reprendre le cours de sa journée, qui s'était arrêté quand la folledingue avait fait irruption devant sa Ford. Virginie ne pouvait s'empêcher d'associer la mobylette qui gisait à deux mètres d'elle et l'appel de Denise Denigot, mais elle ne voyait pas non plus l'intérêt de faire perdre son temps à sa sœur. Elle lui donna donc sa bénédiction pour s'échapper, non sans lui rappeler qu'elle l'attendait chez elle le lendemain soir pour dîner.

Virginie était descendue vers la Vilaine en se disant que l'imagination de la vieille Anglaise lui avait joué des tours, qu'elle ne trouverait dans l'eau qu'un amas de branches ou au pire, le cadavre d'une vache ou d'un gros chien qui serait venu s'échouer là pendant la tempête qui était passée il y a quelques jours. Toutefois, la pression qu'elle ressentait sur sa poitrine au fur et à mesure qu'elle s'approchait de la berge ne lui inspirait rien de bon. Ce fut donc la consternation plus que l'étonnement qui s'empara d'elle lorsqu'elle aperçut la forme à quelques mètres de laquelle quelques cygnes glissaient paisiblement, le cou tendu et l'air hautain face à ce macabre intrus qui oscillait au gré du courant, telle une insulte au milieu de leur ballet. Elle sortit son téléphone et appela aussitôt la brigade pour déployer une équipe et avertir les pompiers. La position du corps ne laissait aucun doute sur la mort de l'individu qui flottait devant elle. Même si rien ne lui permettait d'identifier l'homme dont le visage était immergé, cela ne pouvait être une coïncidence. Elle savait déjà qu'elle allait devoir se farcir la corvée de prévenir sa femme. Mais qu'est-ce qu'il pouvait bien faire à cet endroit-là ? La réponse était probablement la plus évidente. Ivre, comme d'habitude, il avait glissé et avait été saisi par l'eau froide de la rivière. Elle espérait qu'il était mort tout de suite et c'est ce qu'elle dirait à Denise Denigot quand viendrait le moment de tenter de la réconforter.

Il ne fallut pas plus d'un quart d'heure aux pompiers pour arriver sur les lieux. L'Isle était plus proche de La Roche-Bernard que de Férel. La fourgonnette de la gendarmerie suivait de près et même s'il était peu fréquent que la brigade soit confrontée à une telle situation, les militaires n'eurent besoin que de quelques minutes pour établir le périmètre de sécurité et laisser la place aux secouristes pour qu'ils sortent le corps de l'eau. Virginie connaissait bien tous les sapeurs présents ce matin-là et elle les avait déjà vus intervenir sur un décès accidentel. Chaque fois, elle ne pouvait s'empêcher de les admirer pour ce travail ingrat et bénévole. Aujourd'hui, c'était le grand Delfin qui était chargé des opérations. Combien de temps avait duré leur liaison avant qu'elle ne découvre qui elle était vraiment ? Six mois ? Un an ? Tout cela appartenait à son ancienne vie et c'était toujours avec un certain malaise qu'elle y repensait, même si elle ne regrettait rien du parcours qui avait été le sien pour accepter son homosexualité.

Le corps inanimé de Lionel Denigot avait été allongé avec précaution sur le brancard des pompiers. Virginie put à loisir l'examiner pendant que ses collègues arpentaient les rives de la Vilaine à la recherche d'indices qui pourraient permettre de reconstituer avec précision ce qu'il s'était passé. Ce n'est qu'une heure plus tard que le cortège macabre remonta le chemin de halage et prit la direction de l'institut médico-légal de Rennes, tandis que Virginie répétait mentalement les paroles de l'annonce funeste qu'elle allait devoir faire à Denise Denigot quand elle aurait franchi les deux petits kilomètres qui la séparaient du Tréguet. Elle ne s'y était jamais faite. Certains de ses collègues assuraient cette corvée avec détachement, mais pour elle, c'était toujours une épreuve et encore plus si elle connaissait la famille. C'était souvent le cas dans ce pays de campagne où tout le monde se côtoyait génération après génération, où l'on se mariait le plus souvent entre gens du village ou quelquefois des hameaux voisins. Elle ne cessa de cogiter que lorsqu'elle aperçut le visage de Denise Denigot qui l'attendait sur le pas de la porte.

Chapitre 4

Les deux sœurs étaient affalées dans le canapé et se passaient le joint que Claire avait préparé comme à l'accoutumée. Elle chambrait toujours sa cadette qui ne roulait jamais, en lui demandant si c'était pour pouvoir dire qu'elle n'y était pour rien si jamais les flics venaient l'arrêter. Virginie savait qu'elle n'était pas la seule dans l'unité à faire quelques écarts, et elle soupçonnait même l'un des sous-officiers d'être déjà au-delà du simple pétard. Tant que personne ne disait rien et que cela n'impactait pas le travail, tout le monde fermait les yeux. Lorsqu'un jeune se faisait choper avec quelques grammes, il suffisait de se limiter à lui faire la leçon et de confisquer le matos, qui au lieu de finir au fond des toilettes était ensuite partagé entre eux. Elle se demandait comment se fournissait son collègue. Il était plus difficile de faire disparaître des drogues dures lors des saisies, et elle supposait donc qu'il avait une filière bien à lui pour s'approvisionner. Elle n'avait jamais franchi le pas et se contentait d'un peu de shit, toujours avec sa sœur, avec pour objectif de tromper l'ennui de cette vie provinciale qui s'étirait d'automne en hiver et de printemps en été sans que rien ne vienne troubler la lente procession du temps qui lui volait ses plus belles années. Elle devait en passer par là. Elle avait calculé qu'il lui faudrait encore attendre deux ou trois ans avant de pouvoir faire les démarches pour un transfert qui aurait de bonnes chances d'être accepté. Alors elle prenait son mal en patience entre querelles de voisinage, accidents de la route, bagarres à la sortie des cafés et fugues adolescentes. Elle s'était presque réjouie quand le mouvement des gilets jaunes avait débuté. Elle se disait qu'il allait enfin y avoir un peu d'action, mais la déception fut à la hauteur de ses attentes. Les quelques quidams qui entreprirent quelque chose se limitèrent à installer un barnum au bord de la départementale à proximité du rond-point du Poteau. Ils étaient quatre ou cinq la plupart du temps, sauf au moment des apéritifs où comme par enchantement la conscience citoyenne ou revendicative des grandes gueules du secteur se réveillait. Il pouvait alors y avoir jusqu'à une vingtaine de participants. Virginie connaissait la plupart d'entre eux. Si quelques-uns étaient de braves gens qui galéraient vraiment, la majorité était surtout contre. Contre quoi ? Il était difficile de le savoir, ils étaient contre, voilà tout et c'était suffisant pour eux. Tandis que la France s'embrasait, que les autorités s'enfonçaient dans leur mépris, dans le canton la cohabitation entre les gilets jaunes et les forces de l'ordre était au beau fixe. Virginie avait appris que certains de ses collègues participaient même aux apéros sur le bord de la route. Avec l'hiver, la pluie et le froid, les contestataires avaient disparu, laissant Virginie retourner à ses mornes occupations. Elle se demandait comment elle aurait pu supporter un tel marasme si Claire n'était pas là elle aussi. Quand Claire était revenue de son expérience africaine, elles avaient bien pensé habiter dans un appartement ou une maison ensemble, mais l'une et l'autre avaient finalement préféré être chacune chez soi et profiter pleinement des occasions où elles se rencontraient. Entre elles, il ne pouvait être question de risquer ce qu'elles considéraient tout autant comme une amitié que comme une relation de sœur à sœur. Alors elles se voyaient tous les jours et ce dîner bihebdomadaire n'était en fait que le seul moment un peu formalisé entre elles. Il l'était aussi et surtout par le rituel qui l'achevait et les délires qu'elles partageaient. Tout n'était pas rose, les démons qui venaient les harceler avant qu'elles ne sombrent dans le sommeil, se drapaient dans leurs blessures et dans leurs doutes. La cadette maudissait sa différence dans cet univers figé de piété mâtinée de peur de l'autre, surtout si celui-ci n'avait pas la bonne couleur, la bonne religion ou la bonne sexualité, tandis que son aînée nourrissait la haine de celui qui lui avait volé son adolescence et les années suivantes.

Du haut de ses huit ans, Virginie n'avait pas compris pourquoi du jour au lendemain Claire avait quitté la maison pour ne plus jamais y revenir. Pourquoi ne la voyait-elle plus que toutes les deux semaines ? Pourquoi cela se passait-il dans la gigantesque salle de cette immense maison austère ? Pourquoi des adultes et des enfants se retrouvaient-ils autour d'une table ? Pourquoi chuchotaient-ils et pleuraient-ils ? Pourquoi deux heures plus tard lâchaient-ils ses mains si chères, se couvraient-ils à nouveau le visage, séchaient-ils des yeux humides avant de franchir l'imposant portail de fer forgé qui dans un grincement sinistre se refermait derrière elles et renvoyait la pension de jeunes filles à son confinement ? Un simple « elle n'a pas été sage » clôturait l'ébauche de conversation que les interrogations candides de Virginie tentaient inlassablement de relancer dès qu'elles étaient dans la voiture qui les ramenait chez elles. Dans le rétroviseur, Virginie voyait bien les quelques larmes que sa mère essuyait discrètement lorsqu'elle lui demandait si elle aussi irait dans la maison grise si elle n'était pas sage. Avec le temps, le flot de questions s'était tari et les trajets vers Férel ne furent plus que de longs silences.

Et puis un jour, elles n'étaient plus retournées à la pension. Pour la première fois, Virginie découvrit la grande ville et toutes ses odeurs, ses bruits, ses couleurs, ses mélanges. Elle sut qu'elle ne resterait pas dans cette campagne ennuyeuse, mais que sa vie serait ici, perdue dans cette foule anonyme qui ne la regardait pas, ne lui parlait pas et ne la jugeait pas. Elles avaient rejoint Claire à la terrasse d'un café place du Commerce. Sa petite chambre d'étudiante était à deux pas de là, mais la jeune fille avait préféré qu'elles se retrouvent d'abord en terrain neutre avant de les emmener dans son repaire. Il avait fallu au préalable passer devant l'école d'infirmière, l'institut de formation comme l'appelait Claire. Pendant que sa sœur jouait jusqu'au bout son rôle de guide, Virginie était en ébullition, ses sens n'arrivaient plus à absorber tout ce qui l'entourait, mais c'est surtout le visage de sa mère qui la bouleversait le plus. Fierté et joie inondaient des traits marqués par des années de culpabilité et de remords, et un timide sourire parvint même à se glisser sur ces lèvres asséchées par le temps et l'absence de baisers. Claire était-elle redevenue sage ? Virginie se sentit rassurée que l'on puisse avoir une deuxième chance. Peut-être qu'elle aussi pourrait retrouver le droit chemin et reléguer au plus profond d'elle-même ces sentiments furtifs et immoraux que malgré son jeune âge elle éprouvait déjà pour certaines de ses copines.

La chambre était petite, très petite. Le plafond tombait si bas qu'elles tenaient à peine debout et la fenêtre était si discrète que même le soleil semblait répugner à laisser ses rayons la transpercer et envahir le nid douillet que Claire avait malgré tout réussi à aménager. Virginie se jeta sur le lit, sous le regard bienveillant de son aînée et les réprimandes de Brigitte Thomas. Non, elle ne pourrait pas rester la nuit avec sa sœur ; non, il n'y avait pas la télé, mais la connexion Internet était rapide, pas comme dans le lotissement des Berges de l'Isle. Elle finit par arracher une promesse de venir passer quelques jours chez Claire lors des prochaines vacances. Elles iraient au cinéma, à la patinoire ou à la piscine et aussi manger des hamburgers. Tout cela semblait bien alléchant, même si elle n'avoua pas son ignorance de ce qu'était ce mot bizarre qu'elle était supposée devoir manger. Ce fut seulement après, dans la voiture, qu'elle avait compris qu'il y avait décidément quelque chose de pas normal dans sa famille. Pourquoi papa ne venait-il jamais avec elles voir Claire ? C'est vrai qu'il n'était pas son vrai papa à elle, mais quand même. Pourquoi ne parlaient-ils jamais de Claire à la maison ? Pourquoi Claire ne demandait-elle jamais des nouvelles de lui ?

Les réponses la fauchèrent bien des années plus tard, lorsque, étudiante à son tour, elle avait ramassé sa sœur ivre morte un soir de grosse déprime. La digue céda sous les effets conjugués du gin tonic et de la marijuana. Ce fut d'abord l'incompréhension, puis le déni, son père ne pouvait avoir fait ça. Puis vinrent les questions et les phrases entrecoupées de sanglots lourds qui laissaient percer un désespoir infini où revenait sans cesse une colère sourde habitée de haine et de rage. Pour Virginie, tout se mettait en place. Toutes les vérités qu'elle avait maintes fois quémandées lui crevaient les oreilles et elle regrettait déjà son insistance du passé. Et soudain, cela la percuta, la terrassa, comme une obscénité que l'on ne peut même pas concevoir : « Maman ! » Elle comprenait pourquoi elle lui avait menti toutes ces années, mais pourquoi était-elle restée avec le monstre qu'était devenu son père ? Tout se bousculait dans sa tête. La lâcheté de sa mère et les faux-semblants depuis tout ce temps, tout lui paraissait si évident maintenant. Ses pleurs rejoignirent ceux de Claire jusqu'à ce que, épuisées, elles sombrent dans un sommeil peuplé de mauvais rêves. Le petit matin les avait trouvées blotties l'une contre l'autre au fond du lit de Virginie. Le silence gêné qui avait accompagné le petit-déjeuner avait fini par se dissiper quand Claire lui avait balancé avec un sourire :

— Tu ronfles comme un camion !

Il s'était ensuivi une brève bataille d'oreillers qu'elles achevèrent enlacées.

Les deux jeunes femmes, qui étaient assises en tailleur, sur le tapis du salon de Virginie, aujourd'hui avaient bien changé, mais l'affection qu'elles avaient l'une pour l'autre ne s'était jamais démentie. Virginie avait craint au début que Claire reporte sur elle une partie de l'aversion qu'elle avait pour son bourreau, mais il n'en fut rien. Claire l'avait tout de suite rassurée en lui disant qu'elle n'était pas responsable des actes de son paternel, et encore moins de la veulerie de sa mère. La gendarme n'avait plus jamais regardé comme avant un père déjà absent, oscillant sans cesse entre l'horreur que les révélations de Claire lui inspiraient et les restes de l'admiration sans bornes qu'elle avait toujours eue pour son géniteur. Il en avait été de même avec celle qui l'avait mise au monde. La distance qui s'était installée entre elles n'avait pas été comblée par les explications embarrassées que Brigitte Thomas avait balbutiées pour justifier le choix qu'elle avait fait. Virginie aurait voulu croire qu'elle avait fait ça pour elle afin qu'elle puisse avoir une vie de famille normale, mais le résultat n'avait en fin de compte pas été probant. La riche demeure qui les avait vus vivre n'avait été en réalité qu'un palais de silences, de perpétuelles esquives et de colères chuchotées surprises du haut d'un escalier quand le sommeil avait déserté. Rien n'y respirait l'amour, encore moins charnel que familial, et les absences nocturnes de l'un et le flétrissement de l'autre avaient finalement pris tout leur sens. Virginie avait brièvement imaginé que sa mère allait laisser cette existence derrière elle lorsque sa cadette quitterait ce qui n'avait jamais été un cocon, mais il n'en fut rien et la résignation et la force de l'habitude l'emportèrent sur des années de rancœur cachée et de mépris réciproque. Au courage que ses filles avaient vainement attendu, Brigitte Thomas avait répondu par une bigoterie qui lui avait permis pendant toutes ces années de se dire que peut-être elle n'était pas vraiment responsable, que tout était écrit d'avance et qu'à la fin Dieu finirait par mettre tout le monde d'accord. Dans ses rêves, l'être suprême lui avait surtout dit qu'une bonne catholique n'abandonnait pas le foyer conjugal. Elle était donc restée, partageant sa vie entre sa pharmacie et l'église qui, comme dans bien des villages, n'étaient distantes que de quelques centaines de mètres. André Thomas s'accommoda très bien de cette situation, qui avait l'avantage de le décharger des contingences domestiques et lui permettre de se dévouer corps et âme à son agence, la chasse et ses maîtresses. L'agent immobilier n'oubliait pas non plus que Brigitte Thomas était une femme d'intérieur exemplaire et une cuisinière d'exception. Pour un épicurien tel que lui, cela n'avait pas de prix. Certes, ils ne se parlaient presque plus, mais après tout elle n'avait jamais brillé par sa conversation. Cela avait le mérite que les repas et les moments partagés devinrent de plus en plus courts. Elle finissait toujours par se lever et prendre congé de quelques paroles soupirées pour aller se réfugier dans une bibliothèque qui au fil des ans, ressemblait plus à une chapelle qu'à une salle de lecture. Les autres fois, elle allait rejoindre monsieur le curé pour préparer les messes du week-end ou gérer les affaires de la paroisse. S'il ne connaissait pas aussi bien sa femme, André Thomas aurait pu croire qu'elle se tapait le religieux, mais même cela ne l'aurait pas inquiété. La jalousie ne faisait pas partie de ses défauts, et tant que le repas était prêt quand il rentrait, sa bigote de bonne femme pouvait bien se faire secouer par qui elle voulait.

Virginie s'était jetée dans la brèche. Claire regrettait déjà cette question qu'elle pensait pourtant avoir posée de manière nonchalante et sans avoir l'air de vraiment y attacher de l'importance. Comment avait-elle pu s'imaginer une seule seconde que sa petite sœur n'allait pas renifler quelque chose de croustillant et une bonne occasion de la titiller ? Oui, elle connaissait le voisin des Grandin. Mais pourquoi une telle question ? Ses informations allaient se monnayer. Virginie voulait bien lui en dire plus, mais c'était d'abord à Claire d'expliquer le pourquoi d'un si soudain intérêt. Claire essaya de paraître la plus détachée possible, lorsqu'elle relata la rencontre de la veille après les soins du vieux Grandin, mais devant le sourire narquois de sa cadette elle finit par éclater de rire et lui jeta l'un des coussins qui peuplaient le canapé. Oui, elle le trouvait craquant et oui, elle aimerait en savoir plus. Cela ne fit que redoubler les taquineries de Virginie, qui flirtait même pour certaines de ses saillies avec les limites de la grossièreté. Il leur avait fallu du temps pour se permettre entre elles des allusions aussi sexuellement explicites. Virginie craignait toujours de raviver des blessures intimes, mais la vérité exposée des années plus tôt avait pas à pas effacé toute pudeur entre les deux jeunes femmes. Claire connaissait les préférences de Virginie et celle-ci lui avait prêté son épaule et ses bras au sortir de douloureuses expériences où elle n'avait pu dépasser son traumatisme et retourner l'amour qu'on lui offrait. Même si aujourd'hui elle se laissait aller plus facilement dans des étreintes avec des hommes de passage, elle n'en éprouvait pas vraiment de plaisir. Elle avait fini par ne plus rechercher ces histoires sans lendemain en espérant qu'un jour son prince charmant viendrait la cueillir et lui faire ressentir des extases qui balaieraient les pensées abjectes qui la hantaient quand le petit matin la trouvait seule dans ses draps froissés.

L'excitation retombée, Virginie avait parlé. C'était Ronan, le fils des Bodinaud qui avaient acheté la propriété il y a une vingtaine d'années pour passer leurs vacances. Des Parigots, mais ils étaient sympas quand même. Elle croyait que les parents étaient décédés et que c'était donc Ronan qui avait récupéré la maison. Elle ne le connaissait que très peu quand elle était petite, car elle ne le voyait que de temps en temps dans le bourg de Férel, mais elle se souvenait qu'il avait soudainement disparu des radars une quinzaine d'années auparavant. Il avait refait surface il y a un mois ou deux, selon leur mère. Ce n'était pas très clair ce qu'il faisait exactement. Il travaillerait dans l'humanitaire pour les Nations Unies et aurait pris une année sabbatique pour écrire un roman. En tout cas, il semblait ne pas manquer d'argent, s'était empressée d'ajouter sournoisement Virginie. Claire mima un jet de coussin et termina de rouler le deuxième pétard de la soirée. Elle cherchait comment détourner la conversation, comme si pour la première fois exposer ses pensées pour un homme était impudique et trop personnel, mais rien n'y faisait, la petite peste y revenait sans arrêt. De guerre lasse, Claire finit par se prêter au jeu des questions-réponses en guettant la première opportunité de passer à autre chose.

Virginie suggéra qu'elle pouvait prendre la Dobson pour prétexte d'aller plus souvent dans le lotissement. Après ce que la pauvre femme avait vécu la veille, nul doute qu'elle allait avoir besoin de réconfort et qui de mieux qu'une infirmière pour ça ? Claire se jeta sur l'occasion et lui demanda ce qu'il en était de la mort de Lionel Denigot. La nouvelle avait fait le tour du village et même si peu de gens pleuraient le poivrot, cela faisait quand même la une de l'actualité locale. Virginie glissa bien timidement qu'elle ne pouvait pas en parler, mais l'insistance de sa sœur et la douce volupté qui l'avait envahie avec le deuxième joint eurent rapidement raison de ses bonnes intentions et du secret professionnel. Après tout, il ne s'agissait que d'un accident. Les habitués du café du centre-ville avaient vu Denigot partir dans un état avancé d'ébriété, et il était plus que probable que l'autopsie conclurait à une noyade accidentelle. Il était étonnant qu'il se soit retrouvé à cet endroit-là aussi tard dans la nuit, mais après tout l'alcool et le brouillard aidant, il avait dû se perdre, ou bien avait fait des détours pour retarder le moment où il allait rentrer et se faire incendier par sa femme. Toujours est-il qu'il avait voilé la roue avant de son engin à côté du lotissement des Berges de l'Isle et dans son délire éthylique, il avait sans doute voulu continuer à pied pour finir dans la Vilaine et se noyer. Rien dans les premières constatations ne laissait supposer que les choses se soient passées autrement et qu'il ne s'agisse pas d'une sordide fin d'ivrogne. Il y avait bien son portefeuille que l'on n'avait pas retrouvé, ni avec la mobylette ni sur sa dépouille, mais il l'avait sûrement fait tomber sur la route et celui qui l'avait ramassé n'avait pas souhaité perdre son temps pour le ramener à la gendarmerie. Les jours prochains allaient peut-être le voir réapparaître.

Ce fut au tour de Claire de taquiner sa sœur. Eh non, ce n'était pas encore pour cette fois qu'elle allait avoir une belle affaire de meurtre. Elle allait continuer à s'occuper des petites querelles entre voisins, des chiens errants, des manouches et des quelques Robin des Bois qui squattaient une vieille ferme à demi délabrée au bord de la rivière. Elle connaissait bien son envie d'action et ses velléités de quitter la campagne bretonne pour un théâtre plus animé et plus varié. Elle savait qu'elle rongeait son frein en attendant une promotion qui l'emmènerait dans une vraie ville, où elle pourrait conjuguer une vie professionnelle plus stimulante et une vie intime épanouie, loin des regards inquisiteurs et réprobateurs des péquenots qui peuplaient sa région. Claire regretta aussitôt ses paroles en voyant les yeux humides de Virginie et se glissa à côté d'elle pour la câliner. Un jour, elles auraient chacune quelqu'un et elles riraient bien de ces années de torpeur et de mélancolie.

Chapitre 5

André Thomas pénétra dans la salle polyvalente. Le brouhaha couvrait la musique de fond qui faisait patienter les joueurs de loto avant que ne débute la première partie. Il ne goûtait pas particulièrement ce type de réunion, mais il était convaincu que son statut de notable local imposait sa présence dans toutes les animations de la commune. Les quelques lotos annuels des associations n'étaient pas les pires de tous. Il préférait en faire dix plutôt que de se coltiner chaque année le thé dansant organisé par le comité du troisième âge de Férel, même si là non plus, il ne pouvait faire autrement que d'y assister. Depuis longtemps, il cultivait secrètement l'ambition de se présenter aux élections municipales et de devenir le maire de la petite bourgade. Il s'amusait parfois à l'idée de piquer le fauteuil de celui dont il volait déjà la femme lorsque son travail l'éloignait de la commune. Thomas se disait qu'il avait ses chances et il n'était donc pas avare de poignées de main et de mots attentionnés alors qu'il paradait dans les fêtes qui rythmaient la vie du village. Cette soirée ne devait pas faire exception à la règle. Il s'apprêtait à prendre sur lui pour mener à bien sa corvée quand il surprit le regard peu amène que lui lançait François Robert. Il remarqua aussi Patrick Chesnin, qui se tenait à ses côtés. Ils étaient accoudés au bar où l'une des institutrices vendait les boissons et les gâteaux que des mamans avaient confectionnés spécialement pour l'occasion. Cette année, comme les précédentes et toutes celles qui viendraient ensuite, les recettes du loto de l'école Sainte-Catherine devaient être utilisées pour financer la classe de mer des CM2. Certains s'interrogeaient bien sur la pertinence d'envoyer une quinzaine de gamins dormir à dix kilomètres de chez eux dans un centre qui servait l'été de colonie de vacances, alors qu'ils pouvaient voir l'océan quand ils voulaient en quelques coups de pédales, mais il est dans les campagnes des habitudes qu'il est malvenu de questionner et encore plus de remettre en cause. L'attitude du mari de sa seconde maîtresse le rendait mal à l'aise, sans qu'il sache vraiment pourquoi. Il avait conscience de susciter l'envie des uns et la répulsion des autres, mais il y avait dans ce regard quelque chose de différent, quelque chose de plus sournois, de plus pernicieux qui ne laissait rien présager de bon. Que n'allaient pas encore inventer ces deux-là pour essayer d'obtenir un soutien, ou lui soutirer une petite somme d'argent qu'ils lui rembourseraient un jour peut-être ou bien le suivant, ou plus tard, et plus probablement jamais ? Il tourna le dos pour tomber nez à nez avec Nathalie Robert, qui lui fit signe de la rejoindre un peu plus loin.

En quelques enjambées, ils se retrouvèrent près des grandes baies vitrées embuées. Ils n'éprouvaient plus le besoin de se cacher, leur liaison était un secret de polichinelle, et le pauvre mari trompé semblait être le seul à ne pas avoir compris la nature de leur relation. La couleur quitta le visage de son amant avant même qu'elle finisse de lui raconter la conversation qu'elle avait surprise entre son homme et Patrick Chesnin. Cet instant de faiblesse ne fut que passager. Dans ses yeux monta cette lueur qu'elle connaissait si bien, celle du fauve, celle qu'il avait lorsqu'il abandonnait toute retenue pour la prendre et l'humilier. Elle aurait voulu mettre un terme à leur liaison depuis bien longtemps déjà, et il ne se passait pas un jour sans qu'elle se maudisse d'avoir cédé la première fois. Depuis ce satané bal des pompiers, deux ans auparavant, l'emprise de Thomas n'avait fait que s'accentuer et la passion de la première étreinte avait très vite laissé place à la domination. La crainte de revenir à la platitude de sa vie d'avant, de devoir se contenter des secousses mécaniques et brèves de son mari finissait toujours par l'emporter et l'empêchait de mettre fin à son asservissement. Elle n'aimait pas tout le temps ce qu'il lui faisait, mais elle s'avouait presque honteusement que bien souvent elle prenait son pied et que cela surpassait les désagréments que cela lui procurait. Et puis il la tenait, que deviendrait-elle si son François décidait de divorcer ? Elle était beaucoup plus jeune que lui, mais à cinquante ans, elle n'était plus de la première fraîcheur non plus. Elle avait su garder les formes qui avaient toujours fait son succès auprès des hommes avant qu'elle ne soit enceinte de François Robert. Sur son visage, les années, l'alcool et la cigarette avaient cependant déposé leur empreinte et il ne restait plus grand-chose des traits fins qui à dix-neuf ans lui avaient valu le titre de Miss Canton de Basse-Vilaine. Et puis surtout, elle savait qu'elle ne supporterait pas d'être seule, de végéter en espérant la visite de son fils qui daignait délaisser la capitale une fois par mois, ou bien était-ce tous les deux mois maintenant ? Il existait bien des sites de rencontres, mais les descriptions idylliques qu'on y trouvait ne correspondaient que rarement à la réalité. Sur qui risquait-elle de tomber ? Alors en attendant une échappatoire elle se disait que sa vie n'était finalement pas si mal entre un mari docile et un amant qui la satisfaisait. Elle ne laissa ce dernier s'éloigner que lorsqu'il lui eut assuré qu'il n'allait pas s'en prendre à son François et à Patrick Chesnin.

André Thomas s'était ressaisi, mais en lui sourdait une colère qui le dévorait insidieusement. Qu'est-ce que ces deux connards préparaient ? Qu'est-ce qu'ils s'imaginaient, « qu'il allait bien devoir les payer s'il voulait qu'ils continuent à fermer leur gueule » ? C'est ce qu'avait cru saisir Nathalie Robert sans comprendre ce qu'ils sous-entendaient par là. Il lui avait sorti un boniment qu'elle avait gobé, cela faisait partie de son métier après tout d'embobiner les gens. Il devait en avoir le cœur net et entreprit de retrouver les deux hommes qui avaient quitté le bar. Le loto venait de commencer et il savait qu'ils ne jouaient pas. S'il ne les voyait pas dans la salle, c'était donc qu'ils étaient allés prendre l'air, fumer une cigarette pour continuer de comploter et cela ne faisait qu'accroître sa rage envers eux. Même si cette histoire datait de plus de quinze ans désormais, il avait toujours su qu'un jour ou l'autre les chasseurs qui étaient présents à ce moment-là finiraient par lui créer des problèmes. Il fallait qu'il règle ça tout de suite avant que ces deux crétins ne donnent des idées aux autres. Ils étaient aussi coupables que lui et ça, il allait le leur faire comprendre. Par la force si nécessaire. Il avait à peine franchi la porte battante menant vers le parking qu'il aperçut Robert et Chesnin légèrement sur la droite. D'un pas décidé, il se dirigea vers eux et leur intima de le suivre. Les deux compères ne se firent pas prier et lui emboîtèrent le pas sans discuter. Ça avait toujours été comme ça, pendant leur enfance d'abord, puis à la chasse. Le chef, c'était lui, et quand il décidait quelque chose, ils étaient très peu à contester son autorité. Ils étaient tellement peu nombreux qu'il ne se souvenait même pas de la dernière fois où quelqu'un avait osé s'opposer à lui. Ce n'étaient donc pas les deux larbins qui trottaient à deux mètres derrière lui qui allaient commencer. Il s'arrêta brusquement et leur fit face.

Ronan ne participait pas au loto non plus. Il n'avait jamais bien compris comment on pouvait remettre de l'argent au hasard et espérer en recevoir plus. Il avait fini par céder à l'invitation insistante de sa cousine, l'institutrice des CM2, en se demandant si elle n'était pas toujours « secrètement » amoureuse de lui, comme elle l'était quand ils étaient gamins. Il avait surtout vu là l'opportunité de se changer les idées et de faire une courte pause dans l'écriture de son premier roman. Son projet avançait plutôt bien et il pouvait se permettre d'oublier ses écrits pour quelques heures. C'était aussi la promesse de Géraldine, c'était son nom, d'aller ensuite manger et prendre un verre à la crêperie de La Roche-Bernard qui l'avait décidé. Cela faisait très longtemps qu'il n'était pas retourné dans le restaurant que tenait son oncle jusqu'à ce qu'il tombe malade et laisse la place à son fils Philippe. Il n'y était en fait pas revenu depuis la disparition d'Amélie quinze ans plus tôt. Avant de quitter la région, il n'avait pas eu le courage d'affronter les fantômes qu'il savait hanter le lieu. Il s'imaginait qu'il la verrait déambuler entre les tables avec sa chemise blanche, sa jupe plissée, ses cheveux attachés et ce sourire qui illuminait son beau visage. Mais aujourd'hui, il se sentait la force de lui faire face puisqu'elle ne l'avait pas abandonné. Mais en avait-il vraiment douté d'ailleurs ? Pendant toutes ces années passées à se demander ce qu'il avait bien pu arriver, il s'était toujours dit que si elle n'était pas venue chez lui ce jour-là, si personne ne l'avait revue depuis, ce n'était pas pour le fuir lui, mais parce qu'il s'était produit quelque chose de tragique. Géraldine le tira de ses rêveries et lui fit signe de regarder à travers la fenêtre. Sous un lampadaire, trois hommes faisaient de grands gestes et même si leurs paroles ne parvenaient pas jusque dans la salle, il était évident qu'ils criaient et que l'un d'eux voulait en découdre avec les deux autres.

— Ce sont encore ces abrutis de chasseurs qui se chamaillent… glissa Géraldine.

Ronan était très intrigué par la scène qui se déroulait sous leurs yeux. Il l'était d'autant plus qu'il avait tout de suite reconnu André Thomas, François Robert et Patrick Chesnin. Il se demanda si la dispute avait un lien avec la mort de Lionel Denigot, mais il écarta aussitôt cette idée, personne ne pouvait avoir de doute pour l'instant. Tout le village propageait la thèse de l'accident et selon Géraldine, les gendarmes en étaient arrivés à la même conclusion. Il n'y avait donc pas de risque que les chasseurs soupçonnent quoi que ce soit et que cela complique le plan qu'il préparait depuis quelques mois maintenant.

D'une main, André Thomas avait saisi François Robert par le col et de l'autre il pointait un doigt accusateur sous son nez. Patrick Chesnin avait visiblement décidé de rester en retrait et les bras croisés, il regardait les deux hommes s'écharper. Ce fut lui qui constata le premier que plusieurs personnes étaient collées à la vitre et ne rataient rien de leur pantomime. Ronan le vit faire un pas pour séparer les deux belligérants et leur montrer les témoins de leur esclandre. André Thomas rajusta sa veste, François Robert le col de sa chemise et sur l'instruction à peine déguisée du premier, ils se serrèrent la main en faisant bien attention à sourire et à se tourner vers la salle polyvalente. Les spectateurs commencèrent aussitôt à regagner leur place, probablement déçus que les choses n'aillent pas plus loin et qu'ils ne puissent assister à une vraie bagarre. Ronan n'était pas dupe du petit jeu de Thomas, et il se dit que cette altercation allait lui profiter lorsque le moment de vérité serait venu et ce n'étaient pas les témoins qui manqueraient. Le loto battait son plein et l'animateur annonçait les numéros gagnants, tandis que les premiers cris de joie fusaient dans la salle. Virginie et Claire n'avaient rien raté de la scène qui impliquait André Thomas, mais leur attention était maintenant concentrée sur Ronan. Ce dernier avait bien remarqué l'intérêt qu'il avait suscité chez les deux femmes, mais il feignit de ne pas s'en être rendu compte. Il se retourna vers Géraldine pour lui demander combien de temps le jeu allait encore durer et si elle devait vraiment rester jusqu'à la fin. Il était coincé, l'heure et demie qu'il avait devant lui s'annonçait des plus ennuyeuses, mais sa soirée était déjà une réussite après le début de bagarre entre les trois chasseurs.

Chapitre 6

Georges Grandin venait à peine de s'installer dans son fauteuil sous la véranda qu'il remarqua le chaland à moteur glisser sur la Vilaine. Le brouillard, bien que peu épais, ne lui permettait pas de voir le visage de celui qui était sur l'eau à une heure aussi précoce, mais ce fut surtout la forme dessinée à l'arrière de l'embarcation qui éveilla sa curiosité. À travers ses jumelles, il distinguait très nettement la représentation d'un canard colvert. Il l'avait déjà vu auparavant, mais pas moyen de se souvenir quand et où. Le dernier AVC n'avait décidément pas laissé que des séquelles physiques et s'il ne l'avouait pas à Marlène, c'était bien ce qui le dérangeait le plus. Georges était un homme d'habitudes. Réveillé à six heures quinze tous les matins, il restait quarante-cinq minutes au lit pour lire *Le Figaro* sur la tablette que Marlène lui avait offerte pour son anniversaire. C'était tellement plus pratique, surtout depuis qu'il était invalide. Plus besoin de se hisser dans le fauteuil roulant pour aller jusqu'à la porte, adieu les sorties dans le froid ou l'humidité afin d'atteindre la boîte aux lettres et constater une ou deux fois par mois que son quotidien n'avait pas été livré. La campagne, ça vous reposait l'esprit et ça vous débouchait les bronches, mais parfois il regrettait d'avoir choisi de passer sa retraite dans ce coin perdu après des années de carrière en région parisienne. Sa vie d'avant lui manquait, même s'il se doutait bien que les excès qui l'avaient accompagnée étaient à l'origine de ses ennuis de santé. Marlène avait eu des envies de ruralité, alors il avait cédé, comme souvent. Son journal terminé, il se postait dans la véranda où Marlène venait lui apporter son petit-déjeuner. C'était le moment de la journée qu'il préférait, et aussi celui qui le retenait de supplier Marlène de retourner à la capitale. Il ne se lassait pas de regarder le fleuve onduler en contrebas, encercler l'île qui était l'unique attraction du lieu-dit, pour ensuite disparaître derrière l'épaisse forêt qui descendait jusqu'à la cale en bas du village. Chaque jour lui procurait son lot d'émotions, toujours différentes. La rivière changeante lui offrait sur un plateau ses humeurs matinales, tantôt veloutée de brume, tantôt délicatement balayée d'une légère bruine qui faisait briller de mille gouttelettes la plaine qui lui servait d'écrin. De son poste d'observation, il voyait évoluer ses hôtes au fil des saisons avec un plaisir quasi charnel, que seule l'arrivée des touristes venait perturber quand ils poussaient leurs engins bien au-delà des limites de vitesse autorisées. Ces plaisanciers occasionnels voulaient être sûrs de ne pas rater l'éclusage au barrage d'Arzal, l'unique issue pour rejoindre la mer. Il avait ainsi compris la dualité des autochtones qui détestaient ces Parigots qui bousculaient leur tranquillité, mais se félicitaient aussi qu'ils dépensent leur argent chez les commerçants locaux. Tout le monde profitait pleinement de cette manne sans laquelle la plupart des entreprises auraient déjà mis la clé sous la porte. Mais ce bateau-là n'appartenait pas à un vacancier, il en était certain.

Il était un peu plus de sept heures quand Ronan était descendu au chaland qu'il avait attaché la veille en bas de chez lui. Après avoir collé l'image du colvert à l'arrière de la petite embarcation, il la poussa dans l'eau. C'était l'un des avantages d'avoir une propriété qui donnait directement sur le fleuve. Il avait déplacé le bateau juste avant la nuit et il était certain que personne ne l'avait remarqué. Surtout pas les Grandin qui à cette heure-là étaient face à leur télé, à s'abreuver de ces programmes grand public qui occupaient la fin d'après-midi jusqu'à la grand-messe du 20 Heures. C'était ce qu'il aimait avec les vieux, ils étaient prévisibles et leur vie était réglée comme du papier à musique. Il savait que son voisin serait sur sa terrasse couverte lorsqu'il longerait sa propriété quelques minutes plus tard et que malgré ses jumelles il ne pourrait distinguer ni son visage, ni sa silhouette sous le ciré très large qu'il avait enfilé par-dessus son jogging. Il devait être vu, mais surtout pas identifié. Il espérait que le dessin, une copie conforme de celui qui ornait le chaland d'André Thomas, serait suffisamment visible et reconnaissable, pour qu'il puisse aisément manipuler le retraité le moment venu. Il évita de tourner la tête quand il passa en bas de la maison des Grandin et retira sa capuche après avoir dépassé le méandre qui le masquait à leurs regards. Il voulait que sa victime sache qui l'approchait. Il n'avait aucune raison de se méfier de lui. Au contraire, un individu se dirigeant vers lui complètement dissimulé et méconnaissable ne pourrait que mettre le pêcheur sur ses gardes. Une centaine de mètres devant lui, il aperçut François Robert dans sa bouée grenouille, exactement là où il prenait position tous les matins depuis deux semaines et où l'on ne pouvait pas le voir de la berge.

François Robert était un braconnier invétéré et il pratiquait son activité illicite aussi bien sur la terre ferme que sur l'eau. À ce moment de l'année, la pêche au brochet et au sandre était fermée, mais il se contrefichait de ces restrictions décrétées par des fonctionnaires encravatés au fond de leur bureau. La Vilaine, c'était son jardin et personne ne lui dictait ce qu'il pouvait y faire. Les dates d'ouverture, les tailles des poissons, les zones interdites, tout ça n'était que des décisions imposées par l'Europe pour emmerder les pauvres gens comme lui et permettre aux citadins d'avoir des poissons quand ils envahissaient la côte. Il pêchait toute l'année depuis qu'il avait six ans et il y passait encore plus de temps maintenant qu'il avait pris sa retraite, alors personne n'allait venir le faire *chier* ou il verrait bien ce qu'il verrait. C'est vrai qu'il y avait de moins en moins de poissons dans la rivière, mais c'était la faute de leur maudit barrage, et aussi des bateaux avec des moteurs surpuissants de ces abrutis de Parigots. Ce n'était certainement pas à cause des quelques carnassiers qu'il attrapait de temps à autre en dehors des périodes autorisées. C'était pour sa consommation personnelle, disait-il à ceux qui lui reprochaient ses prélèvements sauvages. Et puis tant qu'il était à la pêche, il n'avait plus à supporter sa foutue bonne femme. Quelle connerie il avait faite de la mettre en cloque à l'époque ! Il n'avait eu d'autre choix que de la marier, la garce s'était bien débrouillée. Est-ce que le mioche était vraiment de lui ? Il ne le saurait jamais et ça n'avait pas d'importance, c'était un bon garçon. Le gamin était probablement la meilleure chose qui lui soit arrivée dans une vie de monotonie où les brimades et les reproches de Nathalie avaient petit à petit surpassé le nombre de fois où elle ouvrait les cuisses. Il ne savait pas très bien aujourd'hui si c'était la fréquence des vexations qui avait explosé, ou si c'était celle de leurs rapports sexuels qui s'était drastiquement réduite. Il y avait sûrement un peu des deux. Elle était pourtant encore bandante, mais elle avait le don de lui couper ses moyens presque chaque fois qu'il se montrait empressé. C'était par une remarque sur son physique ou un prétexte rarement évident qu'elle lui signifiait que ce soir-là ce serait ceinture. C'était à se demander si elle n'avait pas quelqu'un. Il s'était bien posé la question, mais il en était très vite arrivé à la conclusion que dans leur petit monde, tout se savait à un moment ou un autre, et qu'une aventure extraconjugale de sa femme lui serait revenue aux oreilles. Le bruit encore léger d'un moteur le tira de sa torpeur et levant les yeux, il découvrit le chaland qui avançait doucement vers lui.

Ronan n'était plus qu'à une cinquantaine de mètres de sa future victime. Il fit caler son engin et simula des difficultés à le redémarrer. Il misait sur la solidarité qui existait sur l'eau et il espérait ainsi que Robert relâcherait son attention lorsqu'il verrait qu'il était en délicatesse avec sa mécanique. À la vue de cet importun, qu'il reconnut tout de suite, c'est tout d'abord l'agacement qui avait pris le dessus sur l'indifférence chez François Robert, pour être aussitôt suivi par la méfiance. Qu'est-ce que cet emmerdeur pouvait bien faire là à cette heure-ci ? Il ne l'avait jamais vu une ligne à la main et s'il ne le connaissait que de loin, il l'avait toujours considéré comme un genre d'écolo qui ne pêchait ni ne chassait, et donc un ennemi. Même les flics savaient qu'il braconnait, mais il n'était jamais à l'aise quand quelqu'un le prenait en flagrant délit. Le toussotement du moteur et les mouvements saccadés de l'intrus eurent raison de ses préventions. Encore un matelot du dimanche qui n'entretient pas son matériel. Le Yamaha repartit enfin et la barque se rapprocha de lui. Le geste amical que lui adressa Ronan fut interrompu par un nouveau soubresaut de l'engin, qui précéda un silence qui n'augurait rien de bon pour le navigateur. Les quelques jurons de Ronan alors qu'il essayait en vain de redémarrer firent sourire le pêcheur. Il avait beau être le fils des Bodinaud, il devait être plus Parisien que Breton après tout ce temps passé loin d'ici. Il affichait moins ses grands airs supérieurs maintenant ! Qu'il ne compte pas sur lui pour plonger les mains dans le cambouis et lui réparer sa mécanique ! Il allait l'aider à se rapprocher de la berge et après, qu'il se débrouille.

Ronan avait dérivé jusqu'à la bouée en s'excusant de la gêne qu'il occasionnait. Il demanda à François Robert s'il pouvait tenir le chaland pendant qu'il retirait le capot du moteur pour jeter un œil sur ce qui clochait. De quelques battements de pieds dans l'eau, ce dernier vint saisir le bateau d'une main tout en gardant son lancer dans l'autre. Son sourire en disait long sur le peu de compassion qu'il éprouvait envers Ronan, et celui-ci voyait bien qu'il se délectait de la situation. Le reste se passa si vite que Robert ne se rendit probablement pas compte de ce qui lui arrivait. Le naufragé volontaire avait pivoté soudainement et d'un mouvement sec, il avait fait se retourner la bouée grenouille de François Robert. Celui-ci se débattait maintenant comme un beau diable, le haut du corps immergé et les jambes courant sur place dans l'air pendant que son meurtrier maintenait la bouée afin qu'il ne puisse la remettre à flot et reprendre sa respiration. Le combat ne dura que quelques secondes, ou quelques minutes, Ronan n'aurait su le dire tant il était occupé à éviter les coups de pied et à stabiliser son embarcation que les remous créés par « l'homme grenouille » faisaient tanguer dangereusement. À nouveau, il bénit les années passées à s'endurcir en Afrique et au Moyen-Orient, et la puissance physique qu'il en avait ramenée. La lutte inégale s'acheva par quelques bulles qui accompagnèrent les derniers instants du braconnier. Ronan sortit le couteau de chasse qu'il avait acheté plusieurs mois auparavant et creva la bouée qui maintenait le cadavre à la surface. Il rangea l'arme qu'il avait essuyée pour enlever d'éventuelles empreintes. Il observa le corps qui s'enfonçait lentement dans l'onde froide avant de disparaître dans un ultime gargouillis offert par l'air coincé dans la bouée grenouille. La Vilaine était redevenue calme et le courant léger qui l'animait n'était plus désormais perturbé que par le clapotis du chaland de Ronan. Il scruta les alentours plus par acquit de conscience que pour vraiment s'assurer de l'absence de témoins, et relança le moteur qui réagit au quart de tour. Il se sentait bien et sut tout de suite qu'il n'aurait pas plus de remords pour François Robert qu'il n'avait eu de pitié pour Lionel Denigot.

Georges Grandin avait fait glisser la baie vitrée devant lui et il entendit distinctement le bruit du bateau qui redémarrait. Le cours de la Vilaine s'était animé quelques minutes auparavant et cela l'intriguait. Habituellement, les gros poissons qui sautaient ne créaient qu'une onde brève et continue, mais cette fois-ci, il avait eu l'impression de vagues successives et irrégulières. Ce n'était probablement rien, mais il avait ouvert pour voir s'il percevait quelque chose. Le silence matinal était seulement accompagné par quelques chants d'oiseaux et le ronronnement d'un moteur qui s'éloignait. L'homme au chaland au canard devait être l'auteur de l'agitation qui avait troublé le rythme langoureux de la rivière. Il ne se passait décidément jamais rien dans ses journées interminables et moroses. Il referma la vitre pour ne pas attraper froid et surtout éviter les sempiternels reproches de Marlène, qui avait déjà allumé le poêle à pellets pour réchauffer la véranda et la cuisine sur laquelle elle donnait.

Ronan laissa derrière lui la petite cale en bas du village et poussa un peu le moteur pour arriver dans le port de La Roche-Bernard, qu'il traversa en veillant à bien respecter la limitation de vitesse. Ce n'est que quelques kilomètres plus loin, dans un endroit qu'il avait repéré, qu'il enfonça le chaland dans les grandes herbes qui bordaient la Vilaine. Il referma ensuite le passage créé avec de grosses touffes de végétation qu'il avait détaché la veille et enleva son ciré qu'il glissa au fond du bateau. Il avait quelques dizaines de mètres boueux et délicats à faire pour rejoindre le chemin de terre ferme où il pourrait reprendre le trajet qui était le sien depuis deux semaines lors de son jogging quotidien. Il ne risquait pas grand-chose en laissant le chaland là. Il était peu probable qu'il soit découvert avant qu'il ne le récupère dans quelques jours et de toute façon, il connaissait la propension que ce type d'embarcation avait à changer de propriétaire discrètement dans le coin. C'était ce qui attendait le sien si quelqu'un venait à tomber dessus. Il ne s'imaginait pas quelqu'un faire le rapprochement entre l'esquif abandonné et la noyade « accidentelle » d'un pêcheur à des kilomètres en aval. Et même dans cette hypothèse, il voyait mal un voleur de bateau avoir un sursaut citoyen et aller à la gendarmerie avouer son forfait pour dans le meilleur des cas se prendre une amende. La deuxième phase de son plan était une réussite parfaite, et c'est le cœur léger qu'il rentra chez lui en trottinant.

Chapitre 7

Claire n'était pas fâchée de quitter les Ricordel. Sa femme et lui étaient sans hésitation possible les pires patients qu'elle ait jamais eus. Ils avaient encore tout fait pour lui gâcher cette journée qui malgré la fraîcheur s'annonçait si belle avec ce ciel immaculé. Le vieux était toujours bougon et à la limite du désagréable. Soit les soins n'allaient pas assez vite et elle lui faisait perdre son temps, ce qui venant d'un homme dont le plus long trajet quotidien reliait le lit à la table de la cuisine était plutôt gonflé, soit elle travaillait trop rapidement et les bandages devaient sûrement être moins bien faits que la dernière fois, et il ne faudrait pas qu'ils se défassent comme cela avait « failli » arriver une fois. Sa femme n'était pas en reste. Elle demeurait dans la pièce à regarder Claire à l'ouvrage et à faire des commentaires, quand ce n'étaient pas des suggestions, sur la manière de panser la plaie de son acariâtre mari. Claire supportait leurs critiques en silence. Elle se réjouissait déjà de n'avoir plus qu'une petite semaine à venir chez les grincheux. Pour se changer les idées et comme aujourd'hui elle avait été très rapide, elle estima qu'elle pouvait s'offrir un crochet par la Vilaine et emprunter les chemins de remembrement pour se rendre au domicile de son patient suivant. Ses intentions étaient en fait moins innocentes que cela et elle espérait surtout croiser « par hasard » Ronan, le voisin des Grandin. Selon Marlène Grandin, il allait tous les matins promener son chien dans la plaine au bord de la rivière. Ces dernières semaines, elle s'était retenue de faire le détour, mais cette fois, c'était décidé, elle avait le temps et elle avait vraiment envie d'en découvrir plus sur cet étranger qui n'en était pas vraiment un.

Ronan venait de faire courir Osiris pendant vingt minutes dans l'un des prés fraîchement fauchés qui descendaient vers la Vilaine. Le chien adorait ça. La maison était entourée d'un terrain somme toute assez grand, mais les arbres et bosquets dispersés un peu partout empêchaient l'animal de se livrer à son activité préférée, galoper à toute allure jusqu'à épuisement. Ronan avait souvent eu des chiens de différentes sortes, de diverses tailles, mais là il avait vraiment trouvé celui qui lui convenait. Le Rhodesian Ridgeback avait trois ans et il était imposant, très au-dessus des standards de la race. Les personnes qui le croisaient étaient toujours impressionnées par son gabarit et la puissance qui se dégageait de lui quand il marchait, mais ce que son maître appréciait avant tout, c'était la docilité et l'obéissance avec lesquelles Osiris répondait à ses commandes. Son fidèle compagnon n'avait pas été perturbé par le déménagement en France, après avoir passé les premières années de sa vie à Kinshasa où il avait fait un vigile très efficace. Dans le quartier Chanic, où Ronan résidait dans la capitale congolaise, la nouvelle de l'arrivée du molosse s'était répandue comme une traînée de poudre et c'est exactement ce qu'il souhaitait. Ses expériences africaines lui avaient appris qu'il ne pouvait pas faire confiance aux employés que fournissaient les sociétés de gardiennage, et que seul un gros chien était la vraie garantie de ne pas être « visité ». Entre la sentinelle qui éteignait toutes les lumières extérieures la nuit pour pouvoir rejoindre les bras de Morphée, puis se justifiait en prétextant qu'ainsi elle verrait mieux d'éventuels cambrioleurs, et l'autre qui arrêtait le groupe électrogène à une heure du matin parce que le bruit l'empêchait de s'endormir, Ronan pensait avoir entendu ou vu le pire, voire le meilleur si l'on avait de l'humour. Il ne cessait toutefois jamais d'être surpris, comme cette fois où, se doutant que le garde sommeillait, il s'était levé et avait réussi pendant qu'il ronflait, à retirer et subtiliser ses deux chaussures. Au petit matin, le gardien piteux n'osa même pas lui parler de la disparition des godillots. C'est Ronan qui, le voyant prêt à rentrer chez lui pieds nus, l'interpella et lui demanda s'il ne lui manquait pas quelque chose. À la décharge de cette armée de fantassins, il faut bien dire que personne ne voulait faire un boulot aussi ingrat et que bien souvent la profession accueillait ceux qui ne pouvaient faire autre chose, simples d'esprit ou pauvres types sans aucune qualification. Beaucoup d'entre eux cumulaient en journée les travaux aux champs ou une deuxième activité pour améliorer l'ordinaire, et ils ne pouvaient donc pas récupérer leur nuit « sans sommeil ». Un chien, ça aboyait quand il y avait du mouvement ou du bruit, et un tel aboiement était plus dissuasif que tous les gardiens du monde. Ronan rappela Osiris à lui lorsqu'il aperçut le véhicule qui sortait de la forêt. Le Ridgeback vint aussitôt s'asseoir sur le bas-côté du chemin de terre aux pieds de son maître.

Il était là ainsi qu'elle l'espérait. Elle reconnut d'abord Osiris, ou plutôt sa taille ne lui laissa pas de doute. Elle avait l'impression d'être une adolescente et riait en elle-même de l'excitation que la vue des deux promeneurs avait déclenchée en elle. Elle tenta de se raisonner, mais rien n'y fit, elle sentait que son pouls s'était accéléré, qu'elle ne le contrôlait plus. Les techniques de yoga, pratiquées plus par désœuvrement que réel intérêt lorsqu'elle était confinée dans la maison des expats de l'ONG Action contre la Faim à Goma au Nord-Kivu, lui furent enfin bénéfiques. Elle mit à profit la centaine de mètres qui la séparait de Ronan pour ralentir sa respiration et paraître la plus détendue possible. Elle baissa la vitre quand elle parvint à sa hauteur. Elle oublia toutes les belles formules qu'elle avait imaginées auparavant pour se contenter d'un simple « bonjour, il ne fait pas chaud », auquel Ronan rétorqua un laconique « bonjour, oui c'est de saison ». Elle se dit que cette entrée en matière ne resterait sûrement pas dans les annales, mais au moins elle n'avait pas bafouillé. Il n'avait pas l'air contrarié qu'elle se soit arrêtée pour lui parler. Son regard fixé sur le chien lui permettait de ne pas plonger dans les yeux de Ronan, et elle espérait ainsi cacher ce qu'il aurait pu lire dans les siens. La voix du quadragénaire la surprit quand il articula :

— Vous vous demandez ? C'est un Rhodesian Ridgeback.

Elle s'entendit répondre qu'elle ne connaissait pas, que ce n'était pas un nom français et regretta immédiatement une repartie aussi stupide. Qu'allait-il penser ? Qu'elle n'aime pas ce qui n'est pas français ? Elle n'eut pas à cogiter très longtemps, car il précisa qu'en français on disait un chien de Rhodésie à crête dorsale, mais que pour lui, c'était comme appeler une frite une pomme de terre coupée en longueur et cuite dans de l'huile bouillante. Il gardait donc Rhodesian Ridgeback. Elle aurait été incapable de dire si elle avait esquissé un sourire à sa blague un peu tirée par les cheveux, mais il sembla encouragé et lui demanda ce qu'elle faisait par ici. Elle lui expliqua, en essayant de ne pas rougir de son petit mensonge, qu'elle était en avance pour son prochain patient et que du coup elle avait eu envie de passer par la Vilaine. Elle confia beaucoup aimer venir par là quand elle pouvait et qu'elle y faisait parfois du vélo, mais seulement lorsqu'il faisait meilleur, car c'était vrai qu'en ce moment il ne faisait pas chaud. La banalité affligeante de sa sortie la consterna. Elle trouva judicieux de changer de sujet et de parler de l'accident de bouée grenouille.

— Ça a l'air tout calme, mais vous savez qu'un pêcheur s'est noyé il y a quelques jours dans les parages ?

Il ne savait pas, avait-il répondu, même si elle croyait avoir senti une hésitation dans sa voix. Elle entreprit alors de lui raconter et continua à papoter sans se préoccuper du fait qu'il avait peut-être simplement envie de rentrer chez lui. Ronan l'écoutait attentivement. Il retint surtout que la sœur de Claire, la gendarme, lui avait dit que les gendarmes penchaient pour un accident. Il ne savait pas quel crédit il pouvait accorder à une telle affirmation, mais il comptait sur la maréchaussée locale pour ne pas faire d'excès de zèle. Qui aurait bien pu vouloir se débarrasser d'un pauvre type comme François Robert ? Pour quelle raison ? Une recherche rapide dans leurs fichiers leur avait sûrement appris que les accidents de bouée grenouille arrivaient, même s'ils étaient peu fréquents. De là à conclure que la bouée avait été crevée par un objet flottant non identifié, il n'y avait qu'un pas que Ronan espérait que les enquêteurs allaient franchir sans trop se poser de questions.

Son attention s'était portée à nouveau sur Claire. Elle était plutôt jolie. Les traits de son visage étaient fins, le regard franc même s'il sentait en elle comme une fêlure, quelque chose d'enfoui qui couvait en silence au fond de ses grands yeux clairs. Il n'était pas revenu habiter dans la maison de ses parents pour faire des connaissances, mais il se dit qu'il ne faudrait pas qu'elle insiste trop pour qu'il cède à cet appel que tout le corps de la jeune femme semblait jeter vers lui. Claire avait remarqué son trouble, elle s'arrêta soudainement au milieu d'une phrase et lui lança :

— Ça vous intéresse ce que je vous dis ?

Cela fit sourire Ronan, qui vit aussitôt qu'elle s'étonnait elle-même de son culot et le regrettait déjà.

— Bien sûr ! C'est juste qu'il me semblait qu'il y avait eu un autre noyé il y a quelque temps dans le coin.

Elle acquiesça et lui répondit que oui, ça faisait beaucoup, mais que c'était sûrement ce que l'on appelait la loi des séries. Encore une sortie toute faite ! Elle s'enfonçait et se dit qu'elle ferait peut-être mieux de cesser de parler, de le saluer et de reprendre sa route, en espérant une rencontre où elle aurait un peu plus d'inspiration.

C'est le moment que choisit Marlène Grandin pour apparaître dans le virage qui précédait la remontée vers le lotissement. Elle franchit la centaine de mètres qui les séparaient et s'arrêta. Ronan n'échappa pas aux quatre bises traditionnelles avant que Marlène ne s'adresse à Claire :

— Cela faisait longtemps que l'on ne s'était pas vues, depuis que Georges a terminé ses soins.

La jeune femme ne put qu'opiner et demanda des nouvelles de l'invalide. Il n'en fallait pas plus pour démarrer le moulin à paroles de la vieille bourgeoise. Son Georges allait beaucoup mieux maintenant et il avait en partie repris son train-train, même s'il ne sortait pas encore de la maison. Il attendait les beaux jours avec impatience pour pouvoir s'installer dans le jardin et observer la nature autrement qu'à travers les vitres de la véranda. Il passait son temps à regarder la Vilaine et la forêt environnante. Il avait d'ailleurs été plus ou moins témoin de la mort de François Robert.

La remarque fit sourire Ronan et il se demanda si les deux femmes avaient noté son soudain intérêt pour ce que disait Marlène. Rien ne semblait l'indiquer. Il interrogea d'un air détaché :

— Il a vu la noyade ?

Et reçut la réponse qu'il attendait :

— Non pas du tout, mais il pense avoir vu des remous sur la rivière au moment où le pauvre homme s'est noyé.

Rassuré, Ronan se dit qu'il devait quand même essayer d'en savoir plus sur ce que son voisin avait vraiment vu ou entendu, et surtout ce qu'il en avait déduit. La perche qu'il tendit à Marlène était énorme.

— C'est dommage qu'il ne puisse pas encore sortir sinon je vous aurais bien proposé de venir prendre l'apéro à la maison vendredi soir…

Mais comme il l'avait anticipé celle-ci s'en saisit aussitôt sans se poser de questions.

— Mais tu n'as qu'à venir, toi, ça lui changera les idées.

Ronan s'empressa d'accepter l'invitation. Marlène se tourna vers Claire.

— Claire, ça te dit de te joindre à nous ? On fera simple.

La perspective de passer son temps libre avec les Grandin n'enchantait pas Claire, c'était un euphémisme, mais elle ne voyait pas comment refuser. Un regard vers Ronan la convainquit que la soirée pouvait avoir quelques bénéfices, et elle s'entendit répondre qu'elle viendrait avec plaisir. Le rendez-vous était donc fixé pour le vendredi vers dix-neuf heures. Ronan songea que cette soirée pouvait être amusante à beaucoup de points de vue. Il pourrait questionner le vieux sur l'accident, mais aussi essayer de savoir si l'intérêt que la jeune femme semblait manifester à son égard était réel et pourquoi pas, aller plus loin. Il repoussa aussitôt cette idée. Sa priorité était la vengeance et il ne pouvait pas risquer que des impondérables viennent se mettre en travers de son plan. Faire entrer la belle-fille de son ennemi dans sa vie, même si c'était bref, ne présentait aucun avantage de ce point de vue-là.

Chapitre 8

Claire avait passé deux heures à s'interroger sur ce qu'elle devait mettre pour aller chez les Grandin. Les trente dernières minutes s'étaient écoulées sous l'œil amusé de Virginie. Elle avait dû essuyer les commentaires douteux de sa sœur dans lesquels elle croyait parfois déceler une pointe de jalousie. Elle connaissait les attirances de sa cadette et ne comprenait pas en quoi cela pouvait la gêner qu'elle tente de sortir avec Ronan. Le fait que Virginie n'ait personne dans sa vie ne voulait pas non plus dire qu'elle souhaitait que Claire partage son célibat. Elle se faisait des idées et la panique à la pensée de ne pas être à la hauteur la rendait parano. Elle hésitait entre une tenue décontractée, jean, chemisier et une jupe courte et un petit top plus moulant qui laissait deviner ses formes. Comment séduire sans aguicher ? Elle ne savait rien de lui. Virginie avait beau lui répéter qu'un mec comme ça devait aimer les salopes, cela n'eut pour effet que d'accroître son indécision. S'ajoutait à ce dilemme la fichue météo de ce début du mois de mars où contre toute logique les températures pouvaient varier du simple au double entre le jour et la nuit. Elle ne doutait pas que la maison des Grandin serait chauffée et qu'elle ne risquait pas d'attraper froid, mais depuis l'invitation par Marlène, elle avait cherché comment, après avoir quitté leurs hôtes, elle pourrait proposer à Ronan d'aller boire un verre sur le port de La Roche-Bernard. Elle ne savait pas s'il fumait et malgré la saison peut-être qu'il voudrait rester en terrasse pour assouvir son vice. Toutes ces interrogations qui en amenaient d'autres la rendaient folle et un dernier regard lui confirma qu'elle ne pouvait attendre aucun secours de la peste qui la taquinait depuis le canapé. En désespoir de cause, elle se rabattit sur ce qu'elle mettait le plus souvent lorsqu'elle sortait le soir, une robe mi-longue sous laquelle elle enfila des bas. Une veste de cuir par-dessus lui assurerait de ne pas sentir la fraîcheur si elle devait passer une partie de la nuit dehors.

L'attitude de Virginie avait fini par l'agacer et elle lui lança une petite phrase assassine :

— Il paraît que ton père s'est encore fait remarquer dimanche au stade…

Celle-ci escamota le sourire narquois de la jeune femme. Elle fit celle qui n'avait pas noté la pointe acerbe dans la voix de Claire. Elle répondit qu'elle n'était pas au courant, que bien souvent les flics étaient les derniers informés quand il y avait des problèmes. Claire regrettait déjà le ton qu'elle avait employé et elle raconta ce que lui avaient dit plusieurs de ses patients qui assistaient au match de foot du club de Basse-Vilaine le week-end précédent. Le fils de Patrick Chesnin avait été l'auteur d'un raté monumental et après les rires des spectateurs, la voix d'André Thomas avait résonné dans les tribunes : « Même quand ils ont deux jambes, ils ne savent pas s'en servir dans cette famille ! » Ces mots avaient fait sortir Patrick Chesnin de ses gonds. L'un de ses fils avait eu le tibia broyé par un piège quand il était encore très jeune. L'étau qui avait endommagé de manière définitive le membre inférieur gauche de son gamin, c'était lui qui l'avait posé pour protéger les faisans qu'il élevait pour les relâcher dans la nature juste avant l'ouverture de la chasse. Le gosse qui n'avait qu'une dizaine d'années à l'époque n'avait plus jamais marché normalement ensuite et c'était bien un sujet que tout le monde évitait avec Chesnin, qui était connu pour son irascibilité. Les deux hommes en étaient presque venus aux mains une fois de plus et il avait fallu l'intervention d'autres supporters autour d'eux pour que cela ne s'envenime pas davantage. Patrick Chesnin avait finalement renoncé à régler son compte à l'agent immobilier, et il était allé s'accouder à la main courante juste un peu plus loin. L'affaire en serait restée là s'il n'avait pas marmonné en s'éloignant : « Tu feras moins le malin quand tu seras en taule, parce que moi je te le dis, tu vas y aller ! » Interloqué, André Thomas avait bafouillé avant de rétorquer : « Et toi, ce n'est pas ta jambe que tu vas perdre si tu continues à m'emmerder ! » Les paroles d'accalmie des partisans des deux hommes firent diminuer la tension, mais ces deux reparties n'étaient pas tombées dans les oreilles de sourds et elles alimentaient depuis une bonne partie des conversations des villageois.

— Je ne sais pas ce qu'il a depuis quelque temps, il est souvent à cran. C'est clair que ça ne s'arrange pas avec maman, mais je pensais qu'ils étaient bien au-delà de ça et que la situation leur convenait à tous les deux, conclut Virginie quand sa sœur en eut terminé.

Claire ne semblait pas convaincue que cela ait un quelconque lien avec les affaires conjugales de son beau-père. Elle se demandait ce qu'avait bien pu vouloir dire Patrick Chesnin. Tout le monde savait qu'il n'allait pas bien depuis de longs mois, probablement même des années et que son licenciement avait encore aggravé les choses. Mais pourquoi menacer quelqu'un de l'envoyer en prison ? Tout cela n'avait décidément pas de sens. Virginie répondit que dans une ou deux semaines les gens auraient déjà oublié tout ça et préféreraient jaser des coucheries de leur infirmière avec le fils Bodinaud, ce qui lui valut de recevoir un coussin dans la face.

Il était dix-neuf heures quinze quand Claire sonna à la porte des Grandin. Elle s'était persuadée qu'elle serait la dernière et elle fut étonnée de constater que Ronan n'était pas encore là. Marlène surprit son regard et lui glissa :

— Ce sont toujours ceux qui sont les plus près qui arrivent les derniers ! Mais nous avons le temps, n'est-ce pas ?

Elle acquiesça et s'installa dans le canapé que lui indiquait la maîtresse de maison. Elle entendit le moteur du fauteuil de Georges avant que celui-ci ne pénètre dans la pièce et se releva pour l'accueillir. Le vieil homme paraissait mieux que lors de sa précédente visite et il s'était habillé pour la circonstance. Claire surprit la lueur qui scintillait dans ses yeux quand ils parcoururent ses formes et elle se rassit aussitôt, gênée par le comportement de celui dont la femme était juste à côté, occupée à remettre du combustible dans le poêle à pellets. Le carillon dans l'entrée dissipa le malaise qui s'était brièvement installé dans la pièce et Marlène disparut dans le vestibule. Claire entendit le bruit du verrou que l'on tourne avant de reconnaître la voix de l'homme qu'elle attendait. Elle se leva à nouveau lorsqu'il franchit la porte du salon et avança d'un pas vers lui, la main tendue. Elle crut voir une hésitation dans ses mouvements, comme s'il était décontenancé par ce geste dans une région où bien souvent, même s'ils sont de parfaits inconnus, les gens se font la bise quand ils se rencontrent. Elle se dit que la soirée commençait mal, mais le sourire revenu sur les lèvres de Ronan la rassura aussitôt. Une vague de bien-être la parcourut alors qu'il prenait sa main et la pressait délicatement. Il la laissa pour attraper celle de Georges, qui avait profité de l'arrivée de son invité et la diversion qu'elle avait créée chez la jeune infirmière pour poursuivre son examen minutieux et connaisseur des courbes de son corps. Cette fois, Claire ne put s'empêcher de s'en amuser et elle fit un clin d'œil au septuagénaire. Cela acheva de le désarçonner, si bien qu'il salua Romain au lieu de Ronan, qui à son tour l'appela Gérard, ce qui eut pour effet de déclencher les rires des deux femmes.

La table basse était couverte d'assiettes et de plats remplis de canapés, de pistaches et de petits morceaux de fromage, que Marlène faisait passer inlassablement à Claire qui, une fois servie les glissait à Georges, qui faisait des provisions puis les transmettait à Ronan, qui fermait le cercle en les redonnant à Marlène. Celle-ci était tellement absorbée à faire la conversation qu'elle ne picorait qu'une fois sur deux et tendait aussitôt, ce qu'elle venait pourtant tout juste de recevoir, à sa voisine. Après plusieurs navettes où elle n'arrivait plus à terminer ce qu'elle avait déjà sur la petite table à côté d'elle, l'infirmière repoussa les canapés. Les deux invités semblaient s'être donné le mot pour laisser leur hôtesse animer la soirée. Ils se contentaient l'un comme l'autre d'écouter ce qu'elle disait, même si à plusieurs reprises leurs yeux se croisèrent pour partager la désapprobation que leur inspiraient les paroles qu'elle avait prononcées. Claire était habituée à entendre toutes sortes d'énormités lors de ses tournées, mais quelques réflexions de Marlène Grandin la mirent quand même mal à l'aise.

Pendant ce temps, Georges, qui pour l'occasion avait eu l'autorisation conjugale de prendre un petit whisky, profitait du verbiage de sa femme et qu'elle soit absorbée par les deux jeunes gens pour refaire le niveau de son breuvage après chaque gorgée qu'il avalait. Dès que le débit de son épouse commençait à diminuer, il la relançait pour qu'elle ne reporte surtout pas son attention sur lui. Ronan et Claire avaient opté pour du vin blanc, comme Marlène qui en oubliait de porter son verre à ses lèvres.

Claire s'aperçut très vite que la consternation avait gagné le visage de Ronan, et elle se demandait s'il pouvait lire la même chose sur le sien. Comment la conversation qui avait démarré sur les renards qui visitaient leur propriété la nuit, avait-elle glissé vers l'état de la France et dérapé sur la nécessité de quelqu'un qui empêcherait tous les parasites de venir profiter de nos aides sociales et créer de l'insécurité partout ? Elle n'avait pas envisagé un seul instant que les deux personnes âgées puissent être de gauche, et cela ne la dérangeait pas plus que ça. C'était plutôt de ce côté de l'échiquier politique que son cœur penchait, bien qu'elle ne se reconnaisse dans aucun parti et se réservait le droit de voter selon son feeling, avouait-elle quand on lui posait la question. Mais l'extrême droite, quand même ! Ça, elle ne pouvait pas comprendre. Les gens ne retenaient-ils rien de l'histoire ? Tout n'était-il que l'éternelle répétition des mêmes erreurs jusqu'à ce qu'une crise, une guerre ou pire entache l'humanité ? Claire ne supportait pas l'injustice et l'intolérance. Elle s'était plusieurs fois fâchée avec des connaissances après des réflexions déplacées sur le sujet. Sa dernière relation « amoureuse » n'avait duré que deux semaines et s'était terminée sur une violente altercation déclenchée par un sourire moqueur lorsqu'elle avait expliqué qu'elle se mettait dans la peau d'une victime de racisme. Elle avait osé émettre qu'elle comprenait ce que pouvait ressentir celui qui se rendait compte que ce qu'on lui reprochait n'était finalement que ce qu'il était. Quelles que soient son attitude, sa personnalité, quel que soit ce qu'il pourrait réaliser dans sa vie, on le jugerait toujours sur un critère qu'il ne pouvait pas changer et qu'il n'avait de toute façon pas à changer. Le sourire de l'effronté s'était figé quand elle lui avait balancé : « Toi au moins tu vois, tu es con, mais de l'extérieur, ça ne se remarque pas. En plus, c'est quelque chose que tu pourrais changer ! » Sans que son amant ait le temps de dire quoi que ce soit, elle avait ajouté : « Non, en fait je ne pense pas que tu puisses changer. Je connais la sortie donc maintenant tu m'oublies ! » Elle avait ensuite claqué la porte en quittant la maison du pauvre type qui ne comprit pas où il avait merdé.

Ronan observait attentivement Claire et il avait noté qu'elle avait décroché depuis déjà quelques minutes. Ce qu'il avait vu lui avait plu. La jeune femme était choquée par certaines phrases de Marlène et les hochements de tête approbateurs de Georges. Dans ces campagnes où de plus en plus de gens votent à l'extrême droite sans même savoir pourquoi, il était rassuré, il y avait encore des humanistes et tout espoir n'était donc pas perdu. La dernière sortie de la septuagénaire sur l'esclavage que l'on ne pouvait pas reprocher aux Européens parce que les Africains le pratiquaient bien avant « qu'on » arrive, provoqua le retour sur terre de Claire et la fit lâcher un soupir qui alerta Ronan. La soirée était en passe de dégénérer. Il se tourna aussitôt vers Georges et lui lança :

— Alors Georges, Marlène nous a dit que tu avais été témoin de la noyade d'un pêcheur, il y a quelques semaines ! Ce n'est pas banal quand même.

Avant que Marlène n'ait eu le temps de préciser que ce n'était pas vraiment ce qu'elle avait rapporté, Georges était déjà parti dans ses explications. Un bref coup d'œil vers Claire renvoya à Ronan deux jolies amandes chargées de gratitude et il se félicita d'avoir fait dévier les débats vers quelque chose de moins polémique. La jeune femme semblait avoir du caractère et s'il n'excluait pas l'idée de la laisser donner libre cours à son tempérament, le moment et le lieu n'étaient pas opportuns. Il reporta son attention sur l'invalide et ce qu'il entendit le remplit d'aise. Il avait bien distingué le chaland et le dessin du canard colvert à l'arrière, mais il avait ensuite seulement remarqué la surface de la Vilaine s'agiter pendant quelques minutes avant de percevoir un bruit de moteur. Il en avait déduit que c'était le bateau qui avait fait ce tapage, mais quand il avait appris la mort de François Robert, il s'était dit qu'à quelques minutes près le mystérieux navigateur du matin aurait pu le sauver de la noyade. Peut-être même que s'il s'était retourné lorsqu'il s'éloignait de la bouée, il aurait aperçu le pêcheur en difficulté et il aurait pu faire demi-tour pour l'aider.

— Comme quoi des fois, ça tient à peu de chose, lui dit Ronan.

Le soulagement se mêlait chez lui à la satisfaction de constater que Georges avait vu exactement ce qu'il souhaitait et qu'il en avait tiré les conclusions auxquelles il voulait qu'il arrive.

Marlène venait de remplir les verres et il n'était donc pas possible de s'esquiver. Claire cachait de moins en moins bien son agacement et Ronan avait toutes les peines du monde à ramener la discussion vers des thèmes bateaux. Dès qu'il y parvenait, Marlène s'en emparait à nouveau et reprenait la voie qui avait heurté la jeune femme un peu plus tôt. D'un bref coup d'œil à sa montre, il constata qu'il n'était qu'à peine vingt heures et qu'il ne pouvait pas prendre congé avant une bonne heure s'il ne voulait pas paraître impoli. Il songea que le temps allait être bien long et qu'il devait trouver un sujet de conversation consensuel pour éviter tout dérapage. Par chance, les Grandin avaient un chien, enfin ce qui ressemblait à un chien plutôt. De très petite taille et de forme peu courante, l'animal ne se rapprochait de rien de connu. Ronan glissa, en pointant du doigt le canidé :

— Vous me l'avez peut-être déjà dit, mais il est de quelle race ?

De race, le brave Scotty n'en avait point et un bref regard

suffisait à s'en convaincre. La bestiole n'avait pas quitté les pieds de Georges, qui n'avait cessé de partager ses gâteaux apéritifs avec lui. S'il y avait au moins une explication à la silhouette de tonneau du roquet, il n'y en avait pas d'évidente pour l'odeur qu'il dégageait et que ses maîtres étaient bien les seuls à ne pas sembler sentir.

— Ce n'est pas la même taille qu'Osiris, constata Marlène. Il s'est bien adapté au climat finalement. Ça doit lui faire un sacré changement entre le Congo et ici ?

Il n'en fallut pas plus pour éveiller l'intérêt de Claire.

— Le Congo ? Lequel ? La RDC ? Où ça ?

Ses questions fusaient sans même qu'elle ne se rende compte que Ronan n'avait pas le temps d'y répondre.

— Ce n'est pas au Congo que tu étais, toi aussi, Claire ? l'interrompit Marlène.

Oui, c'était bien au Congo, mais pas du même côté du pays. Lui avait passé les trois dernières années à Kinshasa, alors que dix ans plus tôt elle avait écumé les deux Kivu et le Katanga pendant vingt mois. La jeune femme comprit que la connexion était faite et qu'elle avait là un prétexte tout trouvé pour l'inviter à boire un verre quand cet apéro cauchemardesque prendrait fin. Elle n'était déjà plus dans la conversation, qui en définitive n'avait servi à Marlène qu'à parler de sa nièce qui travaillait pour l'ambassade de France à Nairobi au Kenya, et à qui elle espérait bien rendre visite l'année prochaine. Les projets de voyage des Grandin occupèrent les trois quarts d'heure qui suivirent. Au grand soulagement de Claire, Ronan se leva en disant :

— Bon, on s'amuse bien, mais comme on dit chez moi, je vais vous demander la route.

Marlène le regarda perplexe et il dut lui expliquer que c'était une formule dans certains pays pour prendre congé. Claire sauta sur l'occasion pour annoncer qu'elle aussi allait partir et laisser Georges se reposer. L'ancien avait déjà piqué du nez au moins à deux reprises pendant que sa femme monologuait, et le whisky n'allait pas tarder à avoir raison du peu de lucidité qui lui restait. Marlène les raccompagna jusqu'au perron en espérant qu'il y aurait une prochaine fois très rapidement. Claire et Ronan acquiescèrent tous les deux et s'enfuirent vers le portail automatique dont les battants s'éloignaient l'un de l'autre au fur et à mesure qu'ils en approchaient.

Chapitre 9

Le portail se referma derrière eux tandis qu'ils avançaient vers la Ford de Claire. Son cerveau était en ébullition et elle voyait avec panique s'approcher l'instant où elle serait à côté de sa voiture, qu'elle l'ouvrirait et monterait dedans avec un simple au revoir. Peut-être recevrait-elle quatre bises sur les joues en guise de fin de soirée. Comment ne pas paraître trop empressée ? Et s'il refusait sa proposition d'aller sur le port ? Les idées se bousculaient dans sa tête, quand la voix de Ronan fendit la nuit :

— Ça m'a donné faim de l'entendre raconter ses conneries. Je dois bien avoir quelque chose à cuisiner vite fait si ça te dit.

C'était la première fois qu'il la tutoyait. Elle en frissonna de bien-être. Elle ne tergiversa pas et au risque de paraître trop pressée, elle lança :

— Avec plaisir, tant que ce n'est pas de la *chikwangue* ou du *foufou*, qui fut accueilli par un éclat de rire.

Elle le suivit jusqu'à la maison, alors qu'il la rassurait sur le contenu de son réfrigérateur.

L'entrée ouvrait directement sur une immense pièce probablement conçue pour servir de living et de salle à manger, mais que Ronan avait meublée d'un salon marocain pour une grande partie. Le reste était occupé par un bureau qu'une cloison amovible séparait d'une table entourée de quatre chaises. Claire remarqua aussi la cheminée, où du petit bois et deux bûches étaient déjà disposés et attendaient l'allumette qui les embraserait. Comme s'il ressentait le besoin de se justifier sur l'aspect spartiate de son intérieur, Ronan précisa :

— C'est provisoire, mais l'essentiel est là, avant de disparaître dans ce que Claire devina être la cuisine où elle le suivit.

— Blancs de poulet, crème fraîche, curry et tagliatelles. Ça te va ?

Elle opina et lui demanda si elle pouvait faire quelque chose. Il lui indiqua un meuble dans la pièce principale où elle pourrait trouver des verres et lui tendit une bouteille de *prosecco*.

— Si tu t'occupes de ça, ce sera parfait ! Je mets tout en chantier et j'arrive. Ensuite, on prend un vrai apéro en attendant que ce soit prêt. Tu veux de la musique ? Tu aimes quoi ?

— Fais comme pour toi, j'ai des goûts très éclectiques.

Il entendit la porte du buffet grincer, la vaisselle s'entrechoquer et le bruit d'un bouchon que l'on retire. Elle revint dans la cuisine alors qu'il coupait le poulet en petits morceaux. Elle lui tendit une flûte aux trois quarts remplie et leva la sienne en le fixant dans les yeux. Ce qu'elle vit dans l'azur qui la regardait la fit frissonner. Elle posa son verre sur le plan de travail et prit celui de Ronan pour le mettre à côté du sien. Elle colla ses lèvres sur les siennes et pressa son buste contre le sien sans qu'il oppose de résistance. Leur étreinte fut passionnée. Le carcan dans lequel le corps de la jeune femme avait longtemps été enfermé céda sous les premières caresses. Le tumulte qui l'emporta ne trouva de repos que bien plus tard dans la nuit, lorsque rassasiés et épuisés ils s'allongèrent côte à côte sur les coussins éparpillés au milieu du salon. Ils restèrent silencieux de longues minutes avant qu'il ne lui demande si elle voulait manger maintenant. Elle ne réagit qu'en se serrant encore un peu plus contre lui. Malgré la température peu élevée dans la grande pièce, elle se sentait bien. Pour la première fois, elle ne songeait pas à cacher la nudité de ce corps qu'elle avait tant martyrisé sans en retirer ni soulagement, ni réponse au pourquoi de l'injustice qui l'avait frappée des années plus tôt. Elle aurait voulu figer ces instants et rester là contre lui, mais il s'était levé et montait l'escalier à droite de l'entrée. Il en redescendit quelques minutes plus tard avec deux peignoirs de coton d'un blanc immaculé. Il avait déjà revêtu le sien et lui tendit l'autre après l'avoir ouvert. Claire vint s'y blottir et pressa son dos contre le torse accueillant de Ronan. Elle le sentit se dresser à nouveau et se retourna vers lui, câline et effrontée.

— On peut en garder pour tout à l'heure.

Il l'embrassa longuement, puis se dirigea vers le bureau où il alluma l'ordinateur portable.

— Tu vas te mettre à travailler maintenant ?

Pour toute réponse, la voix chaude d'Alain Bashung envahit la pièce. Ils avaient des goûts musicaux en commun. Claire se dit qu'il devait y avoir un os quelque part, et que ces instants de félicité parfaite allaient disparaître aussi subitement qu'ils étaient arrivés, mais déjà il revenait vers elle.

— Tu veux un *prosecco* ? Un autre, frais celui-là.

Son sourire valait un oui. Il la précéda dans la cuisine, où il vida dans l'évier les deux flûtes à peine entamées qu'ils avaient abandonnées sur la table. Il ouvrit le frigo pour sortir la bouteille débouchée quelques heures plus tôt et se servir à nouveau. Ils s'installèrent l'un contre l'autre dans l'un des coussins d'angle du salon marocain qui n'avait pas été déplacé lors de leurs ébats.

Un silence confortable prit possession de la pièce, seulement perturbé de temps à autre par le bruit des verres qu'ils posaient sur la table basse. Un frisson parcourut l'échine de Claire, mélange de bien-être et du froid qui la saisissait maintenant que la chaleur de son corps était redescendue. Ronan se leva aussitôt pour se diriger vers la cheminée et embrasa les cubes. Claire s'approcha. Elle lui tendit sa flûte et s'installa par terre à côté de l'endroit où il s'était accroupi, tandis que les flammes enflaient et venaient lécher les rondins de bois qui ne tardèrent pas à rougeoyer. Il disposa le pare-feu et s'assit à son tour.

— Voilà ! C'est mieux comme ça.

Elle hocha la tête et son sourire le fit à nouveau chavirer. Ronan sentait le piège se refermer sur lui. Il s'était juré de ne pas avoir de relations, même brèves, tant que sa vengeance ne serait pas complète. Il ne pouvait pas se permettre d'être distrait, son attention devait être entièrement focalisée sur son objectif. Les deux premiers chasseurs morts n'étaient que le prélude à ce qu'il avait en vue pour les assassins de celle qu'il considérait comme l'amour d'une vie. Il entamait tout juste sa vengeance et déjà il enfreignait une des règles qu'il s'était fixées. Il avait beau essayer de se rassurer, de se dire qu'il avait aussi eu des aventures d'un soir, qu'il ne tenait qu'à lui qu'il en soit ainsi encore une fois, il devait bien s'avouer que ce qu'il venait de se passer était totalement nouveau pour lui. Il n'avait jamais éprouvé une telle fusion charnelle avec une femme, et la seule pensée de la peau de son amante contre la sienne le fit se raidir sous le peignoir. Les yeux perdus dans le feu qui dansait devant elle, Claire ne remarqua pas le coton déformé par le désir. Elle vit encore moins le regard de Ronan derrière lequel faisait rage une lutte entre l'envie de la couvrir à nouveau de son corps et la nécessité de ne pas rendre les choses encore plus compliquées. Plus que le plaisir qu'il avait éprouvé, c'était ce qu'il sentait germer en lui qui l'inquiétait. Dès leur première rencontre, le matin où sa voiture était bloquée, il avait saisi quelque chose de particulier dans les yeux de la jeune femme, même s'il avait été incapable de mettre un nom dessus. Ce soir encore, il devinait en elle une fragilité cachée malgré un caractère bien trempé. Tout chez elle transpirait une personnalité construite dans la douleur et la colère. Il supposait qu'elle s'était lentement apaisée, mais qu'elle gardait enfoui au fond d'elle un lac de lave qu'une simple secousse aurait pu animer et faire jaillir de nouveau. Elle donnait envie de la protéger, mais quelque chose d'insaisissable traduisait une force peu commune qui avait dû rebuter bien des prétendants. Ce fut elle qui dissipa le silence.

— Mais il est où ton chien ? Je ne l'ai ni vu, ni entendu.

— Il est en pension, dit-il un peu gêné.

— En pension ? Tu avais prévu ce qu'il vient de se passer ou quoi ?

— Non, pas du tout ! En fait, il est chez un éleveur qui a des femelles Ridgeback et qui veut faire une saillie pour l'une d'entre elles. Je le lui ai donc confié le temps que ces deux-là fassent leur affaire.

Un sourire se dessina sur les lèvres de la jeune femme et soudain, elle éclata de rire.

— Eh bien, c'est la fête pour tous les mâles de la maisonnée aujourd'hui ! Que la fête continue alors !

Sa main se glissa sous le peignoir de Ronan et elle saisit délicatement ce qui s'offrait déjà à elle. Elle le caressa doucement pendant qu'elle envahissait sa bouche. Elle détourna la main de Ronan qui descendait vers son bas-ventre et d'une légère pression sur son torse le fit s'allonger sur le dos, tandis que de ses baisers et de sa langue elle effleurait sa poitrine. Elle ne s'attarda pas sur ses abdominaux que l'excitation agitait de petites contractions, et ses lèvres allèrent l'engloutir. Elle passa de longues minutes à le parcourir, le libérant puis l'emprisonnant à nouveau, le repoussant avec délicatesse quand il essayait de l'amener sur lui. Ronan avait perdu le contrôle et n'y tenant plus, il se déversa en elle tandis qu'elle continuait de l'aspirer au plus profond de sa gorge. Elle bascula ensuite sur le côté, se releva et se précipita dans la salle de bains. Elle en ressortit cinq minutes plus tard, l'air presque désolé.

— Je ne fais pas ça d'habitude, je ne sais pas ce qui m'a pris.

— Est-ce que je me suis plaint ?

Elle vint se coller à lui. Elle n'osait le regarder, se demandant ce qu'il pensait d'elle maintenant. Elle avait aimé ça, mais ne savait plus trop désormais si elle n'avait pas été trop entreprenante pour une première fois. Une première fois ? Elle en espérait donc d'autres, mais qu'est-ce que lui souhaitait ? Elle ne voulait surtout pas gâcher le moment présent et malgré son besoin de savoir s'il allait y avoir une suite pour eux, elle préféra demeurer silencieuse. Bashung se démenait toujours avec un lego quand Ronan murmura :

— Tu peux rester la nuit ici si tu veux.

À nouveau, c'était comme s'il avait deviné ses pensées, anticipé ses envies. Les yeux pleins de joie, elle lui avoua qu'elle n'avait jamais envisagé de rentrer chez elle. Elle s'était également arrangée avec sa collègue pour le travail le lendemain matin. Elle porta la main devant sa bouche après cette confession qui lui avait échappé et qui pouvait laisser sous-entendre qu'elle avait projeté de coucher avec lui ce soir-là. Il ne s'y trompa pas et d'un air moqueur, il lui demanda si finalement il n'était pas tombé dans un traquenard. Elle rétorqua que c'était peut-être le cas, mais que la victime semblait plus que consentante et que pour porter plainte, c'était auprès de sa sœur et donc ça avait peu de chance d'aboutir.

L'estomac de Claire les fit sursauter tous les deux.

— Tu as faim maintenant ?

— Un peu.

— Eh bien, je vais le préparer ce poulet au curry.

Il s'était déjà levé et avait disparu dans la cuisine. Elle s'allongea sur l'un des canapés et faillit renverser son *prosecco* lorsqu'elle essaya de boire sans se redresser. Dans la baie vitrée que la nuit avait transformée en miroir, elle vit son sourire satisfait et souhaita que cette nuit ne se termine jamais. Un voile passa sur son visage presque aussitôt quand elle comprit à quel point leurs deux vies étaient si différentes, lui entre deux missions et elle engluée dans sa routine. La tristesse l'envahit, elle vida son verre d'un trait et se précipita dans la cuisine pour rejoindre Ronan. Si cela ne devait pas durer, elle voulait au moins en profiter au maximum.

L'odeur du pain grillé la réveilla. Elle chercha vainement sa montre puis se souvint l'avoir laissée sur la table du salon avant qu'ils ne se retrouvent nus l'un et l'autre. Elle s'étira en souhaitant qu'il remonte et lui fasse l'amour une fois de plus, puis se résigna à descendre vers le bruit des casseroles au rez-de-chaussée. Il était là devant la cuisinière et venait tout juste de casser des œufs dans une poêle. Il ne l'avait pas entendue arriver. Elle se glissa derrière lui, l'encercla et l'embrassa dans le cou. Elle avait toujours détesté les lendemains, éternels synonymes de regards gênés qui n'auguraient d'aucun avenir et c'est avec appréhension qu'elle scruta son visage quand il se dégagea de son étreinte pour lui faire face. Le sourire bienveillant et les yeux bleus lumineux eurent raison de toutes ses préventions.

— J'ai fait des œufs, il y a du pain grillé. Je ne suis pas encore allé à la boulangerie. Beurre, confiture ? Sinon tu fouilles pour voir ce qui te plaît. Café ?

— C'est parfait. Juste un café et une tartine.

— Tiens, assieds-toi. Je t'apporte ça. Sucre ? Lait ?

— Noir. Et du beurre pour le pain. Il est salé au moins ?

— Hé ! J'ai beau avoir quitté la Bretagne il y a un bail, j'ai gardé les fondamentaux. Du beurre sans sel, ce n'est pas du beurre, mais de la margarine.

— On est sauvés alors !

Leur petit-déjeuner se déroula en silence, mais plus que de la gêne, c'était surtout la peur de mettre fin à ce moment privilégié qui réfrénait les questions que Ronan avait envie de lui poser. La nuit leur avait fait connaître leurs corps, mais elle était demeurée muette sur le reste. Il renonça à engager la conversation sur ce qu'était sa vie. Elle ne semblait pas non plus décidée à lui demander quoi que ce soit. Seul le bruit du couteau sur le pain grillé et de la petite cuillère dans sa tasse venait perturber cette douce quiétude matinale. N'y tenant plus, Ronan finit par lâcher :

— Je dois aller rejoindre Osiris dans le Finistère cet après-midi. Je ne reviens qu'en début de semaine prochaine, mais j'aimerais bien qu'on se revoie quand je serai de retour. Si tu en as envie bien sûr ? s'empressa-t-il d'ajouter.

Il ne contrôlait plus ses mots et les regrettait au fur et mesure qu'ils quittaient sa bouche. Ce n'était pas vraiment la meilleure façon de ne pas s'attacher à quelqu'un.

— Ça peut aussi rester comme ça, juste un bon moment entre nous et chacun reprend son chemin.

Elle plaqua la paume de sa main sur ses lèvres et lui dit simplement :

— J'en ai envie aussi. Va en week-end et si tu n'as pas changé d'avis, appelle-moi quand tu seras rentré !

Une voix au fond d'elle hurlait qu'elle ne voulait pas qu'il parte, qu'elle allait passer les jours suivants à attendre son appel et angoisser à l'idée qu'il se ravise et préfère en rester là. Il ne prendrait peut-être même pas la peine de lui téléphoner pour le lui dire. Il retira doucement sa main et se contenta d'un « sans faute » qui ne la rassura pas vraiment. Quand elle monta dans sa voiture une heure plus tard, le vide la rattrapa et ce fut les yeux embués qu'elle s'engagea en direction de Camoël pour rejoindre la maisonnette qu'elle louait à proximité du barrage.

Chapitre 10

André Thomas essayait toujours d'éviter de travailler le samedi après-midi, mais cette fois-ci, le client ne lui avait pas laissé le choix. Et surtout, les ventes étaient rares en ce moment. Les journalistes avaient beau répéter à la télé que le marché était en expansion, il n'avait rien remarqué, bien au contraire. Les gens faisaient construire et n'achetaient presque plus de maisons existantes. C'était malheureusement le segment vers lequel il s'était orienté. S'il était élu maire, ou plutôt quand il serait élu maire, il ferait le nécessaire pour que les nouveaux arrivants n'aillent plus s'installer dans les écarts où il y avait encore des terrains à bâtir, mais qu'ils n'aient d'autre choix que de se rabattre sur de l'occasion. Il suffirait de modifier le plan local d'urbanisme pour que ces campagnards du dimanche reviennent pousser la porte de son agence immobilière et lui réclament des biens près du bourg, là où il n'y avait plus de parcelles vides. Pour l'heure, il était surtout occupé à nettoyer sa Nissan. Il aurait peut-être quand même dû refuser ce client, qui non content de l'obliger à travailler en dehors de ses horaires habituels, lui avait demandé s'il pouvait l'emmener visiter des maisons avec sa propre voiture, car sa fille avait besoin de la sienne. Encore heureux qu'il ne doive pas aller le chercher ! Il ne savait pas très bien où d'ailleurs, puisqu'il viendrait à l'agence. Il aspirait à la tranquillité, la nature, proche de la Vilaine, sans voisins, et cela aussi agaçait au plus haut point André Thomas. Il avait bien des choses qui correspondaient à ça dans son fichier, mais ce n'était pas juste à côté. Aller de l'une à l'autre des maisons allait lui bouffer son après-midi. Il voulait du calme ? Eh bien, le calme, ça se payait et tant qu'à lui faire perdre son temps, il allait lui montrer uniquement les résidences les plus chères. Au téléphone, l'homme ne lui avait pas donné de budget et très peu de détails sur le bien en lui-même, l'environnement semblait plus important que le bâtiment. Pourvu que ce ne soit pas encore un de ces abrutis de citadins qui aimaient se balader à travers le canton, pour finalement réfléchir et ne plus jamais donner signe de vie. Il en voyait passer un paquet de ces touristes de l'immobilier qui occupaient leurs vacances à visiter des maisons qu'ils n'avaient souvent ni les moyens, ni vraiment l'intention d'acheter. La campagne, ça fait rêver lorsque l'on n'y vit pas, mais si l'on y pense un peu, ça peut rapidement devenir d'un ennui mortel. Quand vous devez faire quatre kilomètres pour aller chercher le pain, dix pour faire vos courses, trente pour aller au cinéma, faire une croix sur le théâtre, l'opéra et les concerts et par-dessus ça avoir une connexion Internet dont la lenteur vous permet de faire la vaisselle avant que la page que vous avez demandée s'affiche, ça vous remet les idées en place et vos envies de prairies se transforment très vite en cauchemar quotidien. On ne s'improvise pas *péquenot*, c'est dans le sang !

Ronan avait stationné son Trafic sur le parking du terrain de foot, au milieu des véhicules des parents qui avaient amené leurs enfants taper dans le ballon tout l'après-midi. Il savait que les matchs allaient se succéder et que sa voiture serait invisible parmi les autres jusqu'à la fin de la journée. Il se dirigea à pied vers le bourg et s'arrêta dans les toilettes publiques qu'il avait repérées. Il enfila la perruque et la moustache et retourna sa veste avant de repartir en direction de l'agence immobilière dans le centre de Pénestin. Le village était à peine plus grand que Férel, mais assez pour que son petit manège passe inaperçu. Les touristes étaient présents toute l'année dans la station balnéaire, même si c'était une période plutôt creuse. Il pénétra dans la boutique et sentit son rythme cardiaque s'accélérer comme chaque fois qu'il croisait Thomas. Il devait se contrôler ! L'heure n'était pas encore venue de faire payer l'homme qui faisait semblant de fouiller dans les piles de dossiers qui envahissaient le bureau derrière lequel il était assis. Il s'avança vers lui et, masquant sa répulsion, il saisit la main que l'autre lui tendait.

Ils s'installèrent et l'agent immobilier engagea la conversation avec des broutilles auxquelles Ronan ne répondait que brièvement. André Thomas se félicita que le type ne soit pas causant, ça irait plus vite. Monsieur Legendre était veuf et sa fille, mariée, habitait dans la région. Il était expatrié et il voulait un endroit où poser ses valises pendant ses congés et que sa fille et son mari pourraient occuper ou louer de temps à autre, c'est elle qui déciderait. Il envisageait dans quelques années de prendre sa retraite dans le coin et acheter une maison avait donc du sens. Thomas voyait exactement ce qu'il allait proposer au moustachu. Qui portait encore la moustache de nos jours d'ailleurs ? Était maintenant venu le tour de la question principale : combien était-il prêt à mettre pour acquérir la merveille d'une vie ? La réponse fit frissonner le commerçant : ce n'était pas une question d'argent ! Oui, mais quand même, c'était plutôt deux cent mille euros ou cinq cent mille ? Il fallait que le monsieur comprenne qu'on n'était pas dans la même gamme. Il l'avait compris et cinq cent mille étaient une bonne base de départ pour lui. Cela pouvait être un peu plus s'il avait un coup de cœur. André Thomas se dit qu'après tout sa journée n'allait peut-être pas être si mauvaise que ça.

Ronan, alias Legendre, avait joué l'acheteur peu convaincu dans les deux premières maisons. Elles étaient trop près de Férel. Il avait besoin, le moment venu, que Thomas soit le plus éloigné possible du petit village. L'agent immobilier avait hésité et finalement, il lui avait suggéré d'aller voir une propriété qui avait tout juste intégré son catalogue et pour laquelle il serait le premier visiteur. Il ne lui avait pas proposé d'emblée, car elle était un peu loin, mais si cela n'était pas un problème pour lui, il se ferait un plaisir de l'y emmener. Il suffisait de repasser à l'agence pour prendre les clés. Ce n'était pas tout à fait sur la route puisque la demeure était à Théhillac, à l'autre bout du canton, mais ça valait le coup de faire le détour. Ronan accepta et se dit que la distance serait parfaite. Il leur fallut en effet presque trente minutes pour y arriver et Ronan se montra tout de suite intéressé. Il matraqua son guide des questions qu'il n'avait pas posées dans les maisons précédentes, et multiplia les mimiques de satisfaction qu'il agrémentait d'exclamations de plaisir. Thomas était aux anges. Il le tenait ! Une telle vente lui ferait oublier les derniers mois difficiles et renflouerait sa trésorerie. Il n'allait peut-être pas être obligé de licencier sa secrétaire après tout. Ce n'était pas qu'elle lui était indispensable et son efficacité restait à démontrer, mais elle avait un *cul* qui, à simplement y penser, lui procurait un début d'érection. Il se trouvait qu'il n'en avait pas fini avec elle de ce côté-là.

Les deux hommes se séparèrent devant l'agence une heure plus tard. Legendre refusa encore une fois poliment de se faire raccompagner à Arzal, où vivait sa fille. Elle devait déjà être en route et il lui avait donné rendez-vous à la Mine d'or, jusqu'où il se faisait un plaisir de marcher. Une brève poignée de main avait conclu la rencontre, Ronan s'était dirigé tranquillement vers la plage et avait bifurqué vers le stade. Un peu avant d'y arriver, sûr de ne pas être remarqué, il se départit de la perruque et de la moustache, puis remit sa veste à l'endroit et glissa les deux postiches dans l'une des poches. Comme il l'avait prévu, il restait encore de nombreux véhicules sur le parking et personne ne fit attention à lui quand il monta dans son estafette et prit la route vers Arzal. Il savait qu'il courait peu de risque s'il était vu. Qui pourrait bien faire le rapprochement entre lui et le mystérieux monsieur Legendre, avec lequel André Thomas prétendrait avoir eu rendez-vous deux semaines plus tard et qui lui aurait posé un lapin ? Il ne lui fallut que vingt minutes pour rejoindre la N165 et emprunter la direction de Vannes. Osiris l'attendait et il avait promis au propriétaire de l'élevage qu'il le récupérerait avant vingt heures. Il était largement dans les temps. Il pourrait s'arrêter dans un supermarché et faire quelques courses pour les quelques jours qu'il avait prévu de passer près de Bénodet, dans l'autre petite maison dont il avait aussi hérité de ses parents. Il n'avait pas beaucoup avancé sur son roman depuis une semaine, et cet exil voulu dans l'arrière-pays bigouden lui permettrait de se focaliser dessus afin de finir la structure du livre. Il ne lui resterait plus alors que l'écriture et de ce côté-là, il n'y avait pas d'inquiétude à avoir. Ça irait vite, il le savait. Il avait promis à Yann de lui envoyer une version presque définitive pour la fin juin et il entendait bien tenir sa promesse. Leur dernier contact téléphonique lui avait permis de récolter les ultimes détails de la vie de son ami, dont il avait besoin pour raconter sa rocambolesque première expérience dans l'humanitaire. Bien sûr, ni l'un ni l'autre ne comptait en faire un best-seller, mais pour Yann, c'était une sorte d'exutoire après la mort de son père, et pour Ronan, c'était l'occasion de réaliser un vieux rêve et pourquoi pas d'envisager de nouveaux projets littéraires après. Il n'en était pas encore là, il devait d'abord mener à son terme son premier roman. La monotonie de la nationale entre Lorient et Quimper était encore accentuée par un petit crachin qui peinait à nettoyer le pare-brise du Trafic alors que les essuie-glaces étalaient les insectes écrasés qui y séjournaient depuis plusieurs jours. Il s'arrêta dans une zone commerciale à la sortie de la sous-préfecture morbihannaise et acheta le nécessaire pour manger le soir et le lendemain, sans oublier le sac de croquettes pour Osiris. Il avait prévu de rentrer aux Berges de l'Isle le mardi, mais ce qu'il s'était passé avec Claire le perturbait. Il avait besoin de réfléchir et de mettre un peu de distance entre eux. Penser à la jeune femme fit monter en lui une envie presque irrépressible de lui envoyer un petit message pour lui demander comment elle allait, mais il se reprit aussitôt. Il posa son téléphone dans son support sur le tableau de bord et songea qu'il vaudrait mieux qu'il reste la semaine complète à Plonéour-Lanvern. Il devait à tout prix l'oublier et garder toute son énergie et son attention pour son plan. L'avoir accueillie dans son antre était déjà une erreur. Avoir couché avec elle en était une autre, alors la revoir relèverait de la pure *connerie*. Ce n'était pas très élégant, mais la meilleure solution, et surtout la plus simple pour lui, était de ne plus donner de nouvelles. Elle passerait à autre chose quand elle aurait compris qu'elle n'avait rien à espérer de lui. D'ailleurs, attendait-elle quelque chose ? Il se trouvait soudain présomptueux. Elle ne voulait peut-être que s'envoyer en l'air pour la nuit, et il aurait mal interprété les signes dans lesquels il croyait déceler quelque chose de plus. Il ne devait plus y penser ! Il inséra un CD de Keith Jarrett dans l'autoradio, puis se ravisa, lancé à cent dix kilomètres-heure le véhicule ferait trop de bruit pour apprécier le concert de Budapest. Il glissa un Springsteen à la place et quitta le parking pour reprendre son trajet vers son chien et la solitude dont il avait besoin pour être à nouveau dans la trajectoire qu'il s'était donnée pour les prochains mois.

Chapitre 11

Il n'était pas onze heures et Patrick Chesnin terminait tout juste sa troisième bière. De son garage, où il s'acharnait sur la tondeuse à gazon qui ne voulait plus démarrer, il aperçut le randonneur avancer d'un pas décidé sur le sentier qui passait derrière chez lui. Encore un de ces abrutis d'écolos qui faisaient *chier* les chasseurs qu'ils accusaient d'être au mieux dangereux, mais le plus souvent d'être des assassins. Comme si flinguer des lapins ou des faisans, c'était comme buter un mec ! Et dire que la plupart de ces crétins bouffaient de la viande sans se dire que l'animal qu'ils dégustaient avait bien dû être tué par quelqu'un lui aussi avant d'atterrir dans leur assiette. Il n'aimait pas les écologistes. C'était à cause d'eux si son fiston avait une patte folle. Il savait qu'un jour ces terroristes essaieraient d'ouvrir les portes de son élevage de faisans, et c'est pour ça qu'il avait piégé les alentours. Il ne pouvait quand même pas se douter que le marmot allait venir traîner dans les parages et se faire fracasser la jambe par le piège à mâchoires. Il tenait bien de sa mère celui-là ! Toujours à *l'emmerder* et à pleurnicher pour un oui ou pour un non. Le pire, c'est que tout le monde pensait que c'était sa faute ce qui était arrivé ce jour-là. Il y avait même eu une enquête de la gendarmerie. Une chance que le capitaine et le maire de l'époque soient des chasseurs, sinon il se serait peut-être retrouvé au tribunal. Tout ça parce qu'il voulait défendre ses bestioles contre ces extrémistes ! Les gens avaient beaucoup jasé, même ceux qui étaient les plus contents quand il relâchait les faisans à quelques jours de l'ouverture de la chasse et qui faisaient ensuite un carton sur les pauvres bêtes qui pensaient qu'on leur apportait à manger.

Heureusement, l'affaire avait été étouffée. Bien sûr, sa femme n'avait plus jamais été la même avec lui. Bien sûr, le mioche le regardait toujours avec la crainte au fond des yeux lorsqu'ils étaient dans la même pièce, mais le pire dans tout ça, c'est qu'il avait été obligé d'arrêter l'élevage. C'était la condition pour que sa mariée ne se barre pas avec les mômes. La garce l'avait quand même planté là il y a un peu plus d'un an, alors que le dernier des garçons venait tout juste de quitter la maison. Elle avait bien caché son jeu. Il s'était retrouvé tout seul un soir dans la cuisine, fixant l'horloge Ikea au-dessus de l'étagère à provisions. Depuis, l'alcool avait pris le dessus et il avait fini par perdre son boulot. Pas à cause de lui, mais parce que le vieux qui tenait le garage à Férel était parti à la retraite, et la banque n'avait pas voulu lui prêter l'argent pour racheter l'affaire. Il n'avait pas les garanties, avait dit le conseiller au Crédit agricole, surtout maintenant qu'il était en procédure de divorce. Depuis, ça ne s'était pas arrangé. Il faut dire que la picole ça coûte cher, et que les allocations-chômage ça ne mène pas bien loin. Il ne restait pas grand-chose une fois qu'étaient prélevés l'emprunt de la maison, celui de la bagnole et les deux crédits à la consommation que sa bonne femme avait pris pour s'offrir un voyage au Kenya avec sa sœur et une petite voiture d'occasion. Elle avait bien préparé son coup la salope ; son salaire allait sur le compte de sa frangine et elle refusait de participer au remboursement des dettes. Elle avait bien assez payé pendant toutes ces années passées à côté de lui, disait-elle à qui voulait l'entendre. C'est vrai qu'elle gagnait beaucoup plus que lui, mais ne s'étaient ils pas mariés pour partager le pire et le meilleur ? Il aurait dû écouter sa mère, qui lui répétait qu'il ne fallait pas convoler en dehors de sa classe sociale. La vieille n'avait jamais aimé sa belle-fille et elle avait bien raison. Si elle était encore en vie, elle lui aurait ri au nez et balancé un « je te l'avais bien dit ». Mais elle n'était plus là, et sa femme non plus. Bien sûr, il n'aurait jamais dû la frapper, mais c'était plus fort que lui, de temps en temps il pétait les plombs. Maintenant, il était coincé et tous les torts seraient pour lui. À presque cinquante ans, il ne voyait pas comment il retrouverait du boulot de sitôt. Dans la région, le secteur était mort, comme lui en quelque sorte.

Il reconnut le promeneur quand il poussa le portillon du jardin d'une main en secouant sa gourde vide de l'autre. C'était le mec qui venait d'arriver dans le lotissement de bourgeois à l'Isle. Il ne le connaissait que de vue, mais les ragots prétendaient que le type avait voyagé et était en relation avec du beau monde. Peut-être qu'il pourrait l'aider à se barrer d'ici ? Ils devaient bien avoir besoin de bons mécaniciens dans les pays de *niakoués* et de *bamboulas* où il avait travaillé. Des conseils seraient les bienvenus. Il le laissa avancer sans méfiance et lui lança :

— À sec ?

Ronan acquiesça. Il précisa que même s'il était presque rendu, il remplirait bien sa gourde si ça ne le dérangeait pas. Il tendit le bras vers le bidon et lui fit signe de s'asseoir.

— Eau du robinet, ça va ? Vous voulez une Kro aussi ? Vous êtes quasiment arrivé, vous avez bien un peu de temps ?

Ronan n'en demandait pas tant et accepta bien volontiers. Pendant que Chesnin allait chercher l'eau et la bière, il s'assura que dans le local tout était encore en place. Plusieurs semaines auparavant, caché dans le petit bois derrière la maison, il avait observé l'intérieur du garage avec ses jumelles. Il avait vu qu'il y avait tout ce dont il avait besoin pour procéder à l'exécution du troisième chasseur. La corde, la chaise n'avaient pas bougé et comme il l'avait pressenti, l'une des poutres métalliques qui constituaient la charpente de l'annexe ferait très bien l'affaire. Il avait tout d'abord pensé mettre tout de suite sa victime hors d'état de nuire, mais cela comportait des risques, car l'homme était assez costaud et ne se laisserait pas facilement faire. Il avait finalement opté pour une méthode plus douce qui éviterait des traces sur le corps. Il fallait que l'on croie qu'il s'était donné la mort. Ronan savait tout de la situation financière, affective et psychologique de Patrick Chesnin, et il escomptait bien que cela suffise à clore l'enquête très vite avec le suicide pour conclusion. Il toucha dans sa poche le flacon de curare. C'est fou ce que l'on pouvait se procurer par Internet aujourd'hui, pourvu que l'on connaisse la personne qu'il fallait. La Légion ne lui avait pas apporté que de bons souvenirs, mais il s'y était fait quelques amitiés indéfectibles, et surtout peu regardantes sur ses intentions quand il avait besoin d'un service. Il ne savait pas, n'avait surtout pas demandé ce que faisait Angelo désormais, mais comme promis, moins de deux semaines après que le Paraguayen lui avait dit de ne pas se tracasser, que le Dark Web était fait pour ça, le flacon de poison paralysant l'attendait dans un relais colis, parmi d'autres d'huiles essentielles. Il lui avait surtout rappelé plusieurs fois de manipuler avec précaution la petite fiole sur laquelle était écrit « bergamote ». Apprendre comment utiliser le curare avait été un jeu d'enfant, tout était en ligne pour qui cherchait bien.

Patrick Chesnin revint avec deux bières dans une main et la gourde pleine dans l'autre. Ronan le remercia et dévissa le bouchon de la canette de Kro.

— Un problème de tondeuse ? dit-il en montrant l'engin à moitié désossé.

— Saloperie de matériel chinois, ça coûte pas cher à l'achat, mais c'est tout le temps en panne et tu peux toujours courir pour faire marcher la garantie.

— Vous avez l'air de vous y connaître en mécanique.

— J'étais garagiste chez Plaud dans le bourg avant qu'il ne parte à la retraite, alors les moteurs, vous pensez bien que c'est mon truc. Ma bonne femme me disait sans arrêt que même quand je n'étais pas au boulot, il fallait que je mette les mains dans le cambouis au moins une fois par jour, sinon ça n'allait pas bien.

Il soupira et reprit :

— Maintenant, c'est le chômedu !

— Ah, désolé. Vous allez retrouver, faut être patient.

Vous allez retrouver, vous allez retrouver ! Comme il y allait, lui. Qu'est-ce qu'il croyait, qu'il suffisait de traverser la route pour trouver du travail ? Quand tu as des diplômes ou que tu habites en ville, ça peut marcher parfois, mais dans un bled paumé, dans une région oubliée, tu peux traverser toutes les rues que tu veux, tu ne seras pas plus avancé à la fin de la journée.

— Des fois, je me dis que je devrais me barrer en Afrique ou ailleurs. Un bon mécano, ça doit pouvoir être utile là-bas.

— Oh oui, sûrement. J'en ai connu des expatriés qui avaient monté leur petit business à Bamako, ou à Kinshasa. Ça fonctionne toujours bien. Les gens ont confiance quand c'est un Blanc qui répare leur voiture. On se demande bien pourquoi d'ailleurs !

— C'est vrai ça ? Vous auriez peut-être des contacts à me donner ? Je pourrais commencer comme mécano, mettre un peu d'argent de côté et ouvrir mon garage à moi plus tard.

— Je vais réfléchir et activer mon réseau.

Ronan se dit que tout se passait décidément encore mieux qu'il ne l'avait espéré. Chesnin venait de lui tendre la perche qui allait lui permettre de l'éloigner de sa bière le temps qu'il y mette le poison. Il sortit son téléphone portable.

— C'est quoi votre adresse e-mail que je la transmette à ceux qui pourraient être intéressés par vos compétences ? Vous avez peut-être un CV ou quelque chose qui y ressemble ?

— Un CV ? Pour sûr que j'en ai un CV, c'est la seule chose à laquelle ces feignasses de Pôle emploi m'ont été utiles : faire un CV ! Attendez, je vais aller le chercher.

Il se leva et disparut par la porte du garage. Ronan prit le flacon dans sa poche et sans trembler versa son contenu dans la canette à demi vide de sa victime. Il ne lui restait plus qu'à patienter que le condamné termine sa bière et que les effets du curare apparaissent.

Chesnin revint quelques minutes plus tard, un papier à la main. Une simple page pour une simple vie. Un CAP de mécanique et toute une carrière pour le même employeur à quelques kilomètres de chez lui. L'existence de l'homme qu'il s'apprêtait à suicider ressemblait à celle de la plupart des gens du coin. On naissait et on mourait entre soi. Il mourrait seul. Il avait vidé sa bière d'un trait. Des années de cigarettes et d'alcool lui avaient ôté presque tout le goût et il ne remarqua pas l'amertume que le curare avait ajoutée à la Kronenbourg. Le poison fit effet rapidement. Sur le visage de sa victime, Ronan put voir la surprise céder la place à la panique. Il était déjà trop tard. Il ne comprit probablement pas ce qui lui arrivait. Il tomba de la chaise et resta allongé, la respiration coupée, mais conscient. Ronan le voulait ainsi. Il savait maintenant qu'il avait une quinzaine de minutes pour faire sa mise en scène. Après avoir fermé la porte du garage, il prit la corde qui était suspendue à un crochet et la jeta par-dessus la barre de la charpente. Il en attacha l'extrémité au pare-chocs du vieux monospace qui occupait le fond de la pièce et prépara son nœud coulant. Une fois celui-ci placé autour du cou, la partie la plus délicate attendait Ronan. Il devait lever Patrick Chesnin de manière régulière afin de ne pas laisser de traces qui pourraient faire douter un flic un peu zélé de la réalité du suicide. Il vérifia que lors de sa chute, Chesnin ne s'était pas infligé de blessures qui auraient pu paraître suspectes et satisfait, il l'assit sur la chaise avec la corde au cou. L'ascension lente du corps s'effectua sans encombre. Il était maintenant complètement à la verticale et ses pieds touchaient tout juste le siège. Il ajusta le nœud à l'avant du Scénic en laissant le pendu s'affaisser légèrement sur la chaise. Il contempla son œuvre quelques instants et fit basculer la chaise sur le côté.

Pendant que la vie quittait la forme qui se balançait devant lui, il prit le portable que le chasseur avait posé sur la table. Saisissant la main de sa victime, il appuya son index sur l'appareil. Le téléphone se débloqua. Il trouva tout de suite la dernière conversation par SMS que Patrick Chesnin avait eu avec celle qui allait passer de l'état de presque ex-femme à celui de veuve. Les échanges étaient tendus, comme Ronan s'y attendait. Il ne s'attarda pas à les lire, il n'y cherchait rien de particulier. Il tapa simplement « pardonne-moi » et reposa le téléphone sur la table. Patrick Chesnin avait déjà rejoint un monde que Ronan ne lui souhaitait pas meilleur. Il glissa sa bouteille de Kronenbourg vide dans une des poches de son sac à dos. Il passait devant le conteneur à verres pour rentrer chez lui et c'est là qu'il se débarrasserait du seul objet qui pouvait le placer sur les lieux du suicide. Un dernier et bref regard sur le cadavre ne lui procura aucune émotion. Il se retourna et se dirigea vers la porte qu'il ouvrit de quelques centimètres. La voie était libre comme toujours dans cet endroit reculé de la commune. Il referma le garage derrière lui et comme si de rien n'était, il reprit le cours de sa randonnée.

Il était chez lui vingt minutes plus tard, sans avoir croisé âme qui vive. Dans le lointain, il entendit la sirène des pompiers reconnaissable entre mille. Étaient-ils déjà en route pour la maison des Chesnin ? C'était trop tôt, ils devaient partir sur une autre intervention. Même si la veuve avait lu le SMS, il était peu probable, considérant les relations qu'elle entretenait avec son ex-mari, qu'elle se précipite pour y répondre, et encore moins qu'elle quitte son travail pour venir voir comment il allait s'il ne décrochait pas le téléphone. Plus tard dans la journée, peut-être se dirait-elle que ce n'était pas le genre de son crétin de mari de s'excuser. Le « pardonne-moi » prendrait tout son sens lorsqu'elle aurait donné l'alerte et que le corps aurait été trouvé. Ronan n'était pas inquiet d'une éventuelle autopsie. Tout le monde savait que Chesnin était dépressif, endetté jusqu'au cou et que la picole lui obscurcissait de plus en plus souvent le cerveau. L'autopsie serait vite faite et la priorité laissée à d'autres macchabées dont la mort semblait plus suspecte. Dans le pire des cas, si un médecin légiste découvrait les traces de curare, cela ne ferait que précipiter une enquête plus poussée qu'il avait de toute façon prévu de relancer le moment venu. Un petit sourire plissa le coin de sa bouche en pensant à André Thomas, qui devait poireauter à la maison de Théhillac pour une contre-visite. Il devait se demander ce que son futur acquéreur pouvait bien faire, et surtout pourquoi quand il essayait de le joindre, il avait un message disant que le numéro n'existait pas. La vérité s'imposerait à lui le moment venu et il comprendrait alors qu'il avait été piégé. Il serait déjà trop tard et le bornage montrerait que les appels qu'il avait tentés de Théhillac étaient suffisamment éloignés de l'heure estimée de la mort de Chesnin pour constituer un alibi. Mais il restait à Ronan encore deux des assassins d'Amélie à éliminer avant qu'il ne mette la gendarmerie sur la piste d'un tueur de chasseurs.

Chapitre 12

Claire était passée par tous les états depuis la nuit avec Ronan. Le vide qui l'avait surprise quand elle était montée dans son véhicule avait très vite cédé la place à une douce euphorie. Elle était rentrée et avait abandonné aussitôt l'idée de se recoucher pour récupérer son retard de sommeil. Tout se bousculait dans sa tête et elle avait besoin de s'occuper si elle ne voulait pas que son cerveau explose. Elle referma rapidement le dernier numéro de la revue *OutdoorGo* qu'elle venait tout juste de recevoir. Lire maintenant n'avait pas de sens. Toutes les deux lignes, son attention dérivait et elle se remémorait tous les moments qui avaient suivi leur départ de chez les Grandin. La télé ne lui fut pas d'un grand secours non plus et en désespoir de cause, elle se décida à faire une marche jusqu'au barrage et regarder les bateaux. Là encore, elle s'aperçut que ses pensées la ramenaient vers Ronan et qu'elle s'imaginait déjà serrée contre lui, à observer les voiliers qui se tassaient dans l'écluse avant de s'évader vers la mer. Il n'y avait qu'une chose, ou plutôt une personne qui pouvait lui changer les idées, Virginie. Elle était incapable de se souvenir si elle était de service ce jour-là, alors qu'elle connaissait habituellement son planning sans avoir besoin de le regarder. Que lui arrivait-il ? Elle murmura sans le vouloir la réponse, faisant sourire la vieille dame qui était accoudée à côté d'elle à la rambarde surplombant le bassin de l'écluse : « Je suis amoureuse. » Elle ne savait rien de Ronan, à part ce que Virginie lui en avait dit et ce qu'elle avait pu deviner au cours des discussions avec les Grandin. Comment pouvait-on tomber amoureuse d'un inconnu ? Elle comprit alors qu'elle venait surtout de formuler une interrogation à laquelle elle n'avait jamais été confrontée : « Comment tombe-t-on amoureuse ? » Tout cela était nouveau. Elle n'arrivait pas à savoir où elle avait puisé l'audace qui lui avait fait se coller à lui, l'embrasser et s'abandonner dans ses bras. Cela ne lui ressemblait pas, elle qui tergiversait toujours avant de se lancer dans une relation, qui calculait les avantages et les inconvénients pour bien souvent renoncer à s'engager. Le traumatisme de son adolescence avait modelé sa vie sentimentale et sexuelle jusqu'à aujourd'hui. Les quelques fois où elle avait vaincu ses appréhensions, cela n'avait jamais duré et elle avait mis un terme à l'aventure si son partenaire ne l'avait pas déjà fait, fatigué de ses changements d'humeur et de son peu d'enthousiasme au lit. Mais hier, elle avait découvert un côté de sa personnalité qui l'excitait autant qu'il l'effrayait. Quelques textos lui confirmèrent que sa sœur était chez elle et qu'elle était la bienvenue. Elle avait conscience que sa cadette attendait le compte rendu de la soirée et qu'elle allait devoir affronter un tsunami de questions et de blagues salaces, mais elle avait besoin de parler.

Virginie comprit tout de suite. L'attitude, le regard, la voix de Claire, tout semblait avoir changé. Elle connaissait tous les détails de la vie sentimentale de Claire depuis plusieurs années maintenant et c'était la première fois qu'elle la voyait ainsi. Malgré son sourire de façade, elle ne savait pas si elle devait se réjouir de ce qu'il se passait, ou si au contraire elle devait calmer les ardeurs de son aînée. Elle avait fini par s'avouer quelques années plus tôt qu'elle était amoureuse de sa sœur, vraiment amoureuse, pas comme on aime une sœur. Elle avait aussitôt admis que cette idylle ne serait jamais possible et qu'elle ne devait jamais l'exposer et risquer de la voir s'éloigner. Elle avait toujours ressenti une pointe de jalousie quand Claire se livrait à elle et donnait les détails de ses aventures avec les quelques mecs qu'elle avait eus, mais elle savait que cela ne durait jamais et qu'elle finissait par lui revenir très vite. Était-ce cela qui l'avait aussi empêchée de s'investir dans une vraie relation ? Elle s'était souvent dit que c'était l'absence d'opportunité, mais était-ce bien la raison ? Aujourd'hui, une partie de son monde s'écroulait. Claire était sur un nuage ! Tout son corps lui hurlait l'amour qu'elle avait pour ce type qu'elle venait à peine de rencontrer. Plus que ce qu'elle voyait, c'est ce qu'elle n'entendait pas qui convainquit Virginie que rien ne serait plus comme avant. Claire ne livrait aucun détail sur ce qu'il s'était passé pendant la soirée et la nuit. Elle restait évasive sur leur déroulement, ne disait pas franchement s'ils avaient couché ensemble même si cela ne faisait aucun doute, si elle voulait le revoir, tout ce qui habituellement occupait leur conversation pendant quelques heures, et ça, Virginie ne le supportait pas. À la limite de la méchanceté parfois, elle essaya de faire sortir sa sœur de sa réserve, mais en vain, le mal était fait. Elle sut qu'elle ne pourrait pas combattre. Ses moqueries cessèrent et le silence s'installa dans le deux-pièces qu'elle habitait au-dessus de la gendarmerie.

Perdue dans ses pensées, Claire ne s'aperçut pas immédiatement du mutisme de la gendarme. Lorsqu'elle comprit que quelque chose n'allait pas, elle se tourna vers elle et lut dans son regard une tristesse qu'elle n'avait jamais vue auparavant.

— Ben alors, qu'est-ce qui t'arrive ? Tu devrais être contente pour moi !

— Je suis contente, dit-elle sèchement.

— On ne dirait pas.

— T'emballe peut-être pas trop non plus avec ce mec-là et attends de voir ce que le deuxième rendez-vous va donner. Tu le revois quand ?

Le silence gêné de Claire intrigua Virginie.

— Quoi, tu veux dire que vous n'avez même pas prévu de vous revoir et tu es là à me la jouer genre amour de ta vie ? Ma pauvre fille, tu vas encore te faire avoir.

Cette dernière remarque fit bondir Claire hors du fauteuil.

— Mais qu'est-ce que tu as ? Tu es désagréable. Si tu continues, je me casse !

— Ne t'énerve pas. Je souhaite seulement que tu ne sois pas déçue une fois de plus.

— Alors, ne dis pas des choses comme ça. Tu es chiante à la fin. Pour une fois qu'il m'arrive peut-être quelque chose de bien, tu fais tout pour le salir.

— Je ne salis rien du tout. Je dis juste que tu devrais attendre un peu pour être sûre que pour lui il ne s'agit pas d'un simple *vidage de couilles* !

La porte de l'appartement claqua derrière Claire sans que Virginie puisse réagir. Elle se précipita dans l'escalier, mais le temps qu'elle descende sur le parking le S-Max était déjà à la barrière automatique. Elle ne voulut pas faire de scandale devant ses collègues et remonta, penaude, pour se jeter dans son canapé. Elle était tiraillée entre son envie de lui envoyer un texto tout de suite pour s'excuser et la colère qui sourdait au fond d'elle. Cette colère était dirigée aussi bien contre la naïveté de sa sœur que contre elle-même et la réaction idiote qu'elle venait d'avoir. Elle décida de faire mariner l'infirmière, mais pas longtemps. Il ne lui fallut pas plus de dix minutes avant qu'elle ne prenne son portable et lui adresse un message pour lui dire à quel point elle était désolée et lui demander de revenir. Elles tombèrent dans les bras l'une de l'autre quelques minutes plus tard.

Les jours qui suivirent, c'est l'angoisse qui remplaça l'euphorie chez Claire. Elle regardait sans cesse son téléphone de peur qu'elle n'ait pas entendu un SMS arriver, ou bien que sa batterie soit à plat. Le temps s'écoulait et le smartphone continuait à livrer son lot de notifications quotidiennes sans que l'une de celles-ci annonce un message de Ronan. À l'angoisse, succédèrent la morosité puis la colère. Virginie avait donc raison. Une semaine après son départ, il ne lui avait pas donné signe de vie. Il avait pourtant bien dit qu'il revenait après le week-end, elle ne s'était pas trompée. Jusqu'au vendredi matin, elle s'était fait violence pour ne pas passer en voiture dans la vallée de la Vilaine aux heures où il avait l'habitude de promener son chien. S'il ne donnait pas de nouvelles, c'était peut-être tout simplement parce qu'il n'était pas encore rentré. Elle avait fini par monter dans son véhicule et la boule au ventre s'était inventé un trajet entre deux patients pour longer le lotissement. Ce qu'elle vit ou plutôt ne vit pas la rassura. Le Trafic n'était pas là, il n'était donc toujours pas revenu. Elle devait être patiente, elle ne pouvait pas s'être trompée à ce point-là ! Ses journées s'éternisèrent entre les visites aux malades et les soirées de solitude à ruminer qu'elle était vraiment la dernière des idiotes et que l'on n'était pas près de l'y reprendre.

Ce fut Virginie qui lui asséna le coup de grâce quand elle vint chez elle le samedi soir.

— Je suis passé voir maman cet après-midi.

— Elle va bien ?

— Oui, mais ce n'est pas pour ça que je dis ça.

— Ah ! Et pourquoi tu me dis ça alors ?

— Toujours pas de nouvelles de ton Casanova ?

— Non, pourquoi ?

— Sa fourgonnette est devant chez lui.

Virginie regretta aussitôt de ne pas avoir gardé ça pour elle. Une partie d'elle se délectait de blesser Claire, tandis que l'autre maudissait son besoin de la faire souffrir, mais là elle sut tout de suite qu'elle avait fait très mal. Elle se leva pour enlacer la jeune femme et lui murmurer à quel point elle était désolée, ce qui n'était qu'à moitié vrai. Elle la fit s'asseoir dans le canapé, où elles restèrent l'une contre l'autre pendant que des rivières de larmes dévalaient les joues de Claire. Les assiettes ne quittèrent pas le placard. Après quelques verres de calva, épuisée par ce que son corps venait de déverser, Claire sombra dans le sommeil contre l'épaule de sa sœur. Virginie l'allongea sur le sofa et la recouvrit avec sa couette avant de l'embrasser sur le front : « Je suis là, moi. » Elle crut voir un sourire se dessiner sur les lèvres de la belle endormie.

Elle était dans la cuisine à la recherche de quelque chose à grignoter dans le frigo, quand elle entendit le bruit d'une bouteille que l'on décapsule dans le salon. La curiosité l'emporta et elle prit le téléphone que Claire avait laissé sur la table basse. Son code PIN n'avait pas changé depuis des années, son année de naissance, quelle originalité ! Elle reposa le mobile après avoir lu le court message et regarda Claire. Si elle avait été éveillée, elle n'aurait pas manqué de remarquer la bataille qui se déroulait dans le crâne de Virginie. Après de longues minutes d'hésitation, celle-ci reprit le téléphone et commença à tapoter sur l'écran. Lorsqu'elle remonta dans sa voiture dix minutes plus tard, ce ne fut pas pour traverser le barrage et se diriger vers La Roche-Bernard, mais seulement pour aller stationner un peu plus loin dans la rue et couper le moteur. Il ne s'était pas écoulé quinze minutes quand la fourgonnette passa à sa hauteur pour venir se garer devant chez Claire. Elle pouvait maintenant aller se coucher.

Ronan avait lutté pendant des jours et des nuits. Ce n'est que lorsqu'il ouvrit la porte d'entrée de sa maison et aperçut les coussins éparpillés sur le sol du salon marocain qu'il sut qu'il ne voulait pas résister plus longtemps. Son exil bigouden lui avait permis de rattraper le retard qu'il avait pris dans l'écriture de son roman, mais il n'avait pas estompé et encore moins effacé le souvenir du vendredi soir. Il avait connu de nombreuses femmes, mais avait toujours été convaincu qu'elles ne seraient jamais que des aventures passagères, de brèves infidélités à la mémoire de celle qu'il n'avait jamais cessé d'espérer voir revenir un jour, et qu'il aimait encore, plus de quinze ans après sa disparition. Même après avoir appris l'horrible vérité, il n'avait jamais cherché à s'investir dans une relation et il ne pensait pas que cela soit possible. Et voilà qu'il se retrouvait pris au piège des sentiments. Voilà qu'il n'avait qu'une envie, celle de déposer les armes aux pieds d'une infirmière de campagne rencontrée il y a quelques semaines seulement. Une jeune femme dont il ne savait pas grand-chose, si ce n'est qu'elle était la belle-fille de l'homme qui avait tué Amélie et maquillé son meurtre en fugue. Sa première erreur avait été de provoquer cet apéro chez les Grandin, la deuxième d'inviter Claire à manger et ensuite de ne pas avoir résisté quand elle s'était collée à lui. Mais avait-il vraiment eu envie de résister ? N'avait-il pas souhaité que tout se déroule exactement comme cela s'était passé ? Pourquoi lui avoir dit qu'il la recontacterait à son retour, si ce n'était pas parce qu'il le désirait réellement ? Il avait ressassé toutes ces questions pendant les dix derniers jours et inlassablement, l'évidence était venue lui claquer à la face ; il ne servait à rien de chercher à s'échapper !

Après avoir nourri Osiris et joué avec lui, il avait

fermé les volets de la maison et, sans appétit, remis dans l'armoire la boîte de cassoulet qu'il tenait à la main. Assis sur le canapé il fixait la cheminée, triturant le smartphone qu'il prenait puis reposait à côté de lui pour s'en saisir à nouveau. Comment faire ? Qu'écrire ? Il avait conscience que ne pas avoir donné de nouvelles ne plaidait pas en sa faveur. Il ne pourrait en vouloir qu'à lui-même s'il essuyait une fin de non-recevoir. Dix minutes plus tard, après avoir effacé plusieurs fois des messages, il appuya sur le bouton d'envoi et comme s'il s'agissait d'un objet incandescent que sa main ne pouvait plus tenir, il jeta le téléphone sur le sofa. Qu'avait-il fait ? Pourquoi avoir renoncé si vite à toutes les bonnes résolutions qu'il s'était données en arrivant sur le théâtre de sa vengeance ? Pourquoi ne pas avoir expédié un simple SMS : « Salut, je suis de retour » ? Pourquoi cette phrase qui, s'il ne la regrettait pas, avait quelque chose de définitif et d'irrévocable ? Pourquoi ? Il reprit le portable et relut les quelques mots : « Je crois que je t'aime. » Était-ce vraiment le cas ? N'allait-il pas la faire fuir avec une telle déclaration ? La réponse tardait à arriver et il commençait à se dire qu'il avait peut-être fait fausse route, qu'il venait de se ridiculiser. Osiris, couché à ses pieds, le regardait et dressait les oreilles chaque fois qu'il parlait à voix haute, pensant qu'il s'adressait à lui. Il le caressa et lui murmura :

— Eh bien, on dirait que finalement, c'est toujours toi et moi.

Il avait à peine achevé sa phrase qu'il entendit plus qu'il ne sentit les vibrations à côté de lui. Le cœur battant, il leva le téléphone vers son visage pour le déverrouiller et l'éloigna pour lire le message qui venait d'arriver. Une simple adresse à une dizaine de kilomètres de là, puis : « Je t'attends. » Une nouvelle secousse de l'appareil « c'est ouvert, entre si je ne réponds pas » l'intrigua, mais il n'essaya pas de l'analyser plus longtemps. Une petite tape amicale à Osiris et quelques mots :

— À tout à l'heure ou… à demain matin…

Et il tournait déjà la clé dans la serrure de la porte d'entrée et se dirigeait vers sa camionnette.

Il n'eut pas besoin du GPS de son téléphone pour trouver la maison. Pendant tous ces mois où il préparait sa vengeance, il avait tout appris de ses futures victimes avec une attention toute particulière sur la principale, André Thomas. Il savait ce que faisaient sa femme, sa fille et sa belle-fille, où elles habitaient, leurs routines. Il avait tout de suite deviné qu'il y avait un problème avec Claire, car elle ne venait jamais à la maison d'André Thomas et c'était toujours sa mère qui lui rendait visite. En creusant un peu, il avait découvert l'exil en pension à l'adolescence, et la coupure totale avec son beau-père. Il imaginait sans peine ce qui avait pu se passer et cela l'avait conforté dans sa volonté de mettre l'agent immobilier hors d'état de nuire. Les quelques coups qu'il donna sur la porte ne reçurent pas de réponse et après un regard circulaire autour de lui, il se décida à tourner la poignée. Il n'avait pas une expérience étendue en la matière, mais il sentit tout de suite l'odeur de haschisch qui flottait encore dans l'air. Il n'avait rien contre, même s'il n'avait pas consommé depuis une éternité. Il s'avança dans le petit vestibule et passa dans le premier encadrement qui amenait à la cuisine. Il appela et n'obtenant pas de réponse, il se tourna vers la porte qui lui faisait face et pénétra dans le salon. Il vit immédiatement la forme allongée sous la couette dans le canapé et s'approcha en silence. Seule la tête de Claire dépassait. Elle semblait profondément endormie et il n'osa pas la réveiller. Il lui caressa tendrement la joue sans qu'elle bouge et il alla s'asseoir dans le fauteuil en face d'elle et resta à la contempler. Les deux verres vides sur la table lui firent comprendre qu'elle n'avait pas passé la soirée en solitaire et pour la première fois depuis bien longtemps, il ressentit une pointe de jalousie. Il se rassura très vite en se disant que c'était probablement la gendarme qui était là avant lui, et les imaginer toutes les deux alternant joints et gorgées de calva le fit sourire. Elles devaient avoir bien forcé la dose pour que Claire se soit endormie pendant les quinze petites minutes qui s'étaient écoulées entre son dernier SMS et son arrivée. Il hésitait à rentrer chez lui et laisser un mot, mais il voulait qu'elle le voie en face d'elle, l'air bienveillant, quand elle s'éveillerait.

Ronan avait glissé dans un univers peuplé de cris, d'aboiements et de coups de feu, dont il n'émergea que bien plus tard lorsqu'il sentit sur ses jambes et son torse le poids et la chaleur de Claire. Les grands yeux bouffis par le sommeil, l'alcool et les pétards le scrutaient, étonnés, mais brillant d'un éclat qui ne mentait pas. Elle l'embrassa avec tendresse, puis éloigna sa bouche de la sienne et lui demanda :

— Qu'est-ce que tu fais ici ?

D'abord surpris, il comprit aussitôt qu'elle ne se souvenait pas de ce qu'il s'était passé avant qu'elle ne s'endorme.

— Tu m'as envoyé un SMS.

— Un SMS ? Je ne t'ai rien envoyé du tout. Je pensais que tu ne voulais plus me voir et j'étais surtout occupée à te maudire et à me défoncer la tête.

— Je t'ai envoyé un texto et tu m'as renvoyé ton adresse en me disant que la porte serait ouverte si tu ne m'entendais pas frapper.

Elle s'extirpa de ses bras pour aller prendre son téléphone et balbutia :

— Ah la garce… avant de retrouver un grand sourire. Ronan la regardait, interrogatif.

— Tu m'expliques ?

Claire avait compris que c'était Virginie qui avait repondu aux messages de Ronan, mais elle se garda bien de lui avouer. Elle se contenta de lui dire qu'elle devait être vraiment bien atteinte pour ne pas se souvenir de tout ça, mais que vu ce qu'elle s'était mis, ce n'était pas étonnant. Ses joues avaient retrouvé des couleurs et son visage le sourire qui avait fait chavirer Ronan. Elle lui murmura :

— C'est vrai ?

Il fit l'innocent et lui demanda ce qu'elle voulait dire par là. Elle vint se coller à lui et lui répéta les mots de son texto avant de le fixer droit dans les yeux. Il susurra un simple « oui » et attira son visage vers le sien. Ce n'est que lorsque sa main se fit plus exploratrice qu'elle le repoussa.

— Ce soir, ça ne va pas être possible. Tu n'avais qu'à rentrer hier !

Il la ramena à lui et lui chuchota que ce n'était pas grave, qu'il n'était pas pressé.

— Tu peux quand même rester cette nuit, s'empressa-t-elle d'ajouter.

Il n'avait pas l'intention de partir, et il lui rappela d'un air malicieux que c'était elle qui lui avait demandé de venir.

Chapitre 13

Jean-Michel Thobie venait tout juste d'allumer la télévision quand la sonnette retentit. Dire que cela le contrariait relevait de l'euphémisme. Qui pouvait avoir l'outrecuidance de le déranger alors que le journal de Jean-Pierre Pernaut allait commencer ? Il avait une admiration sans bornes pour l'homme de télé. Il répétait à qui voulait l'entendre que Jean-Pierre au moins, il employait des mots que tout le monde comprenait, pas comme les autres sur le service public qui s'adressaient aux gauchos et aux intellos. Quand on lui répondait que le JPP de l'audiovisuel était quand même limite facho par moments dans ses commentaires, il répliquait que ça ne le gênait pas, bien au contraire. Que si le pays était dans un tel état, c'était bien à cause de Mitterrand, Jospin et Hollande, et que depuis que Macron était président, c'était encore pire ! Il aurait été bien inutile d'essayer de discuter plus avant avec le bonhomme, et encore moins de chercher quel était son raisonnement. Il y avait bien une chose sur laquelle les électeurs de droite et de gauche de Férel s'accordaient, c'était que Thobie n'avait pas la lumière à tous les étages. Il valait donc mieux éviter d'entamer une conversation sur ses thèmes de prédilection qu'étaient l'immigration, l'insécurité et les écolos, tout cela dans l'ordre ou le désordre et en fonction de son degré d'alcoolisation. Il y a dans les campagnes des maisons où la technologie s'est arrêtée à la porte et la masure non entretenue de l'énergumène en faisait partie. Les mêmes électeurs se félicitaient qu'il n'ait pas Internet et qu'il ne sache pas ce qu'étaient les réseaux sociaux. Il limitait ainsi ses invectives et ses insultes à leur petite communauté et n'allait pas rejoindre la cohorte de ces courageux polémistes et harceleurs qui se planquaient derrière le clavier de leur ordinateur ou de leur portable.

La vie de Jean-Michel Thobie se résumait à trois choses : aides sociales, chasse et cochons. Il avait bien essayé de passer un CAP de maçon dans sa jeunesse, mais quelques semaines de cours et d'apprentissage avaient eu raison de la patience et de la bonne volonté de ses enseignants. Même l'entrepreneur, qui par charité avait accepté de le prendre en alternance, avait semblé soulagé. Trente ans plus tard, le pauvre homme répétait qu'il n'avait jamais rencontré quelqu'un *con* à ce point-là. Il avait accueilli de nombreux jeunes sans éducation et sans capacités intellectuelles, mais qui pour beaucoup s'étaient avérés des ouvriers de premier ordre. L'intelligence ce n'est pas que dans le cerveau, disait-il encore un dimanche après-midi à la buvette du stade, peu de temps avant de s'écrouler, terrassé par un infarctus dont il ne se remettrait pas. Mais pour Jean-Michel Thobie, il n'avait jamais changé d'un iota son discours : « Il est bête à manger du foin. Il est tellement *con* que s'il trouvait quelqu'un de plus *con* que lui, il le tuerait par jalousie ! » Le simplet avait donc passé sa vie chez sa mère en compagnie de ses trois frères dans la vieille maison de famille. Celle-ci était constituée d'une cuisine et d'une unique grande pièce où tout le monde vivait et dormait. Jean-Michel Thobie avait pour tout revenu une pension d'invalidité généreusement accordée par les services sociaux qui estimaient, sans doute à raison, qu'il serait moins nuisible, voire dangereux, s'il restait éloigné des chantiers.

Le seul succès notable de Thobie était incontestablement d'avoir obtenu son permis de chasse. Certaines mauvaises langues affirmaient qu'il continuait d'ailleurs à le fêter et que la moitié de ses cuites étaient en l'honneur de cet exploit. Les autres se désolaient que l'on puisse aussi facilement acheter la possibilité d'utiliser une arme, mais ils la fermaient s'ils ne voulaient pas subir les foudres de l'ivrogne et se faire classer parmi les socialo-communistes, comme les appelaient si bien Jean-Pierre Pernaut et Jean-Marie Le Pen. Ainsi, plusieurs fois par semaine lorsque la saison était ouverte, Thobie rejoignait les chasseurs de la commune et allait avec eux canarder ce qui passait à portée de canon. Il ne s'agissait pas là pour ses condisciples de faire œuvre de solidarité, mais bien de ne pas perdre de vue celui qu'ils considéraient comme un danger pour leur sécurité et qu'ils préféraient avoir devant eux. Il était impensable de le laisser partir seul et prendre le risque qu'il leur tire dessus par méprise ou par dépit, si par malheur ils devaient s'approcher de lui.

Et puis, il y avait les cochons. L'élevage des porcs, c'était un sacerdoce chez les Thobie. Quand en l'espace de quelques mois sa mère et ses trois frères avaient passé l'arme à gauche, Jean-Michel Thobie n'avait jamais envisagé d'arrêter cette activité. Les bêtes faisaient un peu partie de la famille. Au moins jusqu'à ce qu'elles terminent dans le congélateur. Peu importe que les bestioles empestent tout le secteur. Les voisins les plus proches étaient à une cinquantaine de mètres et il estimait que c'était bien suffisant pour qu'ils ne soient pas dérangés. Et puis surtout, il s'était convaincu que c'étaient des Parigots et qu'ils n'avaient donc rien à dire. S'ils n'aimaient pas l'odeur de ses cochons, ils n'avaient qu'à rentrer dans leur HLM. Ça commençait à bien faire tous ces bobos qui venaient acheter les terres des gens du coin. Le prix des terrains avait flambé et du coup, les jeunes étaient obligés d'aller ailleurs pour pouvoir construire. Ça le mettait hors de lui. Il avait pourtant largement bénéficié de cette situation quand il avait vendu les propriétés que sa mère avait pas très loin de chez eux. La vieille peau leur avait bien caché ça. Il avait fallu qu'elle crève pour qu'ils apprennent par le notaire qu'ils étaient bien plus riches qu'ils ne le pensaient. Ça n'avait guère profité à ses frères, qui étaient tombés comme des mouches dans les mois suivants. Un cancer, une crise cardiaque et un accident de mobylette avaient réduit la fratrie à sa plus simple expression, à défaut de sa plus glorieuse.

Son dernier représentant décida de ne pas répondre au coup de sonnette qui pouvait lui faire manquer sa grand-messe quotidienne. L'importun insista et un deuxième carillon vint percer les oreilles du chasseur. Il abdiqua en pestant et se dirigea vers la porte d'entrée. C'était qui celui-là ? Il lui rappelait vaguement quelque chose, mais les trois apéros qu'il s'était enfilés juste avant lui embrouillaient un peu l'esprit. Il fut à peine aimable quand il s'adressa au type en face de lui.

— C'est pourquoi ?

Pas perturbé par le ton peu amical, Ronan se présenta et lui dit qu'il avait appris qu'il avait un terrain à vendre et qu'il était intéressé. L'appât du gain eut raison de la mauvaise humeur du poivrot. Il fit signe à son visiteur de le suivre à l'intérieur, en précisant qu'il fallait qu'il referme bien la porte derrière lui. C'était bien ce que Ronan comptait faire, il ne devait pas y avoir de témoin de ce qui allait ensuite se passer.

Ils étaient assis à la table de la cuisine depuis déjà vingt minutes et Ronan avait à peine touché le verre de mauvais vin blanc que Thobie lui avait servi. Le regard de son hôte faisait des allers et retours incessants entre Ronan et la télé. Le journal s'arrêtait sur des citoyens courageux qui avaient créé leur propre milice pour se protéger des cambriolages ; les voisins vigilants ou quelque chose dans le style. Ronan ne s'intéressait pas vraiment à ce que disait le présentateur béat, mais la seule idée de milice ne lui inspirait rien de bon. Il répéta à l'homme assis de l'autre côté de la table qu'il n'avait pas besoin de voir le terrain puisqu'il savait où il était et comment il était fait. Il ne voulait pas susciter chez lui la méfiance et se contentait de gagner du temps en attendant le moment propice pour passer à l'action, mais jusqu'à présent il n'avait pas eu d'opportunité. Il avait étudié la corpulence de sa victime et se disait qu'il était préférable de trouver une raison de le faire aller de lui-même à l'enclos à cochons. Il n'aurait ainsi pas à le transporter ou le traîner jusque là-bas et risquer de laisser des traces qui pourraient détourner les gendarmes de la thèse du bête accident. Le gaillard devait faire largement ses cent vingt kilos et si son poids ne faisait pas peur à Ronan, c'était bien son volume qui l'inquiétait. Il n'avait pas vraiment pu l'approcher auparavant et regrettait maintenant de ne pas avoir plus soigné ce meurtre, tout ça parce qu'il s'était persuadé que ce serait le plus facile à perpétrer. Quel motif invoquer pour amener le gros lard à lui faire voir sa soue ? Il détourna la conversation vers les porcs.

— On m'a dit que vous faisiez du cochon aussi.

— Ouais, j'en fais.

— Vous en vendez ?

— Ça se fait. Par moitié ou la bête entière. Je la tue et je la découpe ensuite.

— C'est quel type de cochons ?

Thobie regardait Ronan, l'air hébété. Quel type de cochons ? Il disait quoi cet abruti ? Il n'y avait que deux sortes de cochons, les cochons et les sangliers ! Encore un crétin de la ville qui jouait au savant !

— Ben, c'est du cochon, du simple cochon d'élevage. Vous voulez qu'il soit comment mon cochon ?

— Je ne sais pas. Je pensais qu'il y en avait plusieurs espèces.

— Ah ben moi, je n'ai que du cochon normal.

— C'est ce qui m'intéresse. On peut les voir ?

Il voulait voir les cochons ? Thobie fixa l'homme assis à sa table et se dit que le type était quand même bizarre. Ronan remarqua l'expression sur son visage et craignit un instant d'avoir introduit le doute sur ses intentions dans la tête du chasseur. Il fut très vite rassuré.

— C'est derrière. Au fond du jardin. L'odeur vous dérange pas, vous, au moins j'espère ? Pas comme ces *trous du cul* de Parigots qui habitent plus loin.

— Oh non, ne vous inquiétez pas. Je suis Breton moi aussi, alors l'odeur du cochon je connais.

Il emboîta le pas à Jean-Michel Thobie qui, après avoir jeté un dernier coup d'œil à la télé, s'était résigné à rater la météo.

Ça avait été finalement aussi facile que prévu. L'éleveur de porcs lui avait même simplifié la tâche en entrant dans l'enclos et en lui demandant de le rejoindre. Pendant qu'il se baissait pour flatter la croupe d'une des quatre bestioles qui *fingeaient* dans une épaisse couche de boue, Ronan passa derrière lui et lui asséna un coup sur les cervicales qui mit fin à la misérable existence du parasite. Face dans la vase, le mastard ne bougeait plus et les animaux, intrigués, avaient déjà encerclé le corps sans vie de leur propriétaire. Ronan quitta l'enclos et alla chercher le seau de déchets qu'il avait remarqué avant d'entrer dans le parc pour le déverser sur Thobie. L'effet fut immédiat et les cochons, qui ne sont pas connus pour leur sens de l'heure, crurent que celle du repas était arrivée et commencèrent leur festin dans une symphonie de grognements de satisfaction. Les porcs allaient se gaver et ne feraient pas la différence entre ce qu'ils avaient à manger tous les jours et le gras de leur patron. Ils se goinfreraient de son cadavre, pour n'en laisser que quelques maigres restes qui ne permettraient pas de comprendre comment il était mort avant d'être dévoré.

Ronan escomptait que les enquêteurs pensent qu'il avait eu une crise cardiaque ou un malaise et qu'il était tombé parmi ses bêtes en leur donnant à manger. Le seau vide qu'il avait disposé au milieu de la soue les orienterait vers cette hypothèse. Il retourna vers la maison et enleva ses chaussures couvertes de boue pour y entrer. Il pénétra dans la cuisine pour récupérer le ballon à vin duquel il avait laborieusement eu raison avant de suivre son hôte au fond du jardin. Il le glissa dans son sac à dos, se changea avec ses affaires de jogging et bourra ses habits par-dessus le verre. Il prit bien soin de refermer la porte derrière lui. Une fois ses chaussures sales mises dans une poche en plastique et rangées dans le sac, il s'assura que rien ne pouvait trahir sa présence sur les lieux. Les traces de pas qui menaient à la soue et en repartaient étaient nombreuses et impossibles à distinguer les unes des autres. Il enjamba la clôture qui donnait vers le chemin de remembrement au fond du jardin et s'éloigna au petit trot, son sac derrière lui et une casquette bien enfoncée sur la tête. Il arriva chez lui une trentaine de minutes plus tard pour constater que Claire l'attendait.

Chapitre 14

Ronan était partagé entre la joie de voir Claire devant chez lui et la contrariété de ne pas avoir le temps d'effacer les dernières traces du crime qu'il venait de commettre. Ses chaussures sales et les habits allaient devoir patienter dans le sac s'il ne voulait pas que la jeune femme l'interroge sur l'utilité d'emporter des chaussures de marche, un jean et une veste légère pour faire un jogging. Il enfouit ce mécontentement passager au plus profond de lui et s'avança vers elle. Ils avaient passé quelques soirées et quelques nuits ensemble depuis ce jour de début mars où il avait dormi à Camoël à son retour de Plonéour-Lanvern. Ronan avait encore besoin de temps avant de s'investir plus dans leur relation. Il ne pouvait pas prendre le risque d'éveiller les soupçons, même chez celle avec qui il mourait d'envie de partager ce sombre secret. Ils étaient allés à la crêperie où sa cousine Géraldine avait eu du mal à cacher son agacement en les voyant. Les quelques jours ensoleillés de la fin mars leur avaient donné une belle soirée où ils avaient marché sur la plage, qui avait précédé une nuit dont l'intensité les avait eux-mêmes surpris. Ronan avait toujours veillé à ce que ce soit lui qui se rende chez elle, prétextant la jalousie qu'Osiris aurait pu exprimer à son endroit. Il ne pensait pas qu'il y ait quoi que ce soit de compromettant dans sa maison, mais il préférait limiter ses visites le temps que son œuvre soit accomplie. Elle l'embrassa avec passion et le suivit.

— Je suis venue jusqu'ici, vu que tu ne m'invites jamais dans ton antre !

— Tu n'aurais pas oublié la nuit où tout a commencé par hasard ?

— Quelle nuit ? le taquina-t-elle. Par contre, depuis je ne suis pas revenue. Tu as des choses à cacher ? Des petites culottes de tes maîtresses qui pourraient traîner sous les canapés, par exemple ?

Il sourit et lui renvoya :

— Tu sais bien que je fais le ménage tous les jours et que je les ramasse toutes pour les donner à Osiris. Il adore ça !

— Beurk, qu'il ne vienne pas me lécher celui-là ! continua-t-elle l'œil malicieux.

— Bon, allez entre ! Je vais te faire visiter officiellement.

Elle le suivit à l'intérieur, pendant que le chien contournait la maison pour foncer vers la Vilaine et aboyer sur les canards qui y avaient leurs habitudes. Le tour du propriétaire fut rapide et il lui demanda si elle voulait déjeuner. La réponse cingla :

— Méfie-toi ! La dernière fois que tu m'as proposé ça, on a mangé trois heures plus tard !

Il sourit et préféra ne pas renchérir pour ne pas la provoquer. Il avait envie d'elle comme toujours lorsqu'il la voyait, mais il ne s'imaginait pas lui faire l'amour alors qu'il avait encore l'image de Thobie allongé dans la soue, entouré par les cochons qui entamaient leur festin.

Chacune de leurs rencontres était une occasion de mieux se connaître. Le déjeuner n'échappa pas à la règle. Si leurs premières conversations avaient tourné autour de ce qu'ils avaient en commun, le Congo et l'humanitaire,

Claire ne pouvait se contenter d'aussi peu. Éternelle angoissée, elle pensait déjà à la fin de son roman et celle de l'année sabbatique qu'il avait prise. Allait-il vraiment repartir en la laissant là ? Leur aventure s'arrêterait-elle à ce moment-là ou continuerait-elle une fois par an quand il serait de passage ? Elle n'osait trop insister, d'autant plus que si elle abordait son futur après le livre, il restait évasif et renvoyait très vite la discussion à elle. Il était plutôt doué pour ça. Il savait occuper l'espace entre eux, la faire parler et oublier toutes les questions qu'elle aurait pu se poser. En la voyant plier la serviette de table, il la taquina.

— Bien élevée en plus !

Elle répondit sans vraiment réfléchir.

— Trois ans de pension, ça formate !

Il sauta sur l'occasion pour essayer d'en apprendre plus sur ce qu'il s'était passé pendant son adolescence.

— La pension ! Quelle idée ? Je n'ai jamais compris comment des parents pouvaient mettre leur gosse là-dedans à la merci de tortionnaires et de prédateurs ! Ta mère voulait se débarrasser de toi ou quoi ?

Quand il releva la tête vers elle, il comprit aussitôt qu'il avait été très *con*. Il murmura :

— Désolé…

Il ne rencontra qu'un silence et un regard noir.

Elle se leva et alla s'asseoir dans le canapé où il la rejoignit et l'enlaça. Elle le laissa faire, même s'il sentit qu'elle se contractait. Il accueillit sur sa main les larmes qui coulaient de sa joue et la serra encore plus fort. Il n'osait plus parler et sursauta quand d'une voix ferme et à nouveau calme elle lui dit :

— Le prédateur n'était pas à la pension, mais chez moi !

Elle passa l'heure qui suivit à lui raconter les baisers arrachés, les attouchements et les fellations lorsqu'elle se retrouvait seule avec lui, l'envie de disparaître. Et puis un jour, la colère et la force de tout révéler qui était venue se fracasser sur l'incrédulité de sa mère, les insultes de son beau-père et l'exil forcé pour que la famille construise une sérénité qui ne fut qu'illusoire. Ronan peinait à trouver les mots justes. La crainte d'être maladroit, de la blesser à nouveau et de la voir partir le tétanisait. Ses années de coups fourrés avec la Légion et celles qui avaient suivi à recevoir la misère en pleine face l'avaient endurci, mais il était soudain démuni devant l'aveu de celle qu'il aimait. C'était donc *ça* la pièce du puzzle qui lui manquait, même s'il l'avait déjà envisagée. L'attitude de Claire quand ils faisaient l'amour parfois, la remarque qu'elle lui avait fait le premier soir après l'avoir accueilli dans sa bouche, tout prenait un sens totalement différent désormais. La colère qu'il ressentait lui fit serrer Claire encore plus fort et elle murmura un « tu me fais un peu mal » qui le décida à sortir de son mutisme.

— Je suis désolé pour tout ça et pour ma stupidité tout à l'heure. Quel *salaud* ! Pourquoi ta mère ne l'a pas dénoncé ? Elle ne t'a pas crue ?

— Le pire, c'est que je suis sûre que si.

— Mais pourquoi alors ?

— Je pense qu'elle a eu peur du scandale, et de mon beau-père aussi. Elle a dit à ma sœur qu'elle avait fait ça pour qu'elle ait une famille. Tu sais dans un petit village comme Férel, cette ordure est un notable et on ne s'attaque pas à lui impunément, à l'époque en tout cas. La solution de facilité pour tout le monde a été de m'éloigner.

— Double peine !

— Non, au contraire. Ça m'a sauvée. Mais un jour, il paiera pour ce qu'il m'a fait !

Ronan frissonna en entendant ses derniers mots. Se pouvait-il qu'il ait trouvé une alliée ? Il n'était pas question pour lui de lui révéler quoi que ce soit. Pour l'instant du moins ! Il avait encore du temps avant d'arriver à l'étape finale de sa vengeance. D'ici là, il pourrait se faire une idée précise de la confiance qu'il pouvait lui accorder et pourquoi pas, comment elle pourrait participer au feu d'artifice de son plan. Il lui proposa d'aller prendre le café dans le jardin, ce qu'elle s'empressa d'accepter. L'air pur n'avait jamais été un remède contre le mal qui la rongeait, mais il avait eu le mérite de souvent la soulager.

Osiris les attendait, allongé au soleil. Il vint se frotter contre son maître et récolta la caresse qu'il réclamait.

— Je vais chercher les chaises dans le garage.

— Je t'accompagne.

— Si tu veux, mais c'est juste un garage, il n'y a rien de spécial à voir.

— J'aime bien les garages !

Ronan la regarda, l'air incrédule, et comprit aussitôt qu'elle n'était pas sérieuse.

Il venait tout juste de pénétrer dans l'annexe quand le téléphone retentit dans la maison. Ronan pesta et ne s'en préoccupa pas plus. La sonnerie cessa, puis reprit quelques instants plus tard.

— Bon, je crois que je vais devoir y aller quand même. Les chaises sont là, mais c'est mieux de passer un coup de chiffon dessus.

— Vas-y. Je m'en occupe.

Dès qu'il eut tourné les talons, elle fouilla du regard ce qui faisait plus penser à un débarras qu'à un véritable garage et ne vit rien qui ressemblait de près ou de loin à un chiffon. Elle ouvrit les placards du meuble décati derrière les vélos. Ils regorgeaient de babioles d'un autre âge, mais pas de ce qu'elle cherchait. Elle se rabattit sur les deux tiroirs. Le premier contenait de vieux torchons et elle prit celui qui se trouvait sur la pile et fut surprise de constater qu'il masquait un portefeuille, un couteau et un médaillon.

C'est ce dernier qui retint toute son attention. En forme de cœur, il faisait penser à ces pendentifs dans lesquels on insère une photo d'un être aimé ou d'une personne trop tôt disparue. Elle le souleva délicatement, appréciant le poids de l'objet et se dit que ça devait être de l'argent, en tout cas pas de la pacotille. N'y tenant plus, elle enclencha le mécanisme qui ouvrit le bijou pour révéler le portrait d'une jeune fille arborant un sourire radieux. La voix de Ronan la fit sursauter. Elle referma le médaillon et le laissa retomber dans le tiroir.

— Tu fais quoi là ? Les chaises sont ici.

Le ton qu'il employa traduisait son irritation et elle découvrit une facette de son amant qu'elle ne connaissait pas. Elle bafouilla qu'elle cherchait les chiffons et fit comme si elle n'avait rien vu des objets dans le meuble.

— Tu les as trouvés ?

— Oui, dit-elle en secouant le torchon.

Les chaises essuyées, ils s'installèrent dans le jardin. Il semblait contrarié. À sa question sur l'appel, il grommela que c'était une erreur. Elle se demandait ce qui pouvait bien l'avoir irrité à ce point. Était-ce le téléphone ou le fait qu'elle ait ouvert le tiroir ? Elle mourait d'envie de retourner le fouiller et regretta de ne pas avoir commencé par regarder le portefeuille. Elle crut avoir une opportunité quand il alla chercher les cafés, mais elle se ravisa et se dit qu'elle aurait du mal à se justifier s'il la surprenait encore au fond du garage. À la vue de Ronan, le plateau à la main, elle se reprocha sa curiosité et frémit de bien-être à la perspective de ce qu'ils allaient faire après.

Une heure plus tard, elle avait complètement oublié le médaillon et s'abandonnait, allongée sur le lit de son amant. Les bras tendus, les doigts perdus dans ses cheveux crépus, elle sentait sa langue explorer son intimité tandis que ses mains la parcouraient à la recherche du moindre frisson qu'elles pouvaient procurer. Le plaisir la submergea une première fois et elle se libéra de lui pour mieux l'attirer en elle et se laisser à nouveau chavirer.

Ce fut le bruit d'une tondeuse à gazon qui la réveilla. Le soleil était déjà bas et la chambre était plongée dans la pénombre. Elle était seule dans le grand lit. Elle s'étira dans toute sa largeur, enfouissant sa tête dans l'oreiller imprégné de l'odeur de Ronan. Elle aurait voulu rester ainsi encore des heures à goûter ce bonheur inespéré, mais la raison l'emporta. Elle se rhabilla et descendit l'escalier. Le salon était vide. Elle entendit le bruit de coups répétés à l'extérieur de la maison et sortit sur la terrasse. Elle dévala le jardin vers la Vilaine et aperçut Ronan qui s'affairait autour d'un bateau qui gisait dans l'herbe à quelques mètres de la rivière.

— Il a besoin d'être rafraîchi. Quelques planches à fixer, un peu d'enduit, et il pourra encore servir.

— Il a pourtant l'air en parfait état. La peinture est bonne sauf à l'arrière où on a l'impression qu'elle a été arrachée. Tu mets des autocollants sur ton chaland pour faire le *kéké* en Vilaine ? dit-elle en souriant.

— Non, je ne sais pas ce que c'est. Je pense plutôt qu'un bateau s'est collé un peu trop près quand il était au mouillage.

Il comprit aussitôt qu'il allait vraiment devoir faire très attention, car la jeune femme était loin d'être stupide. Le moment venu, elle finirait peut-être par relier certains éléments qui semblaient être aujourd'hui à des lieues les uns des autres.

— Je terminerai ça plus tard. On remonte vers la maison ?

Elle le suivit pendant que le Rhodesian Ridgeback trottait joyeusement à côté d'elle. Lui aussi l'avait adoptée.

Chapitre 15

Elle avait de l'avance dans sa tournée. Les deux derniers patients étaient en fin de traitement et les soins avaient demandé beaucoup moins de temps qu'elle n'avait prévu. Elle venait de quitter Nivillac et se dit qu'elle pouvait se permettre de s'arrêter à la gendarmerie et de débaucher sa sœur pour prendre un café. Dans son texto, Virginie lui proposa de la retrouver directement au bar PMU dans le centre-ville puisqu'elle se trouvait à proximité. Elle l'y attendait quand Claire stationna la Ford sur le parking de l'église. Évidemment, la discussion glissa tout de suite sur Ronan. Le lendemain de la nuit où elle l'avait découvert endormi dans le fauteuil de son salon, elle avait appelé sa cadette. Elle avait bien sûr fait l'innocente et lui avait assuré ignorer qui avait bien pu répondre au SMS de son amoureux. Claire lui en serait éternellement reconnaissante. Elle ne devait toutefois pas considérer qu'elle avait maintenant un droit de regard sur sa vie affective, ou une quelconque dette qui serait remboursée en lui racontant des détails intimes sur sa relation. Virginie était toujours tiraillée entre sa jalousie qui continuait à la faire regretter de s'être mêlée de ce qui ne la concernait pas, et la satisfaction de voir sa sœur rayonner de bonheur comme jamais auparavant. Si elle n'en parlait jamais, elle s'inquiétait néanmoins de la fin de cette histoire. Claire ne semblait pas comprendre que l'homme de qui elle s'était entichée n'était que de passage, que sitôt son année sabbatique écoulée il repartirait sous d'autres cieux. Il la laisserait encore plus déboussolée qu'elle ne l'était avant de le connaître. Bien sûr, elle serait là pour lui servir de béquille, pour recoller les morceaux, mais elle redoutait l'ampleur de la dépression qui ne manquerait pas de la frapper. Elle avait brièvement envisagé qu'elle puisse tout abandonner et suivre l'aventurier dans son prochain poste. Son peu de foi dans l'humanité l'avait convaincue que celui-ci ne souhaitait en définitive que profiter de ses quelques mois de vacances et qu'il reprendrait sa route sans regarder derrière lui quand l'heure serait venue de plier bagage. Elle s'en voulait parfois d'avoir de telles idées négatives quand elle écoutait Claire lui raconter les moments qu'elle passait avec lui. Elle voyait la passion qui animait tout le corps de sa sœur chaque fois qu'elle évoquait son amant. La vie était ainsi, moche et cruelle, mais heureusement elle était et elle serait là le jour où Claire tomberait.

La conversation dévia vers le boulot et Virginie lança :

— Tu es au courant que Jean-Michel Thobie s'est fait bouffer par ses cochons ?

— Arrête tes *conneries* ! Tu essaies de me dégoûter ? Bouffé par ses cochons, tu ne vas pas croire des âneries pareilles ?

— Je te jure. C'est la dame qui vient faire le ménage deux fois par semaine chez lui qui l'a découvert. Enfin, ce qu'il en restait !

— Mince. Raconte.

— Il n'y a pas grand-chose à dire en fait. Elle a sonné à la porte et comme il ne répondait pas elle est entrée avec sa clé. Elle a trouvé bizarre qu'il ne soit pas là, car la voiture était garée devant la maison et son téléphone était sur la table. Elle a fait le tour et elle a constaté que les cochons avaient l'air énervés selon elle, comme s'ils n'avaient pas eu à manger. Elle a cherché le seau à nourriture et ne le voyant pas elle a regardé dans la soue. Il était au milieu. C'est quand elle a voulu aller le récupérer qu'elle a marché sur un os. Elle n'a pas fait médecine, mais elle a tout de suite su que ce n'était pas un os de poulet et elle nous a appelés.

— Eh bien, dis donc.

— On suppose qu'il a fait un malaise ou même une crise cardiaque quand il nourrissait les cochons. Ça expliquerait le seau vide au milieu de l'enclos. J'avais déjà lu dans le journal qu'un type s'était fait dévorer par ses porcs. Je ne sais plus dans quel pays d'Amérique du Sud cela s'était passé, mais de là à imaginer que ça se produirait chez nous, tu te rends compte ?

— C'est horrible !

— Oui, d'autant plus que les cochons, ça bouffe tout et on n'a quasiment rien retrouvé. Quelques os que l'on se demande même si on doit les analyser pour être sûrs que c'est bien lui.

— Bien lui ? Qui veux-tu qu'il y ait d'autre dans sa porcherie ? En attendant, je plains la pauvre femme qui a vécu ça. Je ne suis pas plus surprise que ça de ce qui est arrivé à Thobie. J'ai fait quelques passages chez lui l'année dernière et crois-moi, son hygiène de vie était tout sauf saine. C'était une question de temps avant qu'il n'ait un pépin.

— Oui, j'admets, mais mourir comme ça quand même, ça ne devrait pas se produire.

— Ça dépend !

— Non, même pour la personne à laquelle tu penses, ce n'est pas une mort que l'on souhaite.

— Tu as raison, conclut Claire, sans que Virginie ne sache vraiment si elle abondait dans son sens ou si elle espérait encore pire pour son bourreau.

La conversation aurait probablement à nouveau dévié si Claire n'avait pas ajouté :

— C'est l'hécatombe chez les chasseurs depuis quelques mois.

— Chez les chasseurs ?

— Ben oui. Tu sais mieux que moi que Patrick Chesnin s'est suicidé il y a peu de temps.

— Oui. C'est moche, mais le pauvre était vraiment à bout. Criblé de dettes, sa femme barrée et ses enfants qui ne veulent plus lui parler.

— De là à en finir, quand même !

— Je t'avoue que j'ai eu un doute aussi, mais bon, le SMS envoyé à son ex et le nombre de bouteilles de bière qu'il s'était enfilées depuis le matin, tout va dans ce sens. Et puis l'autopsie n'a rien trouvé qui remette ça en cause.

— N'empêche que ça s'éclaircit chez les chasseurs. Thobie, Chesnin et avant eux, il y avait eu Denigot et Robert. En quelques mois, ça fait beaucoup, mais ce n'est pas moi qui vais pleurer sur ces abrutis.

— Moi non plus, mais bon, trois morts accidentelles et un suicide en trois mois, ce n'est pas non plus une épidémie. Tu me diras que comme il ne s'est rien passé dans le coin depuis plus de quinze ans, c'est sûr que ça donne une impression de concentré. Il faut juste se dire qu'il ne se produira plus rien pendant les quinze prochaines années maintenant.

— Pourquoi depuis quinze ans ?

— Ah oui c'est vrai, tu étais déjà partie. Une fille avait disparu, en 2003 je crois. On l'a recherchée pendant des semaines, mais sans jamais trouver la moindre piste. Elle avait quitté le domicile de ses grands-parents à bicyclette pour aller se balader et elle n'est jamais rentrée, et le vélo non plus.

— Tu voulais qu'il rentre tout seul le vélo ?

Elles éclatèrent de rire.

— En tout cas, je me souviens que c'était le branle-bas de combat dans la région à ce moment-là. Ils ont fait des battues pour la retrouver, tout le monde était mobilisé. Et puis c'est retombé comme ça. Je ne me rappelle même pas en avoir entendu reparler par la suite.

— Ça me donne des frissons ce que tu racontes là ! Pauvre fillette !

— Fillette ? Non, elle avait dix-sept ou dix-huit ans, je crois. Une ado, presque une adulte.

— Quand même. Bon, si ça se trouve, elle s'est barrée avec un mec et elle file le parfait amour depuis quinze ans.

— À vélo ?

Nouvel éclat de rire. Ce fut Claire qui mit un terme à leur petite causerie en se levant pour partir.

— C'est toi qui paies, je suis un peu à sec aujourd'hui !

— Quoi ? Tout ton pognon passe dans les capotes ?

La gêne de Claire la fit bondir.

— Attends ! Ne me dis pas que tu ne te protèges pas ? Tu es complètement *conne* ou quoi ? Tu sais ce qu'il a fait avant ton mec ? D'où il vient et avec qui il couchait là-bas ? Ma pauvre fille, l'amour te rend bête.

— Bon, maintenant il est trop tard de toute façon.

— Tu prends la pilule quand même ? Manquerait plus que tu te retrouves avec un polichinelle dans le tiroir.

— T'inquiète.

— Oui, je m'inquiète. Il n'y a rien de honteux à demander son statut à son partenaire, donc vous allez me faire un test tous les deux. Pas de discussion !

Claire sourit.

— D'accord.

— D'accord, d'accord ! En attendant plus de galipettes, ou bien avec un capuchon sur Popaul ! C'est compris ?

— Oui, oui. Bon, je file, dit-elle en s'éloignant et en faisant bien attention à ne pas croiser le regard des clients, certains amusés, d'autres choqués, mais qui n'avaient rien perdu de leurs derniers échanges.

Chapitre 16

Nicolas Alliot était perplexe. Pourquoi André Thomas lui adressait-il un texto ? Et surtout, pourquoi ne pas lui avoir envoyé à partir de son téléphone habituel ? Le sien affichait « numéro inconnu », mais les initiales à la fin du court message ne laissaient aucun doute sur l'expéditeur et le renvoyaient quinze ans en arrière : « Il faut qu'on se voie. AT. » Il ne répondit pas immédiatement, comme s'il espérait que le SMS allait disparaître de lui-même, ou bien que Thomas allait abandonner. Pourquoi ne l'appelait-il pas tout simplement ? Il se méfiait de quelque chose. De quoi s'agissait-il cette fois-ci ? Il pensait avoir tourné la page de cette période noire où il était à la merci de l'agent immobilier, mais le ton du texto était assez explicite sur l'état d'esprit de celui qui était autrefois son ami. Le portable vibra à nouveau. Alliot découvrit un : « Aujourd'hui ! » qui ne lui laissait guère d'alternative. Il tapota sur l'écran en essayant de garder son calme : « Je suis coincé au crématorium jusqu'à 20 heures au moins… » espérant ainsi repousser l'échéance. La réponse cinglante arriva aussitôt : « Je serai là à 20 heures. Attends-moi. » Tout cela ne lui disait rien qui vaille, mais avait-il vraiment le choix ? Un simple « d'accord » et il reposa le mobile sur son bureau.

Il avait toujours eu conscience qu'un jour le passé le

rattraperait et que Thomas réapparaîtrait. Il avait vécu ces quinze dernières années à appréhender ce moment où il devrait payer pour les erreurs qu'il avait commises alors que son existence n'était qu'une fuite en avant entre jeu et mensonge. Il n'avait pas remis les pieds dans un casino depuis la mort de la gamine. La tragédie avait eu le mérite de le guérir de son addiction et il avait repris sa vie en main, mais le mal était fait.

Nicolas Alliot n'avait que vingt et un ans quand il avait franchi pour la première fois l'entrée du casino de Pornichet, mais sans le savoir il venait de pousser les portes de son enfer. Les parties espacées, lorsque simple étudiant il ne pouvait s'offrir le luxe de passer ses nuits dans les établissements de jeux, se rapprochèrent avec son premier emploi dans le crématorium de son oncle. Il avait réussi à garder pendant des années une mesure toute relative et les fins de mois difficiles étaient comblées par les billets que lui glissait discrètement sa mère tandis qu'il commençait à lui rendre visite tous les soirs à l'heure du repas. Les machines à sous lui avaient paru très rapidement insipides, et il ne ressentit que peu de temps les décharges d'adrénaline que la sonnerie du bandit manchot déclenchait quand il gagnait de modestes sommes. Il en était convaincu, il pouvait récolter plus et plus vite. Il se retrouva naturellement aux tables de black jack et de poker, où il eut l'éphémère illusion de pouvoir rafler facilement la mise. Ses échecs et les interdictions de casino qu'il s'était petit à petit vu infliger sur la Côte d'Amour l'avaient fait se rabattre sur des salles de jeux plus près de chez lui, à Vannes. Les visites, le week-end au début, se firent ensuite tous les deux ou trois jours pour devenir quotidiennes certaines semaines.

Dans son malheur, Nicolas Alliot eut la chance de rencontrer Huguette, joueuse occasionnelle, mais surtout fille d'une grande fortune du sud de la Bretagne. Le courant était passé tout de suite entre les deux jeunes gens. Si cela permit à Alliot de s'écarter des salles de jeux pendant quelques mois, sa dépendance reprit le dessus très rapidement. Arriva le moment où les casinos et leur cadre trop strict ne convinrent plus au joueur invétéré qu'il était devenu. Ce fut alors une évidence pour lui de se tourner vers les tripots clandestins, où les limites ne sont connues que de ceux qui cherchent à les connaître. Il n'était pas dans le secret. Les dettes s'accumulèrent sans qu'il s'en rende compte. Lorsqu'il fut passé à tabac une première fois, il n'eut d'autre choix que de taper dans le magot de celle qui était désormais sa femme et dont le paternel avait eu la délicatesse de rendre son dernier souffle seulement quelques mois après leurs noces, laissant sa fille en possession d'une fortune considérable.

La première raclée lui avait remis les idées en place et il remboursa ses dettes en arguant auprès de son épouse qu'il avait besoin de liquidités pour faire des investissements. La pauvre, qui n'avait jamais rien compris à la valeur de l'argent, trouvait ça formidable et elle transféra des sommes importantes vers le compte bancaire qui, disait-il, avait été ouvert spécialement pour ces investissements. Après quelques années sans avoir rien vu venir, sa femme devint méfiante. Elle cessa d'alimenter le compte quand elle comprit que son Nicolas lui avait menti. Un détective privé confirma ses craintes. Le sevrage était pour elle la seule solution, mais c'était sous-estimer le degré d'addiction de son mari. Dépourvu de cette manne, il n'eut d'autre choix que de pactiser avec le diable. Il commença à dépouiller, de temps à autre d'abord puis systématiquement, de tout ce qu'ils avaient de valeur les corps qu'il recevait pour la crémation. Dans ce milieu, les matières non combustibles telles que les couronnes de dent en or, les bijoux en argent, sont retirés des cendres avant que l'urne ne soit remise à la famille du défunt. Comme la grande majorité de ses confrères, Nicolas Alliot avait un contrat avec une société néerlandaise spécialisée dans le domaine à qui il revendait tous les métaux récoltés. Le croque-mort jugea que, pour une partie de ces objets au moins, il pouvait dorénavant se passer des services de son prestataire batave. Il prit donc la mauvaise habitude de céder sur le marché parallèle des bijoux ou des métaux précieux qu'il récupérait dans son incinérateur, et parfois même directement sur le client avant la crémation. Dans sa fuite en avant, et pour que ses employés ne s'en aperçoivent pas, il inventa de multiples stratagèmes pour subtiliser les choses précieuses que les proches confiaient à leur défunt pour le grand voyage. La conscience du joueur avait totalement disparu derrière la maladie qui le rongeait aussi sûrement qu'un cancer.

Le manque de professionnalisme d'un fourgue parisien vint mettre un terme à ces pratiques amorales. Une descente de police, la famille qui recevait un appel l'informant qu'on avait retrouvé la bague en argent qui aurait dû être incinérée avec le mort. Les enfants qui voulaient porter plainte, l'affaire étouffée, l'alliance qui s'évaporait miraculeusement de la salle des pièces à conviction d'un commissariat de la capitale, mais un ultimatum de sa femme qui menaçait de le quitter s'il ne se faisait pas soigner. Il en était bien incapable ! Coincé entre ses créanciers et Huguette qui avait fermé le robinet, il se tourna tout naturellement vers André Thomas, son meilleur ami avec qui il passait une grande partie de ses dimanches matin à la chasse. Celui-ci accepta de lui prêter de l'argent pour rembourser ses dettes. Ils firent ensemble la tournée des casinos et tripots pour le faire interdire dans chacun d'eux. La mort dans l'âme, le croque-mort se plia aux volontés de son sauveur. Les semaines qui suivirent furent les plus horribles qu'il ait connues. Le manque le ramena à une réalité qu'il s'était toujours refusé à regarder en face. Il n'était finalement pas si différent des drogués qu'il croisait parfois lors de ses virées nocturnes dans des endroits à l'abri des regards indiscrets et des descentes de flics. La chasse lui permit d'oublier un peu son addiction, et c'était donc naturel qu'il fasse partie de la funeste battue aux sangliers avec son ami André. Il avait voulu faire ce qu'il pensait être bien ce jour-là. Il avait compris, que non seulement il n'avait pas son mot à dire, mais surtout qu'il était devenu le complice, le coupable d'un meurtre. Le moment était probablement venu de payer l'addition.

Ronan était satisfait, Nicolas Alliot semblait être tombé dans le panneau. Quand il s'apercevrait que ce n'était pas André Thomas qui lui avait donné rendez-vous, il serait déjà trop tard. Il avait en tête un traitement de faveur pour lui. Il avait bien étudié le crématorium à la recherche de caméras de surveillance ou de gardiens, mais il avait été très vite rassuré, rien de tout cela n'existait. Qui aurait eu l'idée de cambrioler un tel endroit ? Ses repérages lui avaient appris qu'il y avait une porte de service à l'arrière du bâtiment que Nicolas Alliot utilisait tous les soirs quand il quittait le travail. Dans la journée, elle était ouverte en permanence. C'est par là qu'il entrerait et surprendrait sa victime dans son bureau. Il connaissait l'intérieur de la société pour l'avoir visitée la semaine précédente. Prétextant le décès inéluctable et imminent de sa femme, il avait contacté Alliot et demandé à voir l'endroit où elle partirait en cendres. La requête n'était pas inhabituelle et le chef d'entreprise avait accepté. Il avait bien trouvé que le client était très curieux et posait beaucoup de questions techniques pour un simple futur veuf, mais dans ces moments-là il avait été confronté à tellement de réactions surprenantes, que plus grand-chose ne l'étonnait. Il avait donc accédé aux moindres demandes de Ronan, y compris celle, moins fréquente, de voir le four crématoire. Ronan avait pu constater que le fonctionnement de l'appareil était sensiblement le même que ceux pour lesquels il s'était renseigné. Il avait démarché un fabricant en se faisant passer pour un gérant de pompes funèbres qui voulait enrichir sa gamme de produits.

Il arriva à proximité du crématorium vers dix-neuf heures et stationna la fourgonnette sur le parking d'un centre commercial à quelques centaines de mètres de là. L'hypermarché ne fermait qu'à vingt-deux heures. Après dix-neuf heures, ce serait la cohue et son véhicule passerait inaperçu. Cela lui laissait aussi une bonne marge si jamais il était retardé dans son plan. Il lui fallut moins de cinq minutes pour être dans la forêt derrière le bâtiment funéraire et se poster à l'endroit où il avait déjà fait ses repérages. Il n'y avait plus qu'une voiture sur le parking du personnel, la BMW de Nicolas Alliot. Il pouvait passer à l'action. Ce fut un jeu d'enfant d'entrer dans l'entreprise et de s'approcher du bureau aux larges baies vitrées de sa victime. Celui-ci était face à son ordinateur et ne remarqua pas qu'il avait de la visite. Lorsqu'il comprit qu'il n'était plus seul, ce fut pour se trouver nez à nez avec le canon d'un revolver. Il reconnut tout de suite le client. La surprise céda aussitôt la place à la peur. L'homme lui fit signe de se lever et de sortir de derrière le bureau. Nicolas Alliot était tout sauf un héros, Ronan savait qu'il ne tenterait rien et qu'il ne se rendrait compte de l'issue fatale de leur rencontre qu'une fois qu'il serait trop tard. Il essaya néanmoins un timide :

— Qu'est-ce que vous voulez ? On n'a pas de liquide ici.

— Ta *gueule* ! Avance !

Il lui fit signe de se diriger vers l'entrée et lui ordonna de verrouiller la porte. Alliot s'exécuta sans protester. Il lui montra ensuite la pièce où se trouvait l'incinérateur.

— Maintenant, là-dedans.

Le croque-mort, terrorisé, essaya :

— Je peux appeler ma femme et lui demander d'amener de l'argent, si vous voulez. Je vous en supplie, ne me faites pas de mal.

Il n'obtint pas de réponse. Devant le mouvement de bras agacé de Ronan, il avança et franchit la porte de la salle de crémation. Cinq minutes plus tard, il était ligoté sur le rail qui faisait face à la gueule du four. Le bâillon que Ronan avait enfoncé dans sa bouche étouffait ses cris et ses pleurs, mais rien ne semblait devoir perturber les gestes mécaniques de son bourreau. Toute la scène s'était passée en silence. Nicolas Alliot sursauta quand il entendit résonner la voix grave.

— Tu dois te demander ce qu'il t'arrive ! Non, ne dis rien ! Tu ne peux pas, je sais. Contente-toi de faire oui ou non de la tête. Je vais t'expliquer, mais laisse-moi cinq minutes, je dois envoyer quelques SMS à un invité de marque.

Dans les yeux écarquillés de l'homme allongé devant l'entrée du four, Ronan pouvait voir la peur et les interrogations se mêler. Avec le smartphone de sa victime, il composa un texto qu'il expédia à André Thomas : « Je t'attends tout de suite au crématorium. Fais vite sinon j'appelle les flics et je balance tout. » La sonnerie du téléphone retentit aussitôt. Il posa l'appareil et patienta jusqu'à ce qu'il se taise. Le message arriva l'instant suivant : « C'est quoi ces conneries ? Appelle-moi ! » Ronan attendit que la *L'hymne à la joie* résonne à nouveau. Elle fut suivie deux minutes plus tard d'une nouvelle vibration : « J'arrive. Ne bouge pas ! » Il ne put s'empêcher de soupirer de satisfaction, avant de se tourner vers Alliot.

— C'était ton ami André Thomas. Il vient pour se débarrasser de toi, mais il ignore que tu seras déjà parti en fumée quand il franchira cette porte.

Les mouvements désespérés du croque-mort firent sourire Ronan.

— Tu te souviens d'une partie de chasse il y a une quinzaine d'années ? Ne fais pas non, je vois dans tes yeux que tu sais très bien de quoi je parle. Tu te rappelles le « petit travail » que Thomas t'a confié après ? C'est pour ça que tu es dans cette situation aujourd'hui. Quelqu'un a bavé et je sais tout. La jeune fille, c'était la flamme de ma vie, si je puis dire. Eh bien, c'est une flamme qui va mettre un terme à la tienne. J'ignore pendant combien de temps tu amortis tes engins, mais à mon avis, c'est plus d'une quinzaine d'années. Je vais avoir la satisfaction de me dire que tu vas cramer dans le four où tu as incinéré Amélie. Quoi ? Tu veux dire quelque chose ? Que tu peux me donner de l'argent j'imagine, ou un truc du genre ? Mais tu vas me payer, ne t'inquiète pas pour ça. C'est juste que mon prix n'est pas en euros, mais en cendres !

L'horreur se lisait maintenant dans les yeux de Nicolas Alliot, et ses tentatives de se libérer étaient à la limite de renverser le chariot. Il était temps d'en finir. Ronan avait déjà allumé le four. Après avoir mis le téléphone de sa victime sur le ventre de celle-ci, il appuya sur le bouton de la télécommande. Pas un instant il ne détourna le regard. Ce ne fut que lorsque la porte se referma automatiquement derrière son indigeste collation qu'il se retourna et marcha sans se presser vers l'issue par laquelle il était venu. Il avait repris son poste dans les bois depuis moins de trente minutes quand il vit le SUV de Thomas se garer sur le parking à côté de l'autre véhicule. Il l'observa essayer d'accéder par-devant et n'y parvenant pas, se diriger vers l'entrée de service à l'arrière. Ronan se dit qu'avec un peu de chance, il y laisserait même ses empreintes. Il en émergea moins de dix minutes plus tard, le portable collé à l'oreille. Il pénétra à nouveau dans le bâtiment pour en ressortir presque aussitôt et encore téléphoner. Ronan se délectait de le voir ainsi et imaginait les états d'âme qui devaient agiter son ennemi.

André Thomas ne tenait plus en place. Il était où ce *con* ? Il lui avait pourtant bien dit de ne pas bouger. Sa voiture était ici et la porte était ouverte. Il ne devait donc pas être bien loin. Il avait déjà regardé dans toutes les pièces de l'entreprise deux fois, y compris les toilettes et Nicolas n'était pas là. Devait-il attendre ? Appeler sa femme ? Non, surtout pas. Il ne l'avait pas revue depuis combien de temps ? Une quinzaine d'années ? Alors, la contacter maintenant pour lui dire qu'il était à la boîte, que son mari qui lui avait donné rendez-vous et n'était pas là tandis que sa voiture était sur le parking ? Cela ne manquerait pas d'inquiéter la bourgeoise. Elle ne l'avait jamais aimé et elle était capable d'appeler les flics. Il n'avait pas besoin de ça. Il essaya une dernière fois de téléphoner, mais il tombait tout de suite sur la messagerie. Pourtant il ne devait pas être loin, le four tournait encore. Le four ! Ce qui lui passa par l'esprit à ce moment-là le terrifia. Il regarda vers la porte qu'il venait tout juste d'emprunter et se précipita vers sa voiture.

Ronan le vit courir vers son véhicule et quitter le parking et se dit que quelque chose venait peut-être de faire tilt dans le cerveau de Thomas. Il sourit. Il pouvait rejoindre son Trafic et rentrer tranquillement chez lui. Avant, il pénétra une dernière fois dans l'entreprise de pompes funèbres pour en ressortir aussitôt. Il avait encore du travail devant lui, surtout maintenant que son plan devait s'accélérer.

Chapitre 17

Elle était assise sur le muret, les yeux rivés sur son téléphone. Les mouvements de ses doigts ne laissaient aucun doute sur son activité. Ronan n'avait jamais compris comment on pouvait rester des heures à jouer à des jeux stupides sur un si petit écran, mais bon il se gardait bien d'exposer son point de vue pour ne pas passer pour un ringard. Il se disait parfois que l'on vivait tout de même une drôle d'époque, où l'on pouvait être considéré comme bizarre si l'on n'était pas la moitié de son temps le nez rivé sur son téléphone ou sa tablette. Il avait l'un et l'autre, mais évitait de trop les utiliser. Depuis quelques semaines, ils lui servaient surtout à pister les déplacements de son ennemi. Le logiciel espion qu'il avait réussi non sans mal à installer sur le portable d'André Thomas fonctionnait à merveille et avant de descendre de la voiture, il put constater que ce dernier était de retour chez lui. Claire vint se coller contre ses lèvres et l'enlacer. Il aimait ça, même s'il trouvait qu'elle devenait de plus en plus présente. Les choses s'accéléraient entre eux et quand il pouvait se poser pour y réfléchir, il s'inquiétait de la place grandissante qu'elle prenait dans sa vie. Ce n'était pas du tout prévu et il serait confronté à un choix difficile à un certain moment. À cet instant, celui-ci ne s'imposait pas et la chaleur du corps de la jeune femme ne le laissa pas de marbre. Elle se détacha de lui en arborant un sourire qui en disait long.

— J'ai bien fait de venir, on dirait ! Dis-moi, ça circule par ici ce soir ! Juste avant que tu arrives, j'ai aperçu la voiture de mon *connard* de beau-père qui rentrait chez lui. Vous étiez ensemble ou quoi ?

Il ne prit même pas la peine de répondre et se dirigea vers la porte en sortant ses clés. Osiris attendait et leur fit la fête. Ils traversèrent la maison pour aller s'installer sur la terrasse. Ronan disparut cinq minutes, pour revenir avec deux verres à vin et une bouteille qu'il posa sur la table.

— Tu n'as pas froid ? Il a fait beau aujourd'hui, mais ce soir c'est un peu frais quand même, non ?

— Beau aujourd'hui ? Mais tu étais où ? Il a fait gris quasiment toute la journée. Le soleil s'est caché vers dix heures et demie et on ne l'a plus revu.

— Ah. J'étais à Lorient, c'était grand ciel bleu.

— À Lorient, mais qu'est-ce que tu fichais là-bas ? Et le chien ? Il peut rester aussi longtemps dans la maison comme ça ? Il n'a pas eu à manger ? Il s'est retenu de *chier* et *pisser* ?

— C'est un interrogatoire ?

— Non, non, c'est juste que la pauvre bête toute seule comme ça toute la journée...

— Ne t'inquiète pas pour lui, il est habitué. Il avait eu des croquettes ce matin avant que je ne parte et je viens de lui en remettre un peu. Pour ses besoins, il est capable de tenir très longtemps. Ces chiens-là sont des perles pour ça. Jamais d'accident et ils ne te font pas la gueule s'ils ne bouffent pas à l'heure normale une fois de temps en temps.

— Ça ne me dit pas ce que tu faisais à Lorient ?

— Je sens comme une pointe de jalousie là, non ?

— Mais pas du tout. Je m'intéresse à ce que tu fais, c'est

tout. Quand on y réfléchit un peu, je ne sais presque rien de toi en définitive.

— Il n'y a pas grand-chose à dire en fait !

— Tu veux rire. Tu as parcouru le monde depuis plus de quinze ans et tu n'as rien à raconter ? D'abord, pourquoi tu es parti la première fois ? Et c'était quand ?

La rafale de questions mit Ronan mal à l'aise. Il n'était pas dans son tempérament de se livrer, mais il évitait par-dessus tout d'aborder les raisons de son départ et ce qu'il avait fait juste après. Que savait-elle exactement ? Il ne pouvait indéfiniment esquiver. Il allait être obligé de lui donner un os à ronger s'il ne voulait pas qu'elle s'interroge sur les mystères qu'il faisait et qu'elle ne cherche à en apprendre plus. Sa sœur gendarme avait dû lui dire quand il avait quitté la région, mais avait-elle parlé des circonstances et du fait divers qui avait précédé son exil ? Virginie n'était alors qu'une ado et s'il ne la connaissait que de vue, il n'oubliait pas que depuis elle était devenue flic et que ce n'était sûrement pas par hasard. La gamine de l'époque devait déjà être capable de faire des déductions. Il devait inverser les rôles et tirer les vers du nez de Claire pour éviter d'inventer quelque chose qui ne collait pas à ce que Virginie lui avait dit.

— On va faire plus simple et d'ailleurs, ça m'intéresse. Qu'est-ce que l'on t'a raconté sur moi et mon départ ? Non, ne fais pas celle qui ne sait rien. Je connais les petits villages et comment ça fonctionne. Surtout quand on est la sœur d'une gendarme. Alors, vas-y et je vais compléter. Je suis curieux de voir ce qu'il se murmure dans mon dos.

— Eh bien, pas grand-chose justement. Virginie m'a dit que tu avais disparu il y a une quinzaine d'années, mais elle ignore pourquoi. Tu ne devais pas être assez beau gosse à l'époque pour qu'elle s'inquiète de ton départ !

— Faut croire que non ! C'est tout ?

— Presque. Aussi que tu faisais de l'humanitaire depuis tout ce temps-là et que tu étais de passage dans la région pour écrire un livre. *Grosso modo*, les seules informations que j'ai pu arracher au type avec qui je couche depuis un mois et demi.

— Peut-être que tu n'as pas vraiment besoin d'en apprendre plus, si c'est juste ce à quoi il te sert…

Elle le regarda, surprise.

— J'aimerais bien que non justement, mais ça ne dépend pas que de moi. J'ai envie de te connaître mieux, mais surtout de savoir si toi aussi tu le veux. Sinon on peut continuer à se voir de temps en temps pour une partie de jambes en l'air et *basta*.

— Je pensais que je m'étais déjà trahi dans un texto, même si ce n'est pas toi qui l'as lu la première.

Elle sourit.

— Croire que tu m'aimes est une chose, mais ça n'engage à rien de concret.

— Pour moi, si !

— Alors, qu'est-ce que tu vas faire quand tu auras fini ton bouquin ? Tu vas reprendre ta vie d'avant et repartir au bout du monde ? Et moi, je fais quoi ? Je laisse tout pour te suivre ? Je t'attends ici et l'on passe tes vacances ensemble jusqu'à ce que tu disparaisses à nouveau ?

— C'est peut-être un peu prématuré de parler de tout ça, non ? Je ne suis là que depuis six mois et les trois premiers étaient des congés que je n'avais pas pu prendre plus tôt, donc tu vois, j'en ai encore neuf. Je peux sans doute prolonger si je veux. Rien ne presse, laissons les choses évoluer à leur rythme et je suis sûr qu'à un moment donné, ces questions trouveront leurs réponses, sans même que l'on ait à y réfléchir.

— Tu as probablement raison, mais je n'ai pas envie de perdre ce qu'il y a entre nous.

— Moi non plus.

Ronan pensait avoir éloigné la conversation de son passé, mais c'était sans compter sur l'entêtement de Claire.

— Bon, avec tout ça, tu as encore réussi à ne pas me parler de toi ! Je ne bougerai pas de ce fauteuil tant que je ne saurai pas tout !

— Tout ? On va peut-être se limiter à l'essentiel et faire des choses plus intéressantes ensuite, non ?

— Vas-y, accouche !

Il lui raconta une partie de sa vie. Il omit sciemment son départ précipité de Férel pour la Légion étrangère, les trois années là-bas. Il commença par une expérience fictive avec MSF au Burundi pour combler le vide dans son CV, puis enchaîna sur les endroits où il avait travaillé pour des ONG avant d'être recruté par les Nations Unies lors d'un passage au Pakistan. Il avait ensuite connu le Soudan du Sud, puis la République démocratique du Congo qui était son dernier poste. Il garda pour lui les vraies raisons de son départ. Ce quotidien de campagne où les jours se succédaient jusqu'au bout de l'ennui ne lui suffisait plus et il avait besoin de voir du pays. Pourquoi l'humanitaire ? C'était soit ça, soit l'armée, et il n'avait pas l'esprit de caserne. La jeune femme sembla se satisfaire de ses explications.

— Eh bien, tu vois, ce n'est pas si difficile que ça de parler de soi. Ce n'est pas évident cette vie. Je garde encore des souvenirs de mes années congolaises et ils ne sont pas tous bons. Il y a quand même un paquet de tarés dans la région et c'est un cycle sans fin de violences. Je n'arriverai jamais à comprendre comment ils peuvent tuer des gens comme ça de sang-froid, sans aucune raison apparente parfois.

Ronan songea à ce qu'il avait fait de Nicolas Alliot quelques heures plus tôt. Lui, il avait une raison. Elle n'était peut-être pas apparente pour les autres, mais elle n'en était pas moins valable.

— C'est compliqué ce pays. J'ai une amie qui connaît très bien les contextes de la région et qui a écrit des bouquins très intéressants sur la gestion des conflits dans la zone. Je peux te les prêter, si tu veux ?

— Je veux bien. On ne sait jamais, si je dois y retourner un jour ça peut servir.

— Oui, ça peut être utile.

— Mais dis-moi, ça n'a rien à voir, mais comment tu as fait pour rester célibataire pendant toutes ces années ?

— Qui te dit que je le suis ?

Elle faillit s'étrangler avec la gorgée de vin qu'elle venait d'avaler.

— Quoi ?

— T'étouffe pas, je blague.

— Alors tu veux dire qu'il n'y a pas une belle Pakistanaise ou Congolaise qui t'attend quelque part ?

— Ah ! Ça, je ne sais pas, mais elles peuvent toujours attendre. Je n'étais pas dans les ordres non plus, même si je peux te dire que dans certains endroits être curé n'empêche pas d'avoir une ou des femmes !

— Hein, tu *déconnes* !

— Non. Qui va venir les faire *chier* au fin fond de la brousse ? Certainement pas moi ! Et au moins pendant ce temps-là, on est sûrs qu'ils ne s'en prennent pas aux gamins.

— Ah ! Tu es *dégueulasse* !

— *Dégueulasse* ? Crois-moi, tu as un paquet de pervers qui se cachent dans les coins les plus reculés de la planète pour continuer leurs *saloperies* à l'abri des regards indiscrets. Il n'y a pas que des curés dans le lot, je te le garantis. Dans mon secteur, il y en a aussi. Malheureusement quand on les débusque, il est souvent trop tard et ils sont déjà passés à l'acte. Mais je peux t'assurer que lorsqu'on les démasque, on ne tergiverse pas, pas chez nous en tout cas !

Dans la pénombre que la nuit tombante avait déposée autour d'eux, Ronan ne pouvait voir la tristesse qui avait changé le visage de celle qu'il aimait. Il comprit qu'il avait peut-être encore gaffé quand il se rendit compte qu'elle ne répondait plus, ne le coupait plus dans ses tirades, les yeux perdus au fond de son verre presque vide.

— Je suis désolé, lâcha-t-il, j'ai été maladroit, une fois de plus.

— Mais non, tu n'y es pour rien. Ce n'est pas toi le problème.

— Ce n'est pas toi non plus !

— Je sais maintenant, mais chaque fois que quelqu'un aborde le sujet, il y a toutes ces choses qui remontent. Le fait de t'avoir rencontré et d'être avec toi les rend plus fugaces, mais elles sont toujours là.

— Je ne peux pas te promettre qu'elles disparaîtront, mais je ferai tout ce que je peux pour qu'elles ne te gâchent plus la vie.

Elle le rejoignit sur le canapé du salon d'extérieur et se pelotonna contre lui.

— Je crois que je t'aime aussi.

Ronan sentit le bien-être l'envahir et l'encercla de ses bras. Maîtrisait-il encore son destin ? Il n'avait pas envie de se poser la question maintenant et laissa la main de Claire partir à la recherche du trophée que son corps ferme avait réveillé.

Chapitre 18

Comme toutes les semaines, Huguette Alliot avait passé la soirée à jouer au bridge avec ses partenaires habituels. Elle comprit que quelque chose n'était pas normal dès qu'elle poussa la porte d'entrée. L'appartement que le couple avait acheté dans le centre de Vannes dix ans plus tôt était plongé dans l'obscurité, alors qu'il n'était que vingt-deux heures. Depuis quinze ans, le rituel était le même quand elle pénétrait dans le trois-pièces de la rue Jeanne d'Arc. Elle était accueillie par la lumière dans l'entrée et la musique qui provenait du salon où elle trouvait son mari endormi, enfoncé dans son fauteuil, un livre ouvert sur la poitrine. Les rares exceptions avaient toujours été précédées d'un appel ou d'un SMS pour lui dire qu'il serait là plus tard. Elle avança dans le couloir et bifurqua, cherchant le son rassurant des ronflements de son homme. Seul le bruit du bulleur de l'aquarium rythmait la mélodie silencieuse que l'absence de Nicolas imprimait à la pénombre. Il n'était pas rentré et il ne l'avait pas prévenue. En l'espace d'un instant, elle se retrouva projetée dans le passé, lorsque chacun de ses retards ne pouvait signifier qu'une chose, que son regard fuyant en franchissant la porte ne pouvait la tromper. Pendant des années, elle l'avait vu lutter, se débattre avant de céder à ses démons. Elle avait voulu l'aider, était toujours restée à ses côtés même quand il n'était plus que l'ombre de l'homme qui l'avait séduite. Elle s'était finalement convaincue qu'il était irrécupérable et avait décidé de le quitter quand il avait soudainement tout arrêté. Elle n'avait jamais su pourquoi. De peur de le voir rechuter, elle n'avait jamais osé lui demander ce qu'il s'était passé pour qu'il abandonne son vice du jour au lendemain. Elle s'était dit que la campagne et ses amis chasseurs y étaient pour beaucoup, mais alors pourquoi avoir coupé tous les ponts avec eux peu de temps après et ne plus jamais être allé à Férel depuis ? Son instinct de femme lui criait qu'il y avait là quelque chose de grave, mais la peur de le perdre à nouveau avait nourri sa lâcheté et elle n'avait jamais cherché à en apprendre plus.

Ce n'était probablement qu'un retard, un empêchement de dernière minute. Sûrement sa batterie de téléphone qui lâche au mauvais moment, il n'allait peut-être pas tarder après tout. Au fond d'elle-même, elle savait qu'elle ne faisait que se rassurer et que le passé était venu demander des comptes. Quel passé, quels comptes ? Elle devenait folle. Que pouvait-il y avoir de si extraordinaire dans la vie d'un croque-mort de province ? La raison lui criait de ne pas s'inquiéter, mais la boîte vocale du portable de Nicolas qui se déclenchait inlassablement après la quatrième sonnerie lui soufflait que ses appréhensions n'étaient pas sans fondement.

Le policier n'était pas aimable. Il s'était d'abord montré brusque, à peine poli, puis était devenu presque dédaigneux et condescendant quand elle eut fini de lui expliquer que son mari n'était pas rentré. Le funérarium n'était pas sur la commune de Vannes, ce n'était donc pas la police qui était compétente, mais la gendarmerie. Elle insista, mais les allusions à des escapades nocturnes qui étaient plus fréquentes qu'elle ne pouvait s'imaginer la mirent en colère. Cela eut pour effet d'énerver encore plus le flic, qui finit par lui raccrocher au nez. Elle se résolut à déranger Bertrand, son frère, pour lui faire part de son inquiétude et lui demander ce qu'elle devait faire. Il parvint à la rassurer en lui proposant d'aller jusqu'à l'entreprise de son beau-frère pour voir s'il était toujours là-bas. Il la rappela vingt minutes plus tard pour lui annoncer que la voiture de Nicolas était bien sur le parking, mais que l'entrée du bâtiment était verrouillée. Huguette Alliot lui demanda d'essayer celle de service à l'arrière de l'immeuble. Elle ne put s'empêcher de frissonner quand il lui dit qu'elle s'était ouverte lorsqu'il avait tourné la poignée. Nicolas avait l'habitude de fermer la porte principale et celle de derrière s'il devait rester travailler seul le soir et qu'il n'attendait personne. Elle entendait le souffle de son frère qui avançait dans les couloirs du crématorium et se dirigeait vers le bureau de son mari. Le silence qui répondait aux appels de Bertrand, le bruit des pas qui s'arrêtaient, une porte que l'on poussait, et un chuchotement « il n'y a personne, mais sa veste est là » achevèrent d'abattre Huguette. Elle en était sûre maintenant, il était arrivé quelque chose à Nicolas. La communication avec Bertrand coupa brusquement et il ne décrocha pas lorsqu'elle essaya de le rappeler.

Bertrand n'aimait vraiment pas ça. Les lumières étaient encore allumées dans la salle où se trouvait le four crématoire. Cela pouvait être un oubli, mais les voyants qui clignotaient sur l'appareil ne présageaient rien de bon. Il commençait à avoir peur. Que s'était-il passé ici ? Où était son beau-frère ? Il porta le téléphone à son oreille, mais n'obtint pas de réponse à sa question. Un rapide coup d'œil lui permit de constater que la communication avait été coupée. Il avait dû traverser une zone où il n'y avait pas de réseau. Il sortit de la salle et s'apprêtait à rappeler sa sœur quand il aperçut le stylo à bille par terre. Il allait le ramasser, mais dans une sorte de réflexe inspiré des innombrables séries policières dont il se gavait depuis qu'il était à la retraite, il se ravisa. Il composa le numéro de la police. Le planton qui décrocha n'était pas le même qui avait froidement accueilli Huguette Alliot et se montra plus réceptif à l'inquiétude de son interlocuteur. Il prit son numéro de portable et lui demanda de ne pas bouger, en l'assurant qu'il allait être recontacté tout de suite par la gendarmerie, qui était compétente sur la commune où se trouvait le crématorium. Bertrand en profita pour appeler sa sœur. S'il ne tirait aucune conclusion de la situation, il n'en demeurait pas moins peu optimiste sur l'issue de cette soirée. En essayant de ne pas laisser transpirer de fatalisme dans sa voix, il lui expliqua qu'il avait décidé de faire comme elle et de prévenir la police. L'absence de Nicolas alors que sa veste et son véhicule étaient toujours là ne voulait rien dire, mais après tout, les flics étaient payés avec nos impôts et il valait donc mieux les faire se déplacer pour rien plutôt que de perdre du temps au cas où. Il lui promit de la rappeler dès que possible, mais il devait raccrocher, car les gendarmes devaient le contacter. Il se passa bien dix minutes avant que le téléphone ne se mette à vibrer et qu'il s'entende signifier de ne pas bouger. Une patrouille était en route.

Les gendarmes envahirent le funérarium et firent sortir Bertrand. Appuyé à sa voiture, celui-ci observait les allées et venues des quatre militaires, trois hommes et une femme. Il essaya de temps à autre de glisser une question, mais n'obtint que des grommellements ou des mouvements de la tête. Il avait rappelé Huguette pour lui expliquer qu'il patientait là jusqu'à ce qu'il y ait du nouveau et qu'il la préviendrait aussitôt. Il avait tenté à nouveau de la rassurer, mais plus il y réfléchissait et plus il se disait que pour une raison ou une autre son beau-frère était dans le four et qu'il ne restait de lui que des cendres. En attendant la maréchaussée, il avait eu le temps d'observer le stylo par terre. Sans le toucher bien sûr. S'il ne pouvait pas lire l'intégralité de ce qui était écrit sur l'objet, il avait clairement vu le nom de la ville de Pénestin. Il n'y avait aucun doute, il s'agissait d'un de ces objets publicitaires que les sociétés offrent à leurs clients pour les vœux, ou lorsqu'ils signent des contrats. Cela n'avait peut-être aucun rapport avec la disparition de Nicolas, mais l'apprenti-enquêteur qui sommeillait en lui était intrigué par sa présence sur le sol dans le couloir. Il en était là de ses réflexions quand l'un des gendarmes, celui qui semblait être le chef, lui fit signe d'approcher.

— Dites-moi, vous savez comment ça fonctionne ces machins-là ? demanda-t-il en montrant du doigt l'intérieur du bâtiment.

— Non, je n'en ai aucune idée. Je ne suis que le beau-frère du patron.

— Et sa femme, elle connaît ?

— Ça m'étonnerait. Il vaut mieux s'adresser au bras droit de mon beau-frère, monsieur Perraut.

— Ah. Et on le joint comment, ce monsieur Perraut ?

— Je ne sais pas. Son téléphone doit bien être dans un dossier quelque part dans le bureau de Nicolas. Vous voulez que je cherche ?

— Surtout pas. Ne touchez plus à rien, on va s'en occuper !

Il le planta là et rentra dans les locaux, qui étaient maintenant complètement éclairés.

Mickaël Perraut arriva vingt minutes plus tard. Son regard interrogateur vers Bertrand ne reçut qu'un haussement d'épaules. Avant que ce dernier ne prenne la parole, un des gendarmes s'était interposé et faisait signe à l'assistant de le suivre. Bertrand les observa s'enfoncer dans le funérarium et se dit qu'il devait appeler sa sœur. Il n'y avait pas grand-chose de nouveau, mais il imaginait sans peine l'angoisse dans laquelle la pauvre devait se trouver, guettant le téléphone, cherchant mille et une raisons pour se convaincre que son mari allait bien, pour toujours revenir à la conclusion la plus évidente, non il n'allait pas bien ! Comme il s'y attendait, la sonnerie ne retentit qu'une seule fois avant qu'elle ne décroche. Il lui raconta la requête de l'officier et l'arrivée de Mickaël Perraut. Il inventa que les gendarmes ne semblaient pas particulièrement inquiets. Il n'entendit pas ce qu'elle murmura et la coupa avec un simple « ça bouge, je te rappelle » qu'il regretta aussitôt.

Le même gendarme qui l'avait interrogé trente minutes plus tôt s'approcha de lui.

— On va devoir faire venir des équipes scientifiques. Ça ne sert à rien de poireauter ici, on en a pour la nuit, voire plus.

— Des équipes scientifiques ? Pour faire quoi ?

— Bon, je ne devrais rien dire, mais il y a quelque chose dans l'incinérateur et selon monsieur Perraut, ce n'est pas normal. Les fours sont toujours nettoyés aussitôt qu'une crémation est terminée et les cendres mises dans les urnes funéraires. Là, ce n'est plus de notre ressort donc on a appelé les collègues.

— Je vois. Mais sa femme, ma sœur, je lui dis quoi ?

— Rien pour l'instant tant qu'on n'a aucune certitude.

— Vous ne la connaissez pas, elle ne va pas se contenter d'une telle réponse !

— C'est votre problème, pas le mien ! On ne sait pas ce qu'il y a ou qui il y a là-dedans, alors pas la peine de se perdre en conjectures. Le moins vous en dites, le mieux c'est !

Bertrand regarda le gendarme repartir d'où il était venu.

Il ne pouvait faire qu'une chose, se rendre chez sa sœur ! Elle ne devait pas rester seule cette nuit.

Il n'était pas plus de huit heures le lendemain matin quand la sonnette de l'appartement de la rue Jeanne d'Arc retentit. Huguette avait fini par s'endormir dans le canapé, les yeux fatigués d'aller et venir entre l'horloge et son téléphone. Bertrand avait squatté le fauteuil en face d'elle et après quelques heures passées à somnoler, il s'affairait dans la cuisine avec le petit-déjeuner. Il n'eut pas le temps d'arriver au bout du couloir avant d'entendre les pas précipités d'Huguette derrière lui. Il s'écarta et la laissa tourner les deux verrous et la clé qui était restée dans la serrure. La poignée résista un peu, comme toujours. La porte s'ouvrit sur deux gendarmes. L'un d'eux était l'officier qui avait renvoyé Bertrand quelques heures plus tôt. L'air grave des deux hommes n'augurait rien de bon. Huguette se prit la tête entre les mains et commença à pleurer. Les militaires s'avancèrent dans l'entrée et d'un regard le gradé fit signe à Bertrand de s'occuper de sa sœur.

Ils s'installèrent dans le salon. Le chef n'essaya pas de les rassurer, il exposa les faits mécaniquement, comme s'il était déjà accaparé par la rédaction de son rapport d'intervention. Il était impossible de savoir pour l'instant si les restes de combustion trouvés dans l'incinérateur étaient d'origine humaine, et encore moins à qui ils appartenaient. Le plus inquiétant était l'alliance déformée par la chaleur qui avait été retrouvée dans les cendres. C'était la raison de leur visite. Est-ce qu'elle pouvait leur dire si son mari portait toujours la sienne et la décrire ? Huguette leur assura que Nicolas ne se séparait jamais de la bague. Même aux pires heures de sa descente dans l'enfer du jeu, il n'avait jamais revendu ou mis en gage l'anneau qui avait scellé leur engagement. Elle y avait souvent pensé à l'époque, et c'était l'un des signes qui l'avaient fait tant tarder à mettre un terme à son mariage. Elle avait toujours voulu croire qu'il l'aimait, et le caractère sacré de l'alliance l'avait confortée dans sa volonté de lui laisser encore une chance, puis une autre. La description de l'anneau qu'elle donna aux pandores ne provoqua aucune réaction de leur part. Elle eut beau leur demander si cela correspondait à celle qu'ils avaient trouvée, elle ne reçut pas de réponse. Les questions qui suivirent furent dictées plus par la routine que par un véritable souci d'obtenir des informations. Les deux militaires se levèrent et prirent congé, sous les yeux éberlués d'Huguette Alliot qui balbutia :

— C'est tout ? Je fais quoi maintenant ?

Le plus âgé sembla surpris et se contenta d'un bref :

— Vous attendez, on vous recontactera s'il y a du nouveau.

Ils franchirent l'entrée et disparurent dans la cage d'ascenseur. Bertrand et Huguette restèrent sur le pas de la porte de longues minutes, comme s'ils ne pouvaient admettre qu'ils devaient simplement faire comme si de rien n'était et espérer un coup de téléphone ou la prochaine visite des gendarmes. Huguette avait bien songé à faire appel aux amis qui avaient tiré son mari de l'embarras à l'époque de la bague retrouvée chez un receleur, mais ceux-ci avaient été très clairs après avoir fait ce qu'ils avaient à faire. Ils ne souhaitaient pas être associés à une personne qui volait les morts. Sa solitude ne faisait que commencer.

Chapitre 19

André Thomas était inquiet. Il avait brièvement pensé appeler au domicile de Nicolas Alliot, mais s'était ravisé. Ce qu'il avait cru deviner au funérarium ne lui inspirait rien de bon. Il ne devait pas prendre le risque que l'on sache qu'il était sur les lieux la veille au soir. Il n'avait pas eu de contact avec Nicolas et sa femme depuis que celui-ci s'était occupé du corps de la petite. Si c'était Huguette qui décrochait le téléphone, elle pourrait trouver bizarre qu'il se manifeste maintenant, surtout s'il était arrivé quelque chose à son mari, ce dont il était de plus en plus persuadé. Qu'est-ce que c'était que ce *bordel* ? Qu'est-ce qu'il se passait ? Mais qu'est-ce qu'il avait encore fait ce *con* d'Alliot ?

Thomas aimait maîtriser, dominer les choses. Dans son travail, dans ses relations avec les femmes, à la chasse, il était celui qui décidait et les autres suivaient. Il n'y avait bien que sous son propre toit qu'il ne faisait plus la pluie et le beau temps depuis belle lurette. Il avait perdu le contrôle, entre sa tarée de bonne femme qui exhalait l'eau bénite mélangée d'éther et sa pétasse de fille qui ne lui adressait presque plus la parole depuis bien longtemps. Elle était devenue gendarme, un comble pour lui qui se considérait au-dessus de la loi. Et puis, il y avait la garce qui avait failli tout foutre en l'air tout ça parce qu'il avait joué au docteur quelquefois avec elle. Il la voyait de temps à autre traîner dans le coin avec sa voiture de petite-bourgeoise. D'ailleurs, maintenant qu'il y pensait, c'est vrai qu'elle était de plus en plus souvent dans le lotissement. Pourtant le vieux Rosbif n'allait pas plus mal et surtout, sa villa était à l'entrée de la résidence et elle n'avait pas de raison de pousser plus loin si elle venait pour ses soins. Cette *tafiole* de Grandin et sa *morue* guindée ? Il semblait mieux les dernières fois qu'il l'avait croisé. Elle ne fricotait quand même pas avec l'écrivaillon qui s'était installé dans la maison des Bodinaud ? Leur fils, il paraît ! Un *peigne-cul* oui. Monsieur faisait de l'humanitaire en Afrique. Comme si on n'avait pas assez de misère à s'occuper ici. Ce n'était pas que lui y participait vraiment à éradiquer la pauvreté comme ils disaient à la télé, mais en tant que notable il devait parfois sauver les apparences et faire œuvre de charité. Si cela n'avait tenu qu'à lui, ils se seraient démerdés tout seuls ces pauvres ! Ils n'avaient qu'à bosser après tout. La perspective de passer la soirée chez le maire absent le radoucit un peu. L'image de ce qu'il allait faire subir à sa femme lui redonna le sourire.

La sonnerie de son téléphone l'arracha à ses rêveries. Numéro inconnu. Il ne décrocha pas. Quelques instants plus tard, l'appareil vibra dans sa poche. Un nouveau message vocal. À contrecœur, il consulta son répondeur et se figea quand il entendit son interlocuteur lui demander de passer à la gendarmerie de La Roche-Bernard dès qu'il le pourrait. Décidément, il ne contrôlait plus rien ! Qu'est-ce qu'ils pouvaient bien lui vouloir ? Est-ce que ça avait un rapport avec Nicolas Alliot ? Il ne pouvait rester à attendre que les *emmerdes* le rattrapent et il appela sa fille. Celle-ci refusa de lui révéler de quoi il s'agissait. Elle se contenta de lui dire que la requête émanait de la brigade de Saint-Avé et que c'était un de ses collègues qui le recevrait. Saint-Avé ?

C'était à côté de Plescop, ça, près de la boîte de pompes funèbres de Nicolas Alliot. Il s'en doutait, il y avait quelque chose qui clochait. Il raccrocha et s'installa dans sa voiture pour prendre la direction de la gendarmerie.

Il ressortit au bout d'une heure du bureau du brigadier qui l'avait questionné. Il avança d'un pas décidé vers Virginie qui, une cigarette à la main dans l'entrée grande ouverte, faisait celle qui attendait sans en avoir l'air. Elle ne l'avait pas vu arriver à la brigade. Elle était occupée avec l'un des petits caïds de Nivillac, qui pour la troisième fois depuis le début de l'année s'était retrouvé en face d'elle assis à côté de sa mère, qui avait depuis longtemps jeté l'éponge. Le gamin n'avait que quatorze ans, mais il semait déjà la terreur dans un lotissement de la commune attenante à La Roche-Bernard. Courses de mobylettes gonflées, tard dans la nuit, inscriptions obscènes sur les maisons de ceux qui osaient se rebeller, deux ou trois trafics de clopes, de shit et de matériel tombé du camion, la panoplie du petit délinquant de cambrousse était complète. Virginie l'avait à nouveau tancé devant la pauvre mère célibataire qui travaillait la nuit dans une usine d'agroalimentaire et consacrait ses journées à dormir et à picoler. Le gamin était livré à lui-même, mais c'était la dernière fois que le rappel à l'ordre se faisait de manière informelle. Une nouvelle incartade et elle devrait ouvrir une procédure. Les dégradations de biens publics pouvaient encore être arrangées au niveau local, mais les intimidations physiques sur les personnes ne pourraient rester impunies. L'entretien avait duré vingt minutes et une fois de plus elle avait eu l'impression de parler à un mur. Elle avait laissé repartir le morveux sans se faire d'illusions, ce n'était qu'une question de semaines, au mieux de mois avant qu'il ne soit à la même place qu'aujourd'hui.

Elle vit sur le visage de son géniteur que quelque

chose n'allait pas. Ses rapports avec lui étaient plus que distendus depuis qu'elle avait appris la vérité sur ce qu'il avait fait à Claire, mais elle ne pouvait oublier qu'il était son père. Ce qu'elle lut dans ses yeux l'inquiéta. Elle n'y avait jamais vu que de la fierté, du défi, parfois de la haine, mais aujourd'hui quelque chose vacillait dans son regard. Elle lui demanda ce qu'il se passait et à sa surprise, il lui raconta le contenu de son entretien avec son collègue. Il lui avait montré la photo d'un stylo à bille que l'on pouvait facilement identifier. C'était l'un de ceux qu'il donne à ses clients, ou que l'on peut prendre dans la corbeille à droite de l'entrée de l'agence immobilière. Il voulait savoir s'il reconnaissait l'objet. Thomas avait rétorqué que pas celui-ci, mais que c'était un des cadeaux publicitaires qu'il avait fait faire pour ses clients. Il s'était étonné d'une telle question, mais n'en avait reçu qu'une nouvelle pour toute réponse. Où était-il la veille au soir entre dix-heures heures et vingt-deux heures ? Il avait confirmé qu'il était chez lui bien sûr. Virginie tiqua :

— Chez toi ? Je suis passé voir maman vers vingt heures et tu n'étais pas là et comme d'habitude, elle ne savait ni où tu étais, ni si tu rentrais. Quand je suis partie à vingt heures trente, tu n'étais toujours pas là !

— Je suis arrivé juste après, ça ne change rien. J'étais avec Benoît Cormier pour parler de la battue aux sangliers la semaine prochaine.

— N'empêche que tu as menti à mon collègue. Pourquoi ?

— Ce n'est pas vraiment un mensonge. Je n'ai pas à me justifier auprès d'un petit flic de campagne !

— Je te rappelle que moi aussi je suis une petite flic de campagne, donc un peu de respect !

— Le respect, ça se mérite !

Il tourna les talons et s'engouffra dans sa voiture pour

démarrer aussitôt avant de disparaître dans le rond-point de la zone commerciale. Virginie était perplexe. Pourquoi avait-il menti ? Pourquoi la brigade de Saint-Avé s'intéressait-elle à lui ? Elle devait en avoir le cœur net et se dirigea vers le collègue qui avait reçu son père.

Elle était attablée à la terrasse de la crêperie depuis une quinzaine de minutes quand Claire arriva. Elle l'apostropha :

— Eh bien, tu es toute seule ? Ton chevalier servant ne devait pas être là, lui aussi ?

— Il est à Vannes depuis ce matin et il vient directement ici.

— Très bien, j'ai hâte d'interroger celui qui fait perdre la tête à ma charmante sœurette.

— Oh non, tu ne vas pas la jouer comme ça ? Ta journée de travail est terminée, donc pas de questions et encore moins d'interrogatoire… même déguisé ! Je te connais.

— Je vais essayer, mais puisque tu me connais, tu sais que c'est plus fort que moi.

Ronan n'arriva qu'une demi-heure plus tard. Il salua son cousin derrière le bar et s'avança vers les deux jeunes femmes. La discussion cessa dès qu'il s'approcha de la table. Il sourit. Il était facile d'imaginer quel était leur sujet de conversation ces dernières minutes. Les présentations furent effectuées rapidement et la commande tout autant. La veille, Claire avait fait un topo à Ronan sur sa sœur. Il s'attendait à être scruté, analysé, mais cela ne le tracassait pas plus que ça. Il comptait surtout mettre à profit ce dîner pour apprendre où en étaient les flics dans leurs enquêtes. Il devait aussi savoir si la disparition de Nicolas Alliot était déjà signalée et considérée comme inquiétante. Il ne pouvait bien sûr pas se précipiter et risquer d'éveiller les soupçons et il se prêta de bonne grâce au jeu des questions-réponses que la gendarme ne put s'empêcher de commencer, sous le regard tantôt dépité, tantôt réprobateur de son aînée. Depuis son retour en France, Ronan était devenu un expert dans l'art de ne pas donner trop d'informations sur lui face aux inévitables questions qu'on lui posait toujours. Il se trouva bon à ce petit jeu ce soir-là, même s'il voyait sur le visage de Virginie que celle-ci n'était pas absolument convaincue de la sincérité de tout ce qu'il lui disait. Elle avait décidé de ne pas s'y attarder et de ne pas trop jouer avec la patience de Claire. Son métier lui avait appris que les réponses finissaient bien souvent par faire surface, peu importait qu'elles soient profondément enfouies.

Virginie avait une faiblesse, l'alcool la rendait loquace. Les deux mojitos et les verres de vin rosé qui avaient suivi avaient coloré ses joues et libéré ses préventions initiales à l'encontre de Ronan. Ce dernier n'eut même pas à demander pour qu'elle leur raconte, sous le sceau du secret bien évidemment, la visite de son père à la brigade et sa discussion avec le gendarme qui l'avait reçu. Ronan sentit les doigts de Claire se crisper sur sa jambe quand elle commença à parler de Thomas. Il lui caressa la main et la pression s'évanouit aussi vite qu'elle était apparue. Un sourire de gratitude illumina le visage de son amante. Il se concentra sur ce que disait Virginie et s'aperçut que son plan avait fonctionné parfaitement. La disparition de Nicolas Alliot était prise très au sérieux par la brigade de Saint-Avé. Le gendarme chargé de l'affaire était convaincu que c'étaient ses restes qui étaient dans l'incinérateur. Il serait impossible d'identifier la victime par manque d'ADN, mais la découverte de l'alliance d'Alliot ne laissait que peu de place au doute. Les résultats des analyses mettraient plusieurs jours à arriver, mais la présence de matériaux étrangers dans les cendres faisait penser que le téléphone manquant du croque-mort avait subi le même traitement que son propriétaire. L'enquête s'annonçait compliquée. On ne lui connaissait pas d'ennemi et il menait une vie sans histoire. Sa femme avait expliqué aux militaires son passé de joueur et les problèmes qu'il avait eus à l'époque, mais tout cela semblait bien loin et probablement sans lien avec la fin horrible que l'on soupçonnait. Un élément intriguait les gendarmes de Saint-Avé, un stylo à bille estampillé au nom d'une agence immobilière de Pénestin, celle d'André Thomas, avait été retrouvé dans le couloir allant à la salle du four crématoire. C'était la raison de sa convocation cet après-midi. Il était reparti comme il était venu, libre. Son collègue, qui avait le béguin pour elle et qui ignorait ses penchants, lui avait assuré qu'il n'était pas suspect, mais elle avait trouvé son père étrange. Elle ne mentionna pas le mensonge sur son alibi à l'heure de la disparition de Nicolas Alliot, mais Ronan se doutait que son ennemi avait été obligé de travestir la vérité pour se débarrasser aussi facilement des flics. Le moment venu, quand tout désignerait Thomas dans une autre affaire, ils tireraient les conclusions qui s'imposaient. En creusant un petit peu, ils découvriraient qu'il était sur place au moment du crime. Avant cela, il restait une dernière étape à franchir sur le chemin de sa vengeance. Ce serait la plus spectaculaire.

Chapitre 20

Les panneaux signalant la battue aux sangliers avaient été disposés très tôt ce samedi matin. Cela avait été l'occasion de prendre un premier verre. Les chasseurs n'étaient pas nombreux et André Thomas se disait qu'ils ne tueraient probablement pas grand-chose aujourd'hui. Il en était d'autant plus convaincu que ceux qui étaient venus n'étaient pas des foudres de guerre. Il en avait repéré au moins deux qui étaient surtout là pour les coups à boire et le pique-nique que les femmes des gars du coin avaient préparé. Elles avaient prévu pour une trentaine, un peu moins que le nombre d'invitations lancées, mais Thomas avait eu beau attendre, il pouvait compter les participants sur les doigts de ses mains. Décidément, tout se perdait. Les jeunes ne devenaient plus chasseurs ! Ils préféraient sortir en boîte les week-ends et ne pas avoir à se lever très tôt le matin pour aller marcher dans le froid et l'humidité pour bien souvent ne ramener que du petit gibier dans leurs gibecières. Et il y avait aussi ces enfoirés d'écolos qui piquaient leurs panneaux de signalisation et les insultaient quand ils passaient à vélo ou en voiture. Il était loin le temps où les chasseurs étaient craints et où personne ne leur contestait le droit de pratiquer leur activité. Désormais, les périodes d'ouverture de la chasse étaient de plus en plus réduites et la liste des espèces qu'ils ne pouvaient pas abattre s'allongeait chaque année. Heureusement que lui n'en avait que faire et qu'il tuait ce qu'il voulait, quand il voulait. Le garde champêtre, policier municipal ils appelaient ça maintenant, avait bien essayé de lui chercher des noises, mais il avait vite compris qu'il ne fallait pas venir le faire *chier*. Ce n'étaient pas ces *pédés* de bobos parisiens dans leurs beaux bureaux qui allaient décider quand et sur quoi il tirait. Après tout, les randonneurs et les cyclistes n'avaient qu'à faire attention. La chasse avait toujours existé et cela n'avait jamais gêné qui que ce soit, ou presque. C'était bien la preuve que ce n'était pas elle le problème.

Cela ne servait plus à rien d'attendre d'éventuels retardataires, il devrait faire avec ce qu'il avait sous la main. Il décida de faire deux groupes et de les envoyer chacun sur un secteur. Il équilibra entre les gars du coin et ceux de l'extérieur, même s'ils connaissaient tous très bien la zone à couvrir pour l'avoir parcourue de nombreuses fois auparavant. Il prit avec lui son beau-frère Benoît Cormier, deux autres gus de Férel et un type de La Chapelle-des-Marais qui lui semblait être là pour vraiment chasser. La battue pouvait commencer.

Ronan observait la scène depuis longtemps déjà. Dans ses jumelles, il les avait vus arriver, se saluer et ensuite attendre en vain pendant trente minutes que leur groupe s'étoffe un peu. Il avait regardé André Thomas, trônant au milieu de ses hommes, donner les consignes et dire à l'une des deux équipes de s'éloigner vers la gauche, tandis que la sienne se dirigeait vers l'endroit où Ronan était embusqué. Tout se présentait sous les meilleurs auspices. Ronan toucha machinalement la grenade qu'il avait dans la poche. Cela n'avait pas été bien compliqué de se la procurer. Les amis sont faits pour ça, rendre service et ne pas poser trop de questions. Il connaissait le modèle pour l'avoir manipulé pendant ses années de légionnaire et il savait qu'il ferait exactement les dégâts qu'il souhaitait. Là encore, un simple coup de téléphone et le lendemain il pouvait aller à Vannes chercher l'engin qui allait déclencher le bouquet final de son plan. Bien sûr, il avait dû utiliser ces réseaux d'extrême droite qu'il honnissait par-dessus tout, mais il se consolait en se disant que les victimes de la grenade étaient au moins pour deux d'entre eux des sympathisants du Front national. Il n'avait jamais pu se résoudre à appeler Rassemblement national ce qu'il considérait comme un ramassis de bas du plafond dont l'objectif était de diviser et non pas rassembler. Le nom avait changé, mais la soupe qu'ils servaient était toujours la même, jouant sur les peurs, l'ignorance et ce que l'homme a de plus vil, de plus noir au fond de lui. Il était persuadé qu'un jour ils arriveraient au pouvoir et que ce jour-là la France basculerait dans la guerre civile. Les erreurs commises depuis des décennies, l'arrogance et le cynisme des nouveaux maîtres du pays poussaient inexorablement dans les bras de la bête immonde des gens qui se sentaient abandonnés. Il faudrait se battre le moment venu ! La partie serait difficile avec une armée et des forces de l'ordre qui votaient pour presque les deux tiers pour l'extrême droite, mais il n'avait pas de doute sur l'issue de la bataille. Les justes reprendraient le dessus, comme ils l'avaient toujours fait. S'il fallait en passer par là, au moins la peste brune serait délestée de quelques combattants dans quelques heures. Pour l'instant, allongé dans l'herbe, il ne lui restait plus qu'à patienter jusqu'à l'heure de la pause petit-déjeuner.

Le rituel n'avait jamais changé depuis qu'il accompagnait son père à la chasse alors qu'il n'avait qu'une dizaine d'années. À neuf heures trente, il y avait le casse-croûte. Ça avait été la première fois qu'il avait bu du vin, il devait avoir douze ou treize ans et son vieux lui avait tendu un verre comme à tous les autres. À cette époque-là, on savait élever les gosses ! Pas de coca ou ce genre de *saloperies* ! De l'eau ou du pinard ! En l'occurrence, c'était un mélange des deux qui aurait poussé au suicide le plus modeste des sommeliers, mais qu'à cela ne tienne, c'était juste pour se réchauffer et accompagner les tartines de pain de campagne, les terrines et le fromage. Pour boire quelque chose de plus fort, il faudrait attendre l'apéro. Il ne manquerait plus que l'un d'eux soit bourré et qu'il défouraille sur tout le monde par accident. André Thomas ignorait que ses acolytes avaient leur propre gourde et que leur contenu aurait fait virer de l'œil quiconque se serait risqué à simplement l'ouvrir et à sentir le breuvage. Pour l'un, c'était de la gnôle, pour l'autre du mauvais whisky. L'un d'eux avait même rempli le précieux flacon de pastis légèrement dilué. La plupart d'entre eux n'avaient pas encore évacué les reliquats d'alcool de la veille, reliquats qu'ils avaient d'ailleurs dans le sang presque en permanence, il valait donc mieux que Thomas n'en sache rien, sinon ils auraient passé un sale quart d'heure. Les victuailles avaient été réparties entre les deux groupes au départ de la battue, au cas où ils seraient trop éloignés les uns des autres à l'heure convenue. C'était le cas. Même si cela chagrina un peu Ronan, il se dit que finalement si les chasseurs étaient moins nombreux, il y avait moins de chance que l'un d'entre eux en réchappe et puisse témoigner ensuite. Il était temps qu'il tende le piège qui allait se refermer sur l'agent immobilier.

André Thomas avait donné le signal pour la pause et les cinq hommes de son groupe se dirigeaient en papotant vers l'arbre qui servait de lieu de rendez-vous. Il sentit la vibration de son téléphone dans sa poche et aussitôt le bruit caractéristique d'un SMS qui arrive. Le prénom de sa femme s'afficha et il fut tenté de ne pas aller plus loin dans sa lecture, mais sa convocation à la gendarmerie quelques jours plus tôt l'avait perturbé et il ne voulait surtout pas rater quelque chose d'important. Le contenu laconique du message le surprit : « Viens d'urgence à la pharmacie. » Il essaya de l'appeler, mais elle ne décrocha pas. Son texto ne reçut pas non plus de réponse. Il hésita à continuer sa battue, mais ne pouvait s'empêcher de penser que l'histoire avec Alliot ne devait pas être prise à la légère, et que ce message était peut-être lié à ça. La mort dans l'âme, il annonça à ses partenaires qu'il devait les abandonner le temps de faire un aller-retour à la pharmacie. Il espérait être de retour avant qu'ils ne terminent le petit-déjeuner.

Ça avait été un jeu d'enfant pour Ronan de subtiliser le téléphone de Brigitte Thomas. À la fermeture, Brigitte Cormier, de son nom de jeune fille, allait directement de son officine à l'église où elle stationnait sa vieille Golf. Elle s'engouffrait dans le sanctuaire en laissant son portable sur le siège passager. Dans le petit village, les portes des maisons comme celles des voitures restaient le plus souvent ouvertes. On ne se méfiait pas les uns des autres et pas vraiment plus des rares gens en transit qui s'arrêtaient au bureau de tabac ou à la pharmacie, avant de continuer leur route vers la mer. Seulement deux jours d'observation furent nécessaires à Ronan pour comprendre qu'il ne rencontrerait aucun problème pour emprunter le téléphone. Il espérait ensuite que l'apothicaire penserait qu'elle l'avait oublié dans sa boutique et qu'elle le retrouverait le lendemain matin. La veille de la battue, Ronan s'était garé près de sa voiture dès qu'elle était entrée dans l'église. Il ne lui fallut que quelques secondes pour ouvrir sa porte, celle de la Golf, prendre le portable et s'en aller sans avoir été vu. Il sourit en pensant à la tête qu'elle allait faire, et celle d'André Thomas, quand il lui dirait qu'il était venu à la pharmacie à cause de son SMS. Ronan savait qu'ils ne se parlaient presque plus, juste le minimum pour continuer à partager un confort et plus rarement une fille. Il avait tablé sur le fait que la conversation serait courte et que Thomas ne s'absenterait de la battue qu'une vingtaine de minutes. Dès qu'il vit la voiture de l'agent immobilier remonter sur le goudron pour prendre la direction du bourg, il enfourcha son vélo. Il mit son casque et fixa son sac en bandoulière pour pouvoir attraper facilement les tracts qu'il avait l'intention de laisser à proximité de l'attentat qu'il allait commettre. Il lui avait fallu un certain temps pour le nommer ainsi, mais aujourd'hui c'était bien un attentat qu'il préparait. Celui-ci ne serait pas fait par un extrémiste religieux, chrétien, musulman ou même hindouiste, il ne serait pas perpétré au nom d'une idéologie mortifère, mais par amour et par vengeance. Ronan avait bien conscience que devant un tribunal cela n'aurait aucune espèce d'importance et ne lui vaudrait probablement pas des circonstances atténuantes, mais il était en paix avec lui-même. Il n'y aurait pas d'innocents parmi les corps qui allaient joncher le chemin de remembrement dans une quinzaine de minutes.

Derrière le comptoir de sa pharmacie, Brigitte Thomas regardait son mari, incrédule.

— Je ne t'ai pas envoyé de SMS !

— Et ça, c'est quoi ? lui dit-il en montrant son téléphone.

— Je n'en sais rien, mais ce n'est pas moi. Je n'arrive pas à mettre la main sur mon portable depuis hier soir.

— Comment ça, tu n'arrives pas à mettre la main sur ton portable ?

La sueur commençait à perler sur le front de Thomas, qui comprenait que quelque chose d'anormal était en train de se passer.

— Je pensais l'avoir pris avec moi en partant, mais arrivée à la maison, je ne l'ai pas trouvé. Je me suis dit que je l'avais oublié ici. Mais ce matin, rien. Il doit avoir glissé dans la Golf, mais je n'ai pas encore eu le temps d'aller voir. C'est la course depuis l'ouverture.

— Il n'est pas dans ta voiture puisque quelqu'un m'envoie des SMS avec !

Il tourna les talons et démarra sur les chapeaux de roues. Il en était convaincu, on s'était servi du téléphone de sa *connasse* de femme pour l'éloigner de la chasse. Il bifurqua vers l'Isle dans un crissement de pneus pour apercevoir au loin un cycliste dépasser l'endroit où les autres étaient assis autour de leur pique-nique.

Benoît Cormier remarqua le VTT le premier et s'exclama :

— Encore un abruti qui n'a pas vu les panneaux ! Ils se croient tout permis ces *putains* de vélos.

Il se planta au milieu du chemin de remembrement les deux bras en l'air pour faire signe à l'intrus de ralentir et de s'arrêter. Ses collègues, assis par terre, virent la surprise se peindre sur son visage quand il constata que loin de décélérer, le cycliste avait au contraire augmenté sa vitesse et fonçait maintenant droit sur lui. Il eut tout juste le temps de se jeter de côté et d'apercevoir la main du chauffard laisser tomber un objet qui roula tout doucement vers leur groupe. Ce fut le chasseur de La Chapelle-des-Marais qui comprit tout de suite ce qui n'allait pas. Il essaya de se lever en hurlant :

— Attention une gren…

Mais la fin de sa phrase fut balayée par l'explosion.

Ronan sentit le souffle de la déflagration dans son dos, mais n'en fut pas affecté. Il se saisit des tracts dans la poche intérieure de son sac et les jeta en se retournant pour les voir s'envoler. Il aperçut le 4x4 de son ennemi qui se rapprochait du lieu de l'attentat. Il l'avait repéré dès qu'il avait tourné vers eux et cela avait été le signal de départ des événements qui allaient perturber la vie tranquille du petit village.

André Thomas appuya instinctivement sur la pédale de frein quand il vit l'explosion. Il accéléra à nouveau dès qu'il réalisa combien son réflexe était stupide et qu'il ne risquait rien. Il distingua le cycliste qui s'enfuyait dans un nuage, qu'il ne parvint pas à identifier tout de suite. Il atteignit l'endroit où, quelques instants plus tôt, se tenait le petit-déjeuner champêtre, pour constater que la déflagration avait creusé un énorme cratère dans le chemin. Le terroriste était déjà loin de l'autre côté. Il recula son véhicule et en descendit pour s'approcher des quatre corps mutilés qui parsemaient le sol. Qu'est-ce que c'était que ce *putain de bordel* ? Pourquoi ça arrivait ici, dans le *trou du cul* du monde ? Il n'aimait pas ça du tout. Son cerveau inventait de nouvelles connexions qui toutes lui criaient que tout cela ne sentait décidément pas bon. Il fut interrompu par l'autre groupe de chasseurs qui remontait en courant depuis la Vilaine. Il leur hurla :

— Vous l'avez vu ?

Ils n'avaient rien vu, juste entendu un énorme boum et ils avaient rappliqué aussitôt. Il leur aboya de ne pas s'approcher, même si au moins pour deux d'entre eux il n'avait pas à s'en faire. Ils *dégueulaient* tripes et boyaux, penchés vers la haie qui longeait le chemin. Deux autres avaient leur dose d'émotions pour la journée et s'étaient assis, hébétés, auprès des chiens de leurs infortunés compagnons. Heureusement pour les bêtes, leurs maîtres les avaient enchaînés un peu plus bas à l'ombre d'un chêne. S'ils avaient été épargnés par l'explosion, ils n'en étaient pas moins traumatisés, l'un hurlait à la mort et ses compères gémissaient en tirant sur leurs attaches. Le dernier chasseur avait ramassé quelque chose à même le sol et l'avait porté devant ses yeux. André Thomas comprit que le nuage dans lequel s'était enfui l'assassin n'était en fait que des papiers qui s'envolaient. L'homme avait sorti son téléphone et il l'entendit appeler les secours.

Ronan avait contourné le petit bois en bas de la piste et avait disparu dans le chemin de remembrement qui repartait vers le lotissement avant que l'autre groupe n'ait eu le temps de remonter. Il avait quitté la voie de terre pour longer la rive de la Vilaine et était parvenu jusque chez lui sans être vu. De chaque côté du fleuve, une bande de trois mètres était préservée de toute construction et permettait le passage de tout un chacun, même un cycliste qui porterait par endroits son vélo sur le dos. Il rangea le VTT qui ressemblait à des milliers d'autres dans le garage et alla s'installer dans le canapé. Maintenant, la machine allait s'emballer. C'était bien la seule chose qui créait une sorte d'excitation chez lui. La fin horrible des quatre hommes ne lui inspirait aucun remords ! Au contraire, chaque fois qu'il se rapprochait de la conclusion de son plan, il éprouvait une satisfaction de plus en plus intense. Il lui tardait que les mailles de son filet se resserrent sur le meurtrier d'Amélie.

Chapitre 21

Virginie arriva la première sur les lieux. Le capitaine Rideau était en repos aujourd'hui et c'était donc elle qui était en charge de l'unité. Dès qu'elle vit le tableau, elle sut qu'elle allait devoir le déranger. Elle commença par faire reculer les chasseurs et les quelques curieux qui avaient été attirés par le bruit de l'explosion. Elle y parvenait tout juste quand le reste de la brigade débarqua. Ils dressèrent le périmètre de sécurité pendant que Virginie débutait son examen de la scène de crime. Quel *bordel* ! Elle n'avait jamais vu ça. Une heure plus tôt, elle était loin de s'imaginer qu'elle puisse un jour être confrontée à un tel carnage. Elle s'efforçait de ne toucher à rien en attendant les équipes de la scientifique. Le branle-bas de combat avait été déclenché tout de suite et les gros bras de Rennes étaient déjà en route pour prendre les choses en main. Le procureur de la République ne tarderait pas non plus. Il allait devoir déterminer s'il fallait saisir le parquet antiterroriste, ou si l'enquête pouvait être menée à l'échelon régional avec les ressources présentes sur place. Qui pouvait bien avoir perpétré un tel massacre dans un petit bled comme Férel, et pourquoi ? Le village allait connaître une notoriété dont il se serait bien passé. Quel taré pouvait vraiment penser qu'un acte terroriste dans la campagne bretonne allait avoir autant d'impact que s'il avait été commis dans une grande ville ? Virginie sentait que quelque chose clochait dans cette histoire et que les raisons de l'attentat n'étaient peut-être pas à chercher bien loin. Son attention fut attirée par les papiers qui jonchaient le sol à une vingtaine de mètres du cratère laissé par la grenade. Ils inondaient le chemin et certains, poussés par le vent, ne pourraient probablement jamais être récupérés. Elle demanda toutefois à l'un de ses collègues d'essayer d'en ramasser le maximum. Elle n'y croyait pas trop, mais sait-on jamais, une empreinte oubliée par mégarde pouvait les mettre sur la piste du tueur. Le tract en lui-même était assez commun. Une demi-feuille de papier classique pour imprimante et un texte en noir et blanc réclamant pêle-mêle l'interdiction de la chasse, l'abandon du nucléaire, le retour de l'écotaxe pour les poids lourds, le boycott des produits venant d'Israël, la fin de la guerre au Sahel, le tout signé d'une mystérieuse organisation avec pour nom : « Les fils de l'homme ».

Virginie était perplexe. Est-ce que ce n'était pas le titre d'un film ? Cela lui disait vaguement quelque chose, mais une chose était sûre, elle connaissait bien son monde et elle n'avait jamais entendu parler d'un groupe portant ce nom dans le coin. Elle allait devoir chercher dans les bases de données spécialisées et contacter des professionnels de la question. Si on lui en laissait le temps. Elle se doutait bien que la direction de l'enquête allait échapper à la brigade, mais elle espérait qu'ils pourraient quand même y participer. Contrairement à ce qu'avait dit un ancien président de la République, elle était convaincue que la police de proximité était à la base de tout le travail d'un bon flic et que son aide serait précieuse pour les experts venus de Rennes ou Paris, si plus haut on décidait que le sujet était sensible. Elle s'approcha des quatre victimes. Les deux qui se trouvaient probablement le plus près de la déflagration n'avaient plus de jambes et la partie supérieure de leur corps était affreusement mutilée. Les deux autres étaient aussi dans un sale état, mais il serait plus facile de les identifier. Le regard du major embrassa la totalité de la scène puis les alentours, pour arriver sur le groupe qui s'était formé à l'entrée du chemin de remembrement. Un peu à l'écart, elle pouvait voir les six hommes qui complétaient la battue. Elle aperçut son père au milieu d'eux. Il aurait très bien pu être parmi les victimes. Elle avait reconnu le corps de son oncle Benoît Cormier et elle savait que traditionnellement il était dans le même groupe que son beau-frère lors des battues. Comment se faisait-il qu'ils aient dérogé à cette règle cette fois-ci ? Bien sûr, elle pourrait aller lui parler et en apprendre un peu plus sur le déroulement des événements, mais sa curiosité était réfrénée par sa conscience professionnelle. C'était son père et s'il était impliqué de près ou de loin, elle risquait de tout faire foirer. Il était de toute façon trop tôt pour l'interroger, la section de recherches s'en occuperait. Ses collègues avaient commencé à prendre les témoignages de tous les chasseurs présents et c'était tout ce qu'ils pouvaient faire pour l'instant.

Elle entendit le bruit de l'hélicoptère avant de le voir arriver par-dessus le lotissement. C'était quoi ça, maintenant ? La télé ? Les portes de l'appareil étaient fermées et elle exclut donc cette hypothèse. Un bon journaliste aurait assurément voulu avoir une photo aérienne de la boucherie. L'engin les survola et alla se poser dans un champ à une cinquantaine de mètres. Deux hommes en descendirent dès que les pales furent immobiles et se dirigèrent vers la scène de crime. Virginie se précipita à leur rencontre en faisant de grands gestes pour leur dire de s'éloigner, mais rien n'y fit. Elle les stoppa alors qu'ils allaient entrer dans le périmètre de sécurité.

— Vous ne m'avez pas vue faire des signes pour vous demander de dégager ? Qu'est-ce que vous foutez là, nom de Dieu ?

— Je suis le procureur de la République, Gaston Dacier, et voici le capitaine Pascal Piraud de la section de recherches de Rennes !

— Désolée, je ne vous attendais pas par les airs. Suivez-moi.

Elle se sentait bête et se dit que pour un premier contact elle n'avait pas fait bonne impression. Ils n'avaient pas traîné, c'est donc que la pression avait déjà commencé en haut lieu. Il fallait aller vite pour couper court à toutes les rumeurs. Elle accompagna les deux hommes à proximité du cratère.

— Putain, je n'ai jamais vu ça, ne put s'empêcher de murmurer Piraud.

— Moi non plus, répondit le procureur, puis se tournant vers Virginie, qu'est-ce que l'on a, major ?

— Pas grand-chose en fait. Mes collègues ont commencé à interroger les autres chasseurs, mais aucun d'eux n'était présent lorsque l'attaque a eu lieu. Ils s'étaient séparés en deux équipes de cinq. Il n'y a que quatre victimes, car le cinquième membre du groupe, qui a été décimé, s'était absenté avant l'explosion.

— Absenté avant l'explosion ? ne put s'empêcher de reprendre Piraud.

— Oui, un appel de sa femme. Il a dû aller à la pharmacie dans le bourg. Il dit que quand il est revenu, il a aperçu un vélo passer devant ses condisciples juste avant de voir un gros nuage de poussière.

— Ah ! Il dit ça ? Et il est où ce cycliste maintenant ?

— Bon, Piraud, vous tirerez des conclusions plus tard. Laissez finir le major Thomas, le coupa le procureur.

— On a aussi trouvé des dizaines de tracts d'un groupe

qui se fait appeler « Les fils de l'homme » éparpillés à proximité, continua Virginie.

— Des tracts, quel genre de tracts ? demanda Piraud.

— Un peu fourre-tout, mais du style mouvement écolo extrémiste, mais ça reste à confirmer, lui renvoya Virginie.

— *Merde*, c'est bien notre veine, soupira Dacier, j'aurais préféré une bonne vieille histoire de vendetta locale plutôt que d'avoir dans les pattes des tarés prêts à tout.

— Il est encore trop tôt pour savoir ce que c'est, je n'ai jamais entendu parler de ce groupuscule, essaya de le rassurer la jeune femme.

— L'explosif ? se risqua Piraud.

— Aucune idée. Le témoin a dit avoir vu le cycliste jeter quelque chose, donc peut-être une grenade. On attend les équipes scientifiques. D'ailleurs, je crois que ce sont elles qui arrivent là-bas.

Il ne fallut qu'une trentaine de minutes pour que les techniciens prennent possession des lieux. Une tente fut montée pour masquer la scène de crime aux yeux des curieux et d'éventuels journalistes. Virginie s'étonnait de ne pas en avoir encore vu un. Les nouvelles n'allaient donc pas aussi vite que ça. Elle comprit qu'elle s'était réjouie de manière prématurée, en apercevant la camionnette avec les antennes satellites sur le toit tourner sur la route qui menait vers elle.

C'était probablement la journée la plus longue que Virginie avait connue depuis son entrée dans la gendarmerie sept ans plus tôt, mais après tout, c'était surtout pour cela qu'elle s'était engagée, pour de vraies affaires. Elle aurait préféré être moins concernée par celle-ci et elle rentra chez elle avec la peur d'être écartée de l'enquête par le capitaine Piraud. La première impression qu'il lui avait faite n'avait pas été bonne. Un peu macho, sûr de lui, le citadin qui venait sauver les ploucs. C'était tout ce qu'elle avait pu discerner de sa personnalité, mais cela ne lui inspirait aucune confiance pour les jours à venir. Et puis, il y avait son père. Elle n'avait pas pu lui parler et elle résista à l'envie de l'appeler pour lui demander comment il allait. Il était déjà presque une heure du matin et il devait être couché ou chez l'une de ses maîtresses. Elle avait besoin de se confier à quelqu'un, mais le téléphone de Claire était fermé. Elle devait être dans les bras de son écrivain. C'était dans ces moments-là qu'elle ressentait le plus la solitude de son existence. Elle rêvait de pouvoir rentrer dans son nid et d'avoir quelqu'un pour l'accueillir, pour l'écouter et surtout pour l'aimer. Elle n'en pouvait plus de cette vie de cul-terreux où elle devait se cacher ! Se cacher ? Elle n'en était même pas là, elle s'abstenait, tout simplement. De peur d'être vue en galante compagnie et devenir le sujet de discussion sulfureux de la petite bourgade et de celles des alentours. Bien sûr, de temps en temps elle retournait à Nantes et fréquentait le milieu gay, mais les rencontres furtives, les nuits dans une chambre d'hôtel miteuse ou chez des conquêtes éphémères qui n'avaient qu'une idée en tête, celle de disparaître une fois les désirs assouvis, tout cela ne la comblait plus. Elle voulait construire une vie, pouvoir aller faire les magasins en tenant la main de celle qu'elle aimerait, la présenter à sa mère, à Claire, s'afficher et crier au monde entier qu'elle *l'emmerdait* parce qu'elle était heureuse et que plus jamais elle ne se cacherait.

La rage qui l'animait ce soir allait surtout vers ce flic venu de Rennes. Enfin une affaire qui pouvait peut-être lui permettre d'être visible de sa hiérarchie. Une affaire qui pouvait vous faire ensuite être transférée dans une autre brigade, dans une autre ville, dans une ville tout simplement. Mais voilà que parmi les victimes de cet attentat il y avait son oncle et comme si cela ne suffisait pas, son père faisait partie des témoins. Il était même le témoin principal, puisque le seul à avoir aperçu l'assassin qu'elle ne pouvait encore se résoudre à qualifier de terroriste. Après tout, elle était la meilleure enquêtrice de l'unité, son chef le lui rappelait régulièrement. Sa présence sur l'enquête pouvait être un vrai plus pour la section de recherches, mais elle n'avait pas senti chez Piraud une envie de collaborer et d'associer ceux qu'il considérait apparemment comme des gendarmes de seconde zone pour un dossier aussi sensible. Ils avaient pourtant tout fait dans les règles avant l'arrivée des cow-boys. Le périmètre avait été établi, les premiers témoignages avaient été relevés, la collecte des éléments qui risquaient de disparaître si l'on attendait trop longtemps la venue des spécialistes avait été faite, mais est-ce que cela suffirait à ce qu'ils soient regardés comme des pairs ? Elle en doutait. Et si c'était vraiment un attentat, même les gars de la capitale bretonne seraient mis au rancart et devraient céder la place à des cadors parisiens. Au fond d'elle-même, elle ne croyait pas à cette histoire d'attentat. Pas ici, pas maintenant. Ce tract qui avait surtout l'air simpliste et bidon, cette organisation que des investigations un peu poussées n'avaient pas fait ressortir, tout cela titillait son flair d'enquêtrice. Elle allait creuser tout ça le lendemain matin, que sa hiérarchie soit d'accord ou pas. Elle termina sa bière et décida d'en rester là pour cette nuit. Elle devait être complètement lucide pour leur montrer qu'ils ne pouvaient pas se passer de ses compétences et de sa connaissance de sa zone de couverture. Le sommeil ne vint la chercher qu'une petite heure avant que son réveil ne sonne.

Chapitre 22

Pascal Piraud ne la sentait pas cette affaire. Un attentat au beau milieu de Ploucland ? Pour qui le prenait-on ? Pourquoi pas un débarquement d'extraterrestres non plus, tant qu'ils y étaient ? Il avait fallu que ça tombe sur lui ! Déjà que Rennes ce n'était pas folichon, alors se retrouver coincé dans un endroit aussi reculé, même si ce n'était que pour quelques jours, ça le débectait au plus haut point. Cela faisait maintenant dix ans qu'il attendait dans la cité du Parlement de Bretagne une autre affectation qui ne venait pas. Il voulait retourner à Paris, ou à Lyon peut-être encore à la rigueur, mais surtout dans une vraie ville, pas dans un trou provincial où les rues sentaient en permanence la galette-saucisse. Ils en étaient fiers en plus les abrutis ! Ballonnements et cholestérol garantis, mais fiers quand même. Ce n'était pas que son régime alimentaire soit un modèle d'équilibre, mais il y avait malgré tout des limites qu'il ne souhaitait pas franchir, la galette-saucisse en était une. Si encore ils avaient une équipe de foot digne de ce nom ! Il aurait au moins pu se distraire un peu en allant au stade les week-ends, mais de ce côté-là aussi on était loin du compte. Il n'y avait bien que Véronique, sa femme, pour se satisfaire de la vie en province. Entre les réunions de parents d'élèves et les associations culturelles dans lesquelles elle s'était lancée dès leur arrivée, elle avait trouvé un équilibre qui compensait les absences répétées de son gendarme de mari. Il avait pourtant bien cru être tiré d'affaire, il y a deux ans, lorsqu'on lui avait fait miroiter un poste en région parisienne s'il acceptait de fermer les yeux sur quelques indélicatesses commises par le fils d'un des élus locaux. Il avait rapidement compris qu'il s'était fait berner et que son exil allait continuer quelque temps. Depuis ces espoirs déçus, il avait décidé de faire le strict minimum pour ne pas nuire à sa carrière, ce qu'il en restait au moins, et de saisir la première opportunité qui se présenterait pour déguerpir. Et voilà qu'il se retrouvait au milieu de nulle part et comme si cela ne suffisait pas, on lui avait réservé une chambre d'hôtel juste à côté de la crêperie. Ça frisait la malédiction. Quand il franchit la porte de la gendarmerie, il fut conforté dans son envie de boucler cette enquête le plus vite possible pour retourner vers ce que la Bretagne offrait encore de mieux en matière de civilisation.

La petite gendarmerie de campagne grouillait de pandores en uniforme pour les uns et en civil pour les autres. L'exiguïté de locaux, qui n'étaient pas destinés à accommoder autant de monde, ajoutait à l'ambiance chaotique qui régnait dans la brigade. Piraud aperçut la gendarme qui les avait accueillis sur la scène de crime la veille qui lui faisait signe d'approcher. Il ne la sentait pas non plus celle-là. Son intuition lui disait qu'elle allait l'emmerder et chercher des complications. Ses réflexions nocturnes l'avaient convaincu qu'il devait écarter le plus vite possible la piste terroriste. Il n'y croyait pas. Surtout, il ne voulait pas se retrouver sous la direction d'une équipe débarquée de Paris, qui s'octroierait le travail le plus intéressant et lui laisserait les tâches ingrates. Mais pour ça, il ne fallait pas que la poulette locale se mêle de cette enquête. Pour elle, ça devait être l'affaire de sa vie et il s'était persuadé qu'elle ferait tout son possible pour qu'elle soit sensationnelle. Il se passait si peu de choses dans ce bled, que pour une fois qu'ils étaient dans l'actualité, ils allaient essayer d'y rester, c'était certain. Et puis dès le début, il avait senti que c'était une *gouine*. Il avait le flair pour ça, disait-il à qui souhaitait l'entendre. Il n'avait rien contre les lesbiennes, elles faisaient ce qui leur plaisait avec leur *cul*, ça ne le regardait pas, mais il savait d'expérience qu'elle allait le faire chier. Ça voulait être l'égal de l'homme, et pas qu'au pieu, donc elle allait fouiner, remettre en question ses décisions, il en était persuadé. D'ailleurs, il était à peine entré qu'elle lui faisait déjà signe de la rejoindre. Ce n'était pas par hasard, elle commençait !

Ouf, le procureur était là aussi, il n'allait sûrement pas la laisser prendre l'initiative. Piraud avait reçu le message de Rennes qui confirmait que c'était bien lui, et seulement lui qui était en charge de l'enquête, au moins jusqu'à ce que la piste terroriste soit écartée ou validée. Dans ce dernier cas, il devrait passer la main, mais en attendant, c'était lui le patron et il allait être clair là-dessus tout de suite. Il suivit Virginie et Dacier quand ils poussèrent la porte vitrée où était écrit « Capitaine Rideau » et se demanda si c'était de l'humour. Le procureur le fixait avec des yeux surpris qui lui firent comprendre qu'il n'avait pu réprimer un sourire en voyant le nom du capitaine en charge de la brigade. Le patron de l'unité de La Roche-Bernard était calé dans un fauteuil derrière son bureau et ne se leva pas pour les accueillir. Il leur fit signe de prendre un siège. Il n'y avait que deux chaises et Piraud s'empressa d'en attraper une et de tendre l'autre au magistrat, sous l'œil agacé de Virginie et amusé de Rideau. Elle s'assit sur un coin du bureau et haussa les épaules pour toute réponse au regard indigné de son supérieur. Ils cohabitaient dans l'unité. Il connaissait ses ambitions et son tempérament fonceur, mais il savait surtout que c'était un excellent élément, alors tant qu'elle ne marchait pas sur ses plates-bandes, tout allait pour le mieux. Il était assez curieux de voir comment elle se comporterait devant une telle affaire, et surtout comment elle prendrait d'être reléguée au second plan maintenant que l'enquête ne leur appartenait plus. Il attaqua directement :

— Bon major, vous comprendrez facilement que tout cela est au-delà des moyens de notre brigade, et ce sont donc les collègues de la section de recherches qui récupèrent le dossier.

— Bien sûr, je m'en doutais un peu. C'est logique.

— Cela ne veut pas dire que vous êtes mise de côté. Je suis certain que le capitaine Piraud aura besoin de toutes les compétences pour avancer. Vous êtes quand même celle qui connaît le mieux notre terroir local, si je puis dire.

Piraud toussota et allait s'exprimer, quand le procureur lui coupa la parole.

— Il est évident que toute la coopération et l'assistance de votre équipe seront les bienvenues. Je suis sûr que le capitaine Piraud n'envisageait pas les choses différemment. N'est-ce pas, capitaine ?

— Oui, cela va de soi, balbutia Piraud.

— Avant toute chose, je dois vous informer d'un élément important concernant cette enquête, glissa Virginie.

Piraud se dit en lui-même que les *emmerdes* continuaient. Elle allait leur sortir une théorie fumeuse sur les terroristes locaux, mais il fut surpris par le ton et le contenu de la déclaration de la jeune femme. Elle était peut-être moins plouc que prévu finalement.

— L'une des victimes est mon oncle et le témoin qui a vu le cycliste s'enfuir, c'est mon père !

Le silence qui enveloppa la pièce ne dura qu'un instant. Elle enchaîna aussitôt :

— Je ne crois pas une seconde à cette histoire d'attentat et c'est pour ça que je vous précise mes liens avec certains protagonistes de l'affaire. S'il s'agissait de terrorisme, j'aurais la certitude que mon implication personnelle ne joue pas au détriment de l'enquête, mais en l'occurrence je penche plutôt pour une piste locale, et là il est possible que le coupable soit quelqu'un que je connaisse et que ce soit même un de mes proches !

Elle s'arrêta et guetta la réaction du procureur et de Piraud. Ce fut le premier qui prit la parole.

— C'est gênant, et dans ces conditions il est sans doute préférable que vous restiez en dehors de l'enquête !

— Si vous me le permettez, nous ne pouvons encore exclure la piste terroriste et jusque-là, je crois que nous aurons besoin de tout le monde, renchérit Rideau.

— Je suis d'accord avec vous, capitaine.

La voix de Piraud fit sursauter Virginie. Celui-ci put lire la surprise dans les yeux de la jeune femme.

— Merci capitaine, vous ne le regretterez pas.

— J'espère bien.

— Très bien, donc si nous sommes tous sur la même longueur d'onde, au boulot, trancha le procureur. Je repars sur Rennes, mais je veux être informé en continu de tout nouveau développement. Si l'on abandonne la piste terroriste, nous prendrons les dispositions pour être en règle avec les procédures.

Ils sortirent du bureau, laissant le capitaine Rideau répondre à un appel téléphonique. Dacier salua les deux gendarmes et se dirigea vers le parking où l'attendait un véhicule qui le ramènerait à Rennes par la route. Il avait bien essayé de conserver l'hélicoptère affrété la veille par une société privée, mais le coût de l'immobilisation de l'appareil pour les vingt-quatre heures l'en avait dissuadé. Il devrait faire le trajet comme tout un chacun, en maudissant les restrictions budgétaires de toutes sortes qui rognaient les « petits avantages » venant avec la fonction. Dès qu'ils avaient franchi la porte, Virginie s'était tournée vers Piraud pour le remercier de son intervention et d'avoir accepté de la garder à ses côtés. La réponse cingla :

— Ne me remerciez pas, c'est dans mon intérêt que je fais ça. Je n'ai pas l'intention de moisir ici. Par contre, que ce soit bien clair, on fait comme je dis et quand je le dis !

Virginie murmura ce qu'il pouvait assimiler à un oui et se dirigea vers la salle des enquêtes. Les gendarmes de la brigade et ceux de la section de recherches les attendaient dans un brouhaha auquel l'arrivée des deux gradés, puis celle du capitaine Rideau mirent un terme instantanément. La séance commença par un bref exposé de la situation par le taulier, qui passa ensuite la parole à Piraud. Celui-ci ne s'attarda pas non plus sur les détails. Aidé de Virginie, il répartit les tâches en constituant deux équipes. L'une allait travailler sur le groupuscule écoterroriste et l'autre creuserait les pistes locales. L'idée était de mettre complètement de côté la première option dès que possible afin de concentrer toutes les forces sur la seconde. À l'intention des hommes du cru, guère convaincus par la théorie de Piraud sur un auteur proche des victimes, Virginie répondit qu'elle partageait le point de vue de son collègue de la section de recherches, mais que s'il s'avérait que tous les deux se trompaient, ils se focaliseraient sur un acte terroriste et l'enquête serait reprise en main par Paris. Il fallait donc se taper tout le boulot de terrain avant de décider quoi que ce soit. Les explications du major eurent raison des préventions des plus réticents et les binômes quittèrent un peu plus tard la salle avec chacun ses instructions.

Chapitre 23

Virginie s'était vu confier la partie de l'investigation qui touchait au terrorisme. Sa relation avec l'une des victimes et le témoin central lui coûtait la possibilité de suivre son instinct et de se focaliser sur les pistes locales. Elle devait clore le volet écolo de ce dossier tout de suite afin de ne pas se retrouver complètement en marge de l'enquête principale. Elle avait beau chercher, elle ne voyait pas d'où pouvait sortir ce groupuscule. Il était inexistant sur Internet, même sur le Dark Web et inconnu des Robin des Bois à qui elle avait rendu visite la veille. Elle tournait en rond depuis ce matin. L'écoterrorisme, cela ne collait décidément pas. Encore un concept inventé pour masquer des réalités plus complexes qu'elles ne le paraissaient. Elle avait eu une brève formation sur le sujet pendant ses années à l'école des sous-officiers, mais elle n'avait pas été vraiment convaincue par ce qu'elle y avait appris. Elle avait depuis été régulièrement confrontée à des petites tribus d'écolos qui squattaient certains un terrain, d'autres une ferme abandonnée. Ils essayaient pour la plupart de recréer une vie plus conforme à leur idéal de société. Ils lui avaient surtout fait l'effet de doux illuminés, bien loin de l'image que l'on pouvait se faire de terroristes. Bien sûr, il y avait eu Notre-Dame-des-Landes, la mère de toutes les batailles pour ce que l'écologie compte de fous furieux, mais même là, entre désinformation officielle et bluff des occupants du site de l'ex-futur aéroport, elle n'avait jamais senti la haine et la violence qu'elle associait au mot de terrorisme. L'évacuation de la Zone à défendre s'était faite, somme toute assez facilement et sans accrocs majeurs. Il faut dire que les grands moyens avaient été mobilisés pour mater d'éventuelles velléités contestataires. Les autorités devaient justifier les informations qu'elles avaient distillées depuis des mois à travers la presse et leurs trolls sur les réseaux sociaux. Elle se souvenait encore des images à la télévision d'un arsenal qui aurait existé sur le site, mais dont plus personne n'avait entendu parler ensuite. Elle avait même surpris une conversation entre deux de ses collègues, dans laquelle l'un d'eux affirmait le plus sérieusement du monde que la ZAD servait de lieu d'entraînement pour les fameux *black blocs*, ces hordes de barbares qui venaient régulièrement faire dégénérer les manifestations. Virginie n'avait pas une connaissance exhaustive du mouvement, mais ce dont elle était sûre, c'est que cela allait à l'encontre même des principes qu'il mettait en avant et de son mode de fonctionnement. Elle avait appris ensuite que cette rumeur était une consigne donnée par le ministère lui-même pour justifier l'usage de la force si besoin lors de l'évacuation de la ZAD. C'était devenu habituel, paraît-il, les combats se gagnaient désormais sur le Web avant même de l'être sur le terrain.

Elle avait réussi à obtenir un entretien téléphonique avec le grand spécialiste français du terrorisme écologique. Elle n'eut pas besoin de cinq minutes pour comprendre que son interlocuteur n'en savait pas plus qu'elle sur « Les fils de l'homme » et que malgré son envie de se faire mousser, il n'avait absolument rien à lui apporter de concret qui pourrait l'aider dans son enquête. Il admit toutefois que la façon de procéder, le lieu, les cibles et surtout la teneur du tract n'allaient pas dans le sens d'un attentat écoterroriste.

Quand elle lui demanda ce qui lui permettait d'être aussi catégorique, elle n'obtint qu'une réponse vague, imprécise, sur le mode opératoire habituel de ce type d'activistes en Amérique du Nord. Il semblait plus à l'aise lorsqu'il s'agissait de pérorer sur des plateaux de télé devant des journalistes béats et peu inquisiteurs que lorsqu'il se trouvait face à un problème pratique. Il n'était pas si différent finalement de tous ces spécialistes autoproclamés qui défilaient sur les chaînes d'information en continu, et même les généralistes désormais. Comme eux, il pouvait probablement dire une chose un jour et exactement son contraire une semaine plus tard, avec la meilleure foi possible et surtout une énorme dose d'aplomb. L'information avait tué l'information. Il suffisait d'allumer son poste de télévision pour s'en rendre compte. Elle comprit qu'elle allait devoir convaincre Piraud, Rideau et le procureur avec le peu d'éléments dont elle disposait. Elle ne s'inquiétait pas pour le capitaine de la section de recherches, mais plus pour le sien et le magistrat qui, elle n'en doutait pas, voyaient là une opportunité de booster leur carrière. Pour eux, un bon attentat terroriste valait mieux qu'une banale guéguerre entre bouseux, même si elle avait fait quatre morts. Plus que discréditer la thèse sensationnaliste, elle devait rendre indiscutable celle d'un acte avec des motivations personnelles et locales. Malgré les ordres de Piraud, elle décida de mettre de côté les écolos pour reprendre les pièces du dossier une par une et essayer de trouver un élément qui lui permettrait de revenir dans le jeu.

Elle avait beau retourner dans tous les sens ce qu'elle savait, elle ne voyait pas qui aurait pu en vouloir à ces quatre hommes sans histoire. Son oncle Benoît Cormier était apprécié de tous. Il était discret, peu bavard et riait à toutes les plaisanteries, même les plus limites. Il n'avait pas d'ennemi dans le petit village qu'il ne quittait quasiment jamais. Un peu simplet, il avait longtemps vécu chez sa mère et était resté dans la maison lorsque celle-ci était décédée. La seule chose que Virginie retenait en sa défaveur était que ce manque de personnalité l'avait mis sous la coupe de son beau-frère André Thomas, qu'il considérait comme un modèle, presque un dieu. Elle s'était toujours demandé si son oncle n'était pas un homosexuel refoulé et qu'il était secrètement amoureux de son père. Quelle que soit la vérité, ce dernier avait largement profité de sa dévotion et de sa naïveté, tantôt bon soldat, tantôt défouloir, paillasson sur lequel il déchargeait ses colères et frustrations. Cela n'avait jamais changé la façon dont Cormier voyait le mari de sa sœur. Les deux autres chasseurs de la commune qui avaient été tués dans l'attentat étaient âgés d'une cinquantaine d'années et n'avaient jamais fait parler d'eux, pour autant que les autorités le sachent. L'un travaillait à Saint-Nazaire aux Chantiers de l'Atlantique, et son acolyte était employé chez un paysagiste de Marzan, le village qui faisait face à La Roche-Bernard sur la rive opposée de la Vilaine. Le dernier homme était étranger à Férel, mais pas à la région. La Chapelle-des-Marais n'était qu'à une quinzaine de kilomètres. Le type était un chasseur invétéré et réputé pour ses braconnages. Il avait été soupçonné d'avoir participé au massacre d'espèces protégées perpétré par des « inconnus » dans le parc naturel de Brière en 2006. Faute de preuves, il n'avait pas été inquiété. Virginie avait du mal à imaginer que l'attaque de la veille puisse être en relation avec cette affaire vieille de plus de dix ans, mais elle ne devait pas négliger cette information.

Elle connaissait bien les chasseurs briérons et leur caractère rustique, pour rester modérée. Lors des battues organisées dans la commune, la plupart des fois où il y avait eu des problèmes, un représentant de La Chapelle-des-Marais, de Saint-Joachim, Saint-Malo-de-Guersac ou Saint-Lyphard était impliqué. Et puis surtout, elle était allée au collège à Herbignac, comme la plupart des écoliers de Férel, et elle avait pu se frotter aux futures générations de fusils du marais de Grande Brière. Elle en gardait encore des souvenirs navrés. Sa dernière année à Jacques Prévert s'était faite dans la même classe qu'un trio de péquenots de Saint-Lyphard. Indépendamment du fait qu'ils avaient deux ans de plus qu'elle puisqu'ils avaient déjà redoublé à deux reprises, ils passaient leurs week-ends dans les marais avec leurs aînés. Elle s'était toujours demandé si c'était dans les gènes de prendre du plaisir à tirer sur des animaux. Elle n'avait jamais compris comment à quinze, seize ou dix-sept ans, on pouvait utiliser son temps libre à canarder quelques malheureux faisans souvent élevés pour être relâchés quelques jours avant l'ouverture de la saison.

Elle n'aimait pas la chasse. Ce n'était un secret pour personne et cela lui avait valu de mauvaises blagues de la part de son père quand elle était plus jeune. Elle admettait qu'à une époque c'était l'un des moyens de subsistance d'une partie de la population en zone rurale, mais aujourd'hui on trouvait tout dans les supermarchés. Il ne fallait surtout pas lui parler du plaisir de la traque, un chasseur éméché qui s'y était risqué avait pris une soufflante qui avait fait date dans l'histoire cynégétique du village. Les anciens se moquaient encore du jeune impudent, qui n'était plus désormais ni l'un ni l'autre, dès qu'il se retrouvait en présence de la gendarme. L'étudiante qu'elle était alors l'avait enseveli sous un tombereau d'insultes avant de lui conseiller de faire de la photo. Le plaisir de la « traque », comme il disait, devait être le même, mais sans la mise à mort. Elle avait surtout ajouté qu'elle avait lu un article où était développée la théorie selon laquelle tenir un fusil et tuer des animaux était associé parfois à de l'impuissance sexuelle, mais le plus souvent à un problème plus général de virilité. Rien d'étonnant alors que sa dernière année de collège ait été ponctuée d'escarmouches avec les trois dégénérés, et que l'un d'eux ait un jour voulu en venir aux mains avec elle avant de se raviser. Cela aurait été probablement un moment douloureux pour lui, car si la jeune fille de l'époque ne s'en vantait pas, elle était déjà très douée pour le karaté, même si elle était encore à quelques années de sa ceinture noire. Elle les connaissait donc bien les chasseurs du département voisin, tout comme elle était au fait de la réputation de mous du bulbe qu'ils avaient bien au-delà de la Loire-Atlantique. Pour l'heure, elle devait trouver d'autres coupables malgré la présence d'un de leurs représentants parmi les victimes.

L'évidence la percuta au moment où elle s'y attendait le moins. Elle commençait à se dire qu'elle n'arriverait à rien ce jour-là et qu'elle ferait mieux d'aller faire son rapport à Piraud pour lui demander d'abandonner officiellement la piste écoterroriste. En se basant sur la probable non-existence du groupe qui avait revendiqué l'action et les informations, même limitées, que lui avait données le ponte parisien, il semblait certain qu'il y avait une autre motivation derrière l'hécatombe des chasseurs. L'expression hécatombe chez les chasseurs lui rappelait vaguement quelque chose, mais elle ne savait plus quoi précisément. Et puis soudain, elle se remémora la remarque de Claire juste après le suicide de Patrick Chesnin. C'est elle qui la première fois avait parlé d'hécatombe. Virginie se souvint l'avoir un peu taquinée pour son imagination débordante. Maintenant qu'elle y pensait, elle comprenait que depuis les quatre premiers morts qu'elles évoquaient à l'époque, il y avait aussi eu la disparition de Nicolas Alliot. Elle n'ignorait pas qu'il ne chassait plus depuis longtemps, mais elle se souvenait très bien l'avoir vu venir à la maison quand elle était petite. Il passait par chez eux pour retrouver son père avant de rejoindre les autres participants. Et voilà que quatre nouveaux chasseurs étaient tués, portant le total à neuf. Elle se leva pour se précipiter dans le bureau que son capitaine partageait dorénavant avec Piraud. Elle tenait enfin quelque chose qui méritait d'être creusé, mais pour cela elle devait avoir l'approbation de ses supérieurs.

Chapitre 24

Les deux hommes virent la jeune femme entrer sans frapper dans le bureau et n'eurent pas le temps de parler avant qu'elle ne commence à leur exposer sa théorie. Le capitaine Rideau essaya de l'interrompre une première fois, mais d'un geste de la main Piraud lui fit signe de continuer. Le regard noir que son supérieur passa sur Virginie lui glaça le sang. Elle avait intérêt à ne pas se tromper sur ce coup-là, sinon il risquait de le lui faire payer très cher par la suite. Elle n'oubliait pas que c'était lui qui mettrait son appréciation sur sa demande de mutation le moment venu. Elle remonta les quelques mois précédents, relata la mort accidentelle de Lionel Denigot, celle de François Robert, puis le suicide de Patrick Chesnin et la fin horrible de Jean-Michel Thobie. Elle enchaîna avec la disparition quelques jours plus tôt de Nicolas Alliot qui, s'il ne chassait plus, avait quand même fait partie de la bande qui écumait la campagne environnante de Férel, il y avait une quinzaine d'années. Les victimes de la veille étaient également toutes des chasseurs et c'était même le seul lien qu'elle voyait entre eux. Quand elle eut terminé, elle fixa Piraud, puis détourna les yeux vers son chef pour chercher son approbation, mais n'y trouva que de l'agacement. Il lâcha :

— Vous ne deviez pas vous consacrer au volet écoterroriste de l'affaire, vous ?

Elle expliqua ses conclusions sur ce sujet, le fait que personne ne connaisse le groupe qui avait revendiqué l'attentat, l'avis du spécialiste, mais aussi ce que son instinct lui murmurait depuis le début. Piraud semblait quant à lui beaucoup plus intéressé par ce qu'elle venait de dire.

— On va reprendre toutes ces morts. Il y a eu des autopsies ?

— Pour certaines, oui.

— Comment ça, pour certaines ? En quelques mois, quatre gugusses passent de vie à trépas de manière prématurée dans un bled où chaque année il y a quoi, vingt ou trente décès ? Considérons qu'en temps normal les trois quarts doivent être des vieux, et ça n'a chagriné personne ? Il n'y a même pas eu deux neurones qui se sont connectés dans cette gendarmerie pour se dire qu'il fallait quand même y regarder de plus près ? éructa le Rennais.

Virginie n'aimait pas ça du tout. Elle assistait en direct à la décomposition du visage du capitaine Rideau. Elle savait qu'il allait devoir ouvrir le parapluie et qu'elle serait la victime toute désignée de sa vindicte. Elle devait prendre les devants et dédouaner l'unité.

— C'est un peu facile à dire maintenant quand on vient de l'extérieur, surtout après l'attentat. Il n'y avait rien à l'époque qui nous permettait de nous douter que ces morts étaient suspectes, et encore moins qu'elles étaient l'œuvre d'une seule et même personne. On est à la cambrousse, ne l'oubliez pas ! Les gens meurent dans ce genre de circonstances par ici, ça arrive ! ajouta-t-elle ironiquement.

— Ne vous énervez pas, major, la coupa Piraud, ne perdons pas plus de temps en querelles de boutique.

— Vous avez complètement raison, l'objectif maintenant, c'est de résoudre cette affaire, asséna Rideau. Par contre, autant je vous suis sur l'abandon de la piste du pseudo-groupe écoterroriste, autant je ne vois pas pourquoi vous excluez totalement l'option terroriste.

— J'ai du mal avec cette théorie. Si quelqu'un voulait éliminer un maximum de chasseurs et de manière spectaculaire, il ne l'aurait pas fait dans un endroit paumé et avec aussi peu de participants, rétorqua Virginie.

— Peut-être qu'il pensait qu'il y aurait plus de monde ?

— Peut-être, mais avouez qu'il y a des circonstances où il est quand même plus facile de faire un massacre ?

— Du style ? s'enquit Piraud.

— Leur repas annuel, une chasse à courre, une assemblée générale d'une fédération de chasse ou d'un comité local, que sais-je moi ? Un endroit où ils sont les uns sur les autres et où vous pouvez faire un maximum de dégâts ?

— Cela peut nécessiter plus de préparation, plus de logistique alors que dans la nature, pour quelqu'un qui connaît bien le terrain…

— Si l'on parle d'un seul et même auteur, je ne pense pas que cela l'arrête. Il a réussi à éliminer cinq types sans se faire repérer, il a planifié et perpétré un attentat, donc c'est qu'il est organisé et a accès aux ressources nécessaires pour commettre ses forfaits, conclut Virginie.

— Vous avez raison, major, l'appuya Rideau. Qu'en dites-vous, capitaine ?

— Pour moi, ça se tient. Je ne sentais pas non plus cette histoire d'attentat terroriste. Je crois qu'il faut nous concentrer sur la piste locale, avec un mobile personnel.

— Très bien ! Puisque nous sommes tous d'accord, je vais avertir le procureur de la tournure que prennent les événements. Je l'informe que l'on abandonne la piste terroriste pour creuser l'hypothèse d'un tueur en série qui cible les chasseurs, mais sans motivation idéologique.

— Parfait. Major, je suggère que l'on se répartisse les

dossiers des quatre morts et que l'on récupère celui de Nicolas Alliot. Quelle est la brigade qui est en charge de l'affaire ?

— Saint-Avé.

— Je m'en occupe. Je vous laisse choisir deux des décès suspects et je regarderai les deux autres. On va travailler ensemble sur la disparition. Vous pouvez demander à l'un de vos hommes de faire des recherches dans le passé de la commune sur toutes les histoires qui sortent de l'ordinaire ?

— Bonne idée. Il doit sûrement y avoir quelque chose qui motive le tueur et qui est lié à la région et à la chasse, termina l'insubordonnée major.

Virginie était plongée dans les rapports d'enquête. Elle avait sous les yeux celui de Patrick Chesnin et ce qu'elle voyait ne lui plaisait pas. L'autopsie avait été bâclée, l'institut médico-légal avait fait le minimum. On ne pouvait pas leur en vouloir non plus, ils étaient débordés. Personne n'avait mis en cause la thèse du suicide, mais ils auraient pu au moins faire une analyse toxicologique. Si comme elle le pensait, Chesnin ne s'était pas donné la mort, le tueur avait dû utiliser une substance pour le neutraliser avant de le pendre. L'ancien mécano était plutôt costaud et il ne se serait pas laissé faire s'il était conscient. Un rapide coup de fil lui apprit que la dépouille avait été incinérée et qu'elle ne devait pas nourrir d'espoir de ce côté-là. La chemise contenant les éléments de l'enquête sur Jean-Michel Thobie était famélique, un simple rapport mentionnant le décès, quelques lignes perdues sur une feuille A4. Les maigres restes du corps ne permettaient pas une autopsie et avaient été enterrés dans le cimetière de Férel à côté des tombes de sa mère et de ses frères. Il était inutile de les exhumer. Elle se tourna vers Piraud, qui lisait consciencieusement les dossiers de Lionel Denigot et François

Robert. Pour le premier, là encore le rapport du médecin légiste était réduit à sa plus simple expression, mort par noyade, pas de traces de lutte, alcoolémie importante dans le sang. L'enquête concluait que l'ivrogne était tombé involontairement dans la Vilaine et que saisi par la température glaciale de l'eau il n'avait pas pu rejoindre la rive et s'était noyé. Piraud comprenait pourquoi personne n'était allé chercher plus loin et il en arrivait même à douter qu'il ne s'agisse pas d'un stupide accident. La mort de François Robert l'intriguait plus, et surtout il n'avait pu s'empêcher de pousser un juron quand il avait constaté qu'il n'y avait pas eu d'autopsie. Une banale noyade d'un type banal qui ne savait pas nager et qui s'aventurait trop loin des berges dans une embarcation plus que précaire, voilà le résumé du rapport d'enquête qu'il avait sous les yeux. Si le pêcheur avait été trucidé, il devait forcément y avoir une trace, soit sur la bouée grenouille, soit sur le corps. Les faits s'étaient déroulés tôt le matin, mais quelqu'un devait bien avoir vu quelque chose. Il releva la tête pour croiser le regard de Virginie et lui fit part de ses réflexions. Il fallait rouvrir l'enquête sur ce fait divers et laisser de côté les trois autres décès, au moins pour l'instant. Le moment venu, quand une piste se dégagerait, ils pourraient toujours les étudier à nouveau à la lumière de développements qui pourraient se faire jour au cours de leurs investigations. Virginie acquiesça et appela l'un des gendarmes qui étaient dans la pièce à côté. Elle lui demanda de se renseigner sur ce qu'il était advenu du corps et des éléments matériels qui avaient été récupérés sur les lieux de l'accident. Elle lui ordonna aussi de mobiliser deux autres collègues pour faire une enquête de voisinage chez les riverains de la Vilaine autour de la zone et dans les endroits de mouillage les plus proches, pour voir si quelqu'un avait remarqué quelque chose.

— Il semblerait qu'il y ait du nouveau dans la disparition de Nicolas Alliot, lui dit Piraud, à qui l'un de ses sous-officiers venait de remettre un document.

— Ah, ils l'ont retrouvé ?

— Non. L'analyse des cendres est toujours en cours. Le labo a quand même espoir d'y trouver de l'ADN, mais surtout les registres de l'entreprise de pompes funèbres sont formels, il ne devait rien y avoir dans le four ce soir-là. Toutes les urnes qui sont sorties ce jour-là ont été contrôlées et contiennent bien des cendres, donc celles-là n'appartiennent pas à l'un des « clients » de jeudi dernier.

— Ça laisse penser que quelqu'un a cramé dans le four, mais pas forcément que c'est notre homme ! le contredit Virginie.

— Ils ont aussi retrouvé une alliance dans l'incinérateur. La veuve, pardon la femme du disparu, l'a identifiée comme étant celle de son mari.

— Ouais, ce n'est pas bon signe pour lui, ça, répliqua-t-elle.

— C'est le moins que l'on puisse dire ! Qui peut être assez tordu pour faire cramer un mec dans son propre crématorium ? enchaîna Piraud.

— Et pourquoi, surtout ? Quand on aura la réponse à cette question, le reste devrait s'éclairer très vite, ajouta-t-elle.

— Je suis d'accord avec vous, major. En attendant les résultats des analyses, il serait intéressant de savoir quels sont les téléphones qui bornaient à proximité de celui de Nicolas Alliot ce soir-là. Les employés sont partis vers dix-huit heures, ça limite le laps de temps à contrôler. Je demande que l'on fasse le nécessaire tout de suite.

— Très bien. De mon côté, je vais travailler avec les collègues sur les affaires des dernières années qui pourraient concerner toutes les victimes.

— Vous n'avez pas dit tout à l'heure que Nicolas Alliot ne venait plus dans les parages depuis belle lurette ? l'interrompit Piraud.

— *Putain*, c'est vrai. Ça doit faire dix ou quinze ans qu'il ne participe plus aux parties de chasse. Plus près de quinze ans, je pense même. C'est dans cette période-là qu'il nous faut chercher, conclut Virginie.

— On avance, dit-il avec un sourire, mon équipe va continuer à enquêter sur l'attaque d'hier et…

Il ne put achever sa phrase, car des voix s'élevaient de l'autre bout de la gendarmerie. Virginie reconnut celle de son père, mais elle ne bougea pas. Elle ne voulait pas courir le risque de rappeler à tout le monde son lien de parenté avec le témoin et se faire écarter de l'affaire. Un des hommes de l'équipe rennaise ouvrit la porte du bureau et s'adressa à Piraud :

— Capitaine, on a une forte tête qui nous prend de haut !

— Mon paternel, soupira finalement Virginie.

— Je vais m'en charger, ne vous inquiétez pas, la rassura Piraud.

Puis, se tournant vers le gendarme :

— Vous me le mettez au frais dans une salle d'interrogatoire et vous le laissez mariner jusqu'à ce que j'estime que c'est le moment de m'occuper de lui.

— Bien, mon capitaine, lança le sous-officier avant de s'éloigner.

Virginie se demandait bien ce qui pouvait motiver le changement de comportement de Piraud à son égard. D'un mépris affiché et la volonté de la tenir à l'écart, il était passé à une attitude conciliante et semblait vouloir l'associer au déroulement de l'enquête, et même à la prise de décision. Elle ne croyait pas un instant qu'il avait été impressionné par ses qualités d'enquêtrice et ne savait donc pas sur quel pied danser. Elle y alla franco :

— Je dois me méfier ?

— Hein ?

Surpris, Piraud la dévisagea.

— Comment ça, vous méfier ?

— Ce matin, vous cherchiez à vous débarrasser de moi et maintenant, c'est comme si on était à égalité sur l'affaire. J'imagine que ce n'est pas pour me séduire !

— Bien sûr que non. Je vais être honnête, commença-t-il, j'ai apprécié votre franc-parler dans le bureau de votre chef. Je ne suis surtout pas fâché de constater que je ne suis pas le seul à douter de cette histoire d'attentat écoterroriste.

— Mouais.

Après une hésitation, Piraud la fixa droit dans les yeux et se lança :

— Allez, je vous dis tout ! Rennes, pour moi, c'est déjà la cambrousse, alors ici, ne m'en parlez pas. Si on résout cette affaire en local, on ne pourra pas me refuser un transfert dans une vraie ville. J'attends ça depuis des années, donc croyez-moi, quand je vois quelqu'un qui peut m'aider à y parvenir, j'en profite. Et d'ailleurs, ça pourrait vous servir également. Qu'est-ce que vous foutez dans un bled pareil ? Vous semblez un peu plus éveillée que la majorité des types que j'ai croisés dans cette gendarmerie, ou même à Rennes.

— J'attends le bon moment moi aussi, répondit-elle, en partie rassurée. Il est peut-être arrivé, alors croyez bien, capitaine, vous pouvez compter sur moi. Nos intérêts convergent, l'on dirait.

— On dirait, lança Piraud avant de continuer, hop là, c'est qui ce petit lot ?

Virginie tourna la tête pour apercevoir Claire qui avançait vers le bureau.

— C'est ma sœur, alors un peu de respect !

— Désolé. Vous me présentez ?

— Pas question. Et puis, elle a quelqu'un. Vous aussi, il me semble, conclut-elle en montrant l'alliance qu'il avait à la main gauche.

Dépité, Piraud prit le téléphone et oublia la jeune femme, qui déjà se levait pour aller à la rencontre de Claire.

Chapitre 25

— Je te dérange ?

— Sincèrement ? Un petit peu, mais bon, tu sais que j'ai toujours du temps pour un café avec ma sœur préférée !

— Je suis ta seule sœur, Virginie, et j'espérais un déjeuner, même vite fait.

— Là, ça ne va pas être possible. Tu vis sur quelle planète ? Tu n'es pas au courant de l'attentat de samedi ?

— Si, bien sûr, mais je me suis dit qu'une petite pause pourrait te faire du bien, glissa timidement Claire en essayant de l'amadouer.

— Elle va me faire du bien, mais elle va se limiter à un café.

— OK, mais pas ici alors. On descend à la cafète du centre commercial, c'est à deux minutes, insista Claire.

— Bon d'accord, mais vraiment vite fait. C'est la course, et je ne peux pas me permettre de rater quelque chose.

— Mon ambitieuse petite sœur, je te reconnais bien là, conclut une Claire amusée.

Elles empruntèrent le couloir qui menait vers l'entrée et Claire put constater l'effervescence qui régnait dans les locaux de la brigade de campagne. Elle s'arrêta net devant la vitre de l'un des bureaux aquariums. Virginie faillit la bousculer, surprise par Claire qui semblait pétrifiée.

— Ben alors, qu'est-ce que tu fous ? Je n'ai vraiment pas beaucoup de temps, je te dis.

Claire pointait le doigt vers l'ordinateur du gendarme qui était dos à la fenêtre.

— C'est qui ça ? dit-elle en montrant la photo qui s'affichait en plein écran maintenant.

— Écoute, je n'en sais rien. C'est une enquête, je ne peux rien te révéler de toute façon. Les équipes fouillent et puis c'est tout.

— Je l'ai déjà vue, balbutia l'infirmière.

— Comment ça, tu l'as déjà vue ?

— Je ne me rappelle pas exactement où et quand, mais le visage me dit quelque chose.

Claire se souvenait parfaitement où et quand elle avait vu cette photo, mais au plus profond d'elle-même un réflexe l'avait empêchée de l'avouer à sa sœur. Elle insista :

— C'est qui ?

— Aucune idée, lui répondit Virginie, agacée.

— S'il te plaît, j'ai besoin de savoir.

Claire était devenue très pâle.

— Qu'est-ce qui t'arrive ? Tu ne te sens pas bien ? Tu veux de l'eau ou quelque chose d'autre ? s'inquiéta Virginie.

— Non, non, tout va bien, je veux juste savoir qui c'est.

De guerre lasse et n'ayant plus de temps à perdre, Virginie lui fit signe de la suivre dans le bureau. Elle s'adressa à son collègue de la section de recherches :

— Tu es sur quoi, Ludo ?

— Oh ça, c'est une vieille histoire. Tu nous as dit de regarder dans les archives de la région et retrouver les faits divers qui sortaient un peu de l'ordinaire. C'est ce qu'on fait avec Deschamps, dit Ludovic Aoustin en montrant le jeune homme assis en face de lui.

— Je sais très bien ce que je vous ai demandé. C'est qui ? le brusqua-t-elle.

— Amélie Bourdeau, dix-sept ans. Elle a disparu à Férel, il y a une quinzaine d'années. On ne l'a jamais revue. Si ça se trouve, elle est les doigts de pied en éventail sur une plage des Seychelles depuis tout ce temps…

— C'est bon, on se passera de tes commentaires, l'arrêta le major Thomas.

Se tournant vers Claire :

— Ça te revient maintenant ?

Claire était troublée, mais elle se ressaisit aussitôt et tenta de noyer le poisson :

— C'est la jeune femme dont tu m'as parlé l'autre jour, n'est-ce pas ? Il est probable que je l'aie rencontrée plusieurs fois avant que je ne parte en pension. Ça doit être pour ça que son visage m'a interpellée quand je suis passée dans le couloir. Ce n'est rien, juste un souvenir. Je n'avais pas compris que c'était d'elle dont tu parlais. Allez viens, on va le boire ce café, termina-t-elle.

Virginie n'était qu'à moitié convaincue quand elle laissa Claire à sa voiture trente minutes plus tard. Après l'épisode de la photo, cette dernière n'avait plus été la même. Quelque chose la tracassait et elle s'était montrée distraite tout le temps qu'elles avaient passé ensemble. Virginie n'avait pas insisté, mais elle se jura d'en reparler avec elle à leur prochaine rencontre. Elle pénétra dans la gendarmerie pour voir Piraud se diriger vers la salle où l'attendait son géniteur. Elle aurait aimé être une petite souris pour entendre ce qui allait se dire, mais elle devrait se contenter du compte rendu du capitaine de la SR après l'entretien. La pièce où son père avait été isolé n'était pas équipée d'un miroir sans tain, et il n'y avait pas non plus de micro qui aurait pu lui permettre de ne rien perdre de ce qui, elle en était persuadée, allait être un véritable affrontement. En repassant devant le bureau de l'adjudant-chef, elle s'arrêta. Elle glissa la tête dans l'entrebâillement de la porte et lui dit :

— Tu m'amèneras le dossier de l'adolescente dont tu m'as parlé tout à l'heure.

Aoustin, encore piteux de s'être fait rembarrer par sa supérieure, acquiesça et se replongea dans les documents qui concernaient la jeune disparue.

Claire avait failli avoir deux accidents entre la gendarmerie et le port de La Roche-Bernard, qui n'étaient pourtant distants que de deux kilomètres à peine. Elle était désormais stationnée sur le parking qui donnait sur les pontons du nouveau port. Elle aimait venir là quand elle avait un peu de temps entre deux rendez-vous, ou parfois pour déjeuner, ça l'apaisait. Elle avait l'habitude d'aller acheter une salade ou un sandwich à la boulangerie sur l'ancienne nationale et lorsque la météo le permettait, elle allait ensuite s'asseoir sur l'un des bancs qui faisaient face aux quais. Les jours où Ronan était dans le Finistère juste après le début de leur liaison et qu'elle se languissait de son silence, elle était souvent venue s'isoler ici, se vider l'esprit. Elle avait toujours rêvé d'avoir un bateau et de partir à l'aventure. Elle s'était demandé si Ronan faisait du bateau, à part le chaland qu'elle avait aperçu en bas du jardin. Mais aujourd'hui, elle pensait surtout à lui à la lumière de la photo que lui avait montrée le collègue de Virginie. Elle l'avait reconnue tout de suite, c'était celle qui ornait le médaillon qu'elle avait découvert dans le tiroir du garage de son amant. Comment pouvait-il l'avoir en sa possession ? Connaissait-il la jeune fille, cette Amélie ? Elle avait disparu, il y a une quinzaine d'années. C'était à la même période que Ronan avait quitté la région selon sa sœur et ce que lui-même lui avait dit. Amélie était-elle la raison de son départ ? Était-il responsable de sa disparition ? Qu'est-ce que tout cela venait faire avec cet attentat ? Plus les questions se bousculaient et moins elle trouvait de réponses rassurantes. La dernière pensée qui lui vint à l'esprit avant de se prendre le visage entre les mains l'effraya. Celui qu'elle aimait était-il un meurtrier ? Avait-il tué une jeune femme il y a quinze ans et quatre chasseurs le samedi précédent ?

Ce n'était pas possible, elle allait devenir folle. Elle croyait avoir trouvé l'homme idéal. Idéal pour elle en tout cas, et voilà qu'elle le soupçonnait du pire. Elle essaya de se raisonner en se disant que son imagination lui jouait des tours et qu'il y avait une explication logique à la présence du médaillon dans les affaires de Ronan. C'était peut-être un objet qui était là depuis très longtemps, quand ses parents étaient encore en vie. Il n'avait sûrement pas eu le temps de faire le ménage et de se débarrasser des choses inutiles. Oui, ça devait être ça ! Il ne pouvait être un assassin, et encore moins celui d'une jeune fille. D'ailleurs, était-elle morte ? Le flic avait plaisanté lorsqu'il disait qu'elle était peut-être sur une plage, mais après tout, ce ne serait pas la première fois que quelqu'un laisse sa vie d'avant sans en avertir qui que ce soit pour se reconstruire un avenir ailleurs. Toutes ces idées la rassuraient un peu, mais le doute qui s'était instillé dans son esprit reprenait très vite le dessus et de nouvelles interrogations venaient s'ajouter aux précédentes. Où allait vraiment Ronan quand il lui disait qu'il partait à Vannes ? Où était-il quand il s'était absenté dix jours et qu'il avait prétendu être près de Bénodet ? Elle comprenait soudainement que malgré ce qu'il avait pu lui confier certains soirs, elle ne connaissait presque rien de lui. Il n'entrait jamais dans les détails, restait toujours évasif lorsqu'elle lui posait des questions précises. Elle avait mis cela sur le compte de la pudeur, mais peut-être aussi parce qu'il devait penser que cela aurait été trop long de raconter par le menu quinze années d'une vie. Quinze ! Ce nombre revenait sans cesse la hanter. Le nombre d'années depuis la disparition d'Amélie Bourdeau, le nombre d'années depuis le départ de Ronan pour faire de l'humanitaire. Était-ce réellement ce qu'il avait fait pendant toutes ces années ? Au détour de leurs ébats, elle avait remarqué une trace sur la peau d'un de ses mollets, comme un tatouage que l'on aurait effacé, mais dont les pâles contours resteraient à jamais. Il s'était brûlé et avait gardé ce souvenir, lui avait-il dit en riant. L'infirmière qu'elle était, avait bien vu qu'il était peu probable que ce soient les reliquats d'une brûlure, mais cela avait si peu d'importance sur le moment qu'elle avait cessé d'y penser. Elle avait ensuite oublié de le cuisiner à nouveau sur cette petite cachotterie. Aujourd'hui, cette « brûlure » mettait le feu à son cerveau, s'ajoutait à tous ces détails sans importance quand elle les avait notés, mais si envahissants désormais.

Elle devait en avoir le cœur net, mais comment faire pour savoir la vérité ? Devait-elle confronter Ronan en lui disant qu'elle avait compris pourquoi il avait quitté la région précipitamment quinze ans plus tôt ? N'allait-il pas s'en prendre à elle s'il était le meurtrier de la jeune fille ? Elle ne pouvait s'empêcher de se dire que celui qu'elle connaissait ne pouvait être celui qui avait massacré les quatre hommes samedi, mais pouvait-elle risquer de se découvrir ? En avait-elle envie d'ailleurs ? Elle n'en avait rien à foutre de ces abrutis de chasseurs, mais Amélie ? Pourquoi ? Elle se souvenait maintenant du changement d'humeur de Ronan quand il l'avait surprise la main dans le tiroir du meuble du garage. Elle en était certaine, il était contrarié et cela ne pouvait que signifier qu'une chose, il n'avait pas aimé qu'elle fouille à cet endroit-là. Bien sûr, il n'avait pas été agressif avec elle ensuite. Elle frissonna de bien-être en se remémorant comment l'après-midi s'était terminé, en revoyant leurs corps enlacés dans son lit. Non, elle n'avait rien à craindre de lui, elle le sentait même si elle ne pouvait l'expliquer. Devait-elle plutôt essayer d'en savoir plus sans attirer ses soupçons ? L'idée était séduisante, mais comment faire ? Le mensonge et la duperie n'avaient jamais vraiment fait partie des techniques qu'elle maîtrisait et le risque d'être démasquée était grand. Trop grand pour être pris, elle en était convaincue. S'il découvrait qu'elle cherchait à connaître son rôle dans la disparition de l'adolescente et dans l'attentat, il ne lui ferait plus confiance et là, tout était possible. Après de longues minutes de réflexion, elle comprit qu'elle n'avait en définitive qu'une seule option, y aller franchement et espérer qu'elle s'était trompée. Elle ne pouvait de toute façon rester comme ça, sans savoir et faire comme si de rien n'était. Il était intelligent et comprendrait tout de suite qu'elle n'était pas dans son état normal. Elle appuya sur le bouton *start* et enclencha la marche arrière.

Chapitre 26

Ronan entendit les pneus de la voiture crisser sur le gravier devant la maison, puis le bruit sec d'une portière qui claque. Il savait que Claire avait son jour de repos et il ne fut donc pas surpris de voir sa silhouette apparaître dans l'encadrement de la porte du garage. Il lut tout de suite sur son visage que quelque chose n'allait pas et s'avança vers elle. Il voulut la prendre dans ses bras avant de lui demander ce qu'il se passait, mais il la sentit se raidir contre lui. Il l'écarta gentiment.

— Qu'est-ce qu'il y a ? Tu as l'air tendue.

— J'étais à la gendarmerie.

— Ah bon, qu'est-ce que tu faisais là-bas ?

— Je suis allée voir Virginie pour un café, comme on fait souvent. C'est une véritable fourmilière chez eux en ce moment.

— Ah…

— L'attentat de samedi dernier !

— Oui, je sais. Ce serait difficile de ne pas être au courant. On ne parle que de ça dans le village. Et c'est ça qui te stresse ?

— En partie, répondit-elle, hésitant encore à livrer ce qu'elle avait sur le cœur.

— Tu as pu prendre ton café avec elle ?

— Oui.

— C'est le principal alors, conclut-il.

La jeune femme s'était détachée de lui et s'avançait vers le fond du garage. Il la laissa faire, mais quand elle fut devant le meuble, il l'interpella :

— Tu fais quoi ?

— Je veux revoir le médaillon que j'ai trouvé l'autre jour dans ce tiroir, dit-elle en pointant son doigt vers la vieille armoire, ça ne te dérange pas ?

— Pas du tout, mais pourquoi ? Et de quel médaillon parles-tu ?

— Tu vas me dire que tu ne sais pas qu'il y a un médaillon là-dedans ? Tu ne sais pas non plus que dans ce médaillon il y a la photo d'une jeune fille qui a disparu il y a une quinzaine d'années ! lui lança-t-elle d'un air de défi.

L'espace d'un instant, elle crut apercevoir un voile de panique passer sur son visage, mais elle comprit à son regard qu'il ne lâcherait rien. Peut-être était-ce seulement la contrariété qui était à l'origine de ce trouble furtif. Elle posa sa main sur la poignée du meuble, persuadée qu'il allait l'arrêter ou au moins essayer de la dissuader d'aller plus loin, mais il n'en fit rien. Les torchons n'avaient pas bougé. Elle souleva le premier comme elle l'avait fait la première fois. Elle ne vit que celui qui se trouvait dessous. De dépit, elle le jeta par terre et sortit les suivants qui finirent de la même façon, avant de retirer complètement le compartiment de son emplacement. Elle n'avait plus maintenant devant elle qu'un fond vide que les interstices des planches vermoulues striaient de la lumière qui les transperçait. Elle dévalisa le second tiroir sans plus de succès, puis se tourna vers Ronan.

— Sérieusement ?

— Sérieusement, quoi ?

— J'ai très bien vu un médaillon, un portefeuille et un

couteau quand j'ai ouvert ce meuble l'autre jour. Je ne suis pas folle !

— …

— Mais dis quelque chose ! dit-elle en s'avançant vers lui.

— Tu veux que je te dise quoi ?

— La vérité ! Où est ce médaillon maintenant ? Pourquoi tu l'as en ta possession ? enragea-t-elle.

Ronan pouvait entendre la colère mêlée de désarroi qui avait envahi la voix de la jeune femme, mais surtout il ressentait comme si elle était sienne la tristesse que ses yeux pouvaient à peine contenir. Il comprit que plus que la recherche de la vérité, c'étaient surtout la déception et le désespoir qui la mettaient dans cet état.

Il avait voulu à plusieurs reprises lui dire pourquoi il était revenu à Férel, ce qu'il y avait fait depuis six mois et quel était son objectif ultime. Les premières semaines de leur relation, il voulait surtout éviter qu'elle découvre quelque chose et perturbe ses plans, mais très vite deux sentiments contradictoires s'étaient affrontés chez lui. D'un côté, il avait envie de tout partager avec elle, même cette vengeance, mais de l'autre il ne souhaitait pas l'impliquer dans sa croisade. Il avait petit à petit compris qu'il craignait surtout sa réaction, qu'il avait peur de la perdre. Progressivement, le besoin de tout lui révéler avait pris le dessus. Ce fut presque un soulagement pour lui quand il prononça ces mots :

— Je vais tout t'expliquer, mais ne restons pas dans le garage.

— Tu veux qu'on aille où ? Je ne juge pas, je veux juste savoir, lui renvoya-t-elle.

Ronan comprit aussitôt qu'elle avait peur qu'il lui fasse du mal et une boule remonta de son estomac vers sa poitrine.

— Tu n'as rien à craindre de moi, tu n'en doutes pas quand même ?

— Je ne sais plus ce que je dois penser.

— Viens dans le jardin, dit-il en sortant du garage.

Claire lui emboîta le pas et alla s'asseoir sur le fauteuil en face du canapé où il avait pris place.

— Je t'écoute.

— Tu veux savoir quoi exactement ?

— Ce que je veux savoir ? Si je couche avec un psychopathe par exemple ?

— C'est très subjectif comme terme, répliqua-t-il, une ébauche de sourire aux lèvres.

— Commence par me dire si tu as quelque chose à voir avec l'attentat contre les chasseurs, et ensuite ce que tu as fait à Amélie Bourdeau.

Elle s'en voulut aussitôt d'avoir sous-entendu qu'il pouvait lui avoir fait du mal. Ce n'était pas la meilleure façon d'aborder quelqu'un qui pouvait avoir tué une jeune femme, mais la tristesse qu'elle lut dans ses yeux la rassura tout autant qu'elle la bouleversa. Elle sut immédiatement qu'elle s'était trompée, il n'avait pas assassiné l'adolescente quinze ans plus tôt. Elle murmura :

— Pardon, je ne voulais pas dire ça comme ça pour la petite Bourdeau.

C'est une voix hésitante qui parvint jusqu'à elle :

— Je vais commencer par elle. Peut-être que tu comprendras mieux le reste ensuite, mais quoi que tu penses de mon histoire et quoi que tu décides après, sache que je ne te ferai jamais de mal.

— Je sais... je crois que je l'ai toujours su.

Ronan reprit la parole.

— Amélie venait d'avoir dix-sept ans et j'en avais vingt-cinq quand nous nous sommes rencontrés. Elle passait toutes ses vacances avec ses grands-parents qui habitaient au Drézet et elle travaillait comme saisonnière chez mon oncle à la crêperie. Un soir, très peu de temps après ses débuts, j'y suis allé manger et ça a été le coup de foudre immédiat. On a commencé à se voir en cachette. En tout bien tout honneur, je précise, elle n'avait que dix-sept ans et ses parents étaient très conservateurs. Elle me disait souvent en riant que s'ils apprenaient que nous sortions ensemble, ils étaient capables de porter plainte contre moi pour détournement de mineur. Je n'ai jamais su si c'était vrai, mais je l'aimais tellement que je n'ai jamais voulu risquer de la perdre. À la fin du premier été, elle est repartie à Paris et nous avons convenu de ne pas nous contacter jusqu'aux vacances suivantes. C'est là que j'ai compris qu'elle avait vraiment peur de ce que ses parents pouvaient faire s'ils savaient pour nous. Les semaines entre les deux périodes de vacances ont été un calvaire, mais quand elle est revenue, nous avons repris où nous nous étions arrêtés et…

— Abrège un peu, le coupa Claire.

— Tu n'as aucune raison d'être jalouse, je te le promets.

— Ce n'est pas ça, dit-elle agacée. Continue !

— Bref, nous nous sommes revus chaque fois qu'elle était dans la région. Un jour, peu de temps avant ses dix-huit ans, elle m'annonça qu'elle aurait une surprise pour moi à notre prochaine rencontre. J'ai compris à son regard qu'elle voulait que nous fassions enfin l'amour. Nous nous sommes donné rendez-vous chez moi le lendemain matin. Mes parents étaient partis en vacances à l'autre bout du pays. Elle n'est jamais venue et plus personne n'a entendu parler d'elle.

Claire s'était penchée par-dessus la table basse et avait pris ses mains entre les siennes. Il continua :

— Je n'ai pas compris. J'ai attendu toute la journée. C'est seulement en fin d'après-midi que j'ai enfourché mon vélo pour aller faire un tour du côté de la maison de ses grands-parents. J'y ai vu les voitures de la gendarmerie. J'ai tout de suite compris qu'il s'était passé quelque chose de grave, mais je n'imaginais certainement pas ce que j'allais apprendre le lendemain en allant au tabac. J'avais pensé à un problème avec son grand-père, il était âgé et en mauvaise santé, mais le buraliste me dit que c'était celle que j'aimais qui avait disparu depuis vingt-quatre heures. Elle était partie à vélo le matin, pour me rejoindre, mais elle n'était jamais arrivée et n'était jamais rentrée. Les recherches ont duré des semaines, mais ils n'ont rien trouvé. J'y ai participé, même si je savais qu'elle n'était plus là. Si elle le pouvait, elle m'aurait fait signe, j'en étais convaincu.

— Mon pauvre, murmura Claire qui, oubliant toutes ses appréhensions, était venue se coller contre lui.

— J'étais anéanti. J'ai erré encore des semaines dans les chemins de remembrement en espérant trouver quelque chose qui me permettrait de comprendre, mais rien. C'était ça le plus dur, ne pas savoir ce qui lui était arrivé. Tout m'était insupportable, les lieux où nous nous voyions, les titres des journaux qui parlaient d'elle, les allusions des villageois. J'ai décidé de tout quitter pour essayer d'oublier. Je n'y suis jamais parvenu, mais l'ai-je jamais vraiment voulu en réalité ? J'ai toujours gardé l'espoir qu'un jour elle réapparaîtrait.

— Mais tu es parti où ? Dans l'humanitaire ?

— Non… il hésita… dans la Légion étrangère !

Claire le regarda, bouche bée.

— La Légion étrangère ?

— Oui.

— Le tatouage sur ta jambe ?

— Je me doutais que tu ne m'avais pas cru !

— Je suis infirmière, je sais reconnaître les plaies et les cicatrices… mais continue.

— Je suis resté quelques années dans la Légion. Dans un des pays pourris où je suis intervenu, j'ai rencontré des gens d'une organisation humanitaire. On a sympathisé. Je crois qu'ils ont compris tout de suite que je n'étais pas un légionnaire dans l'âme. Ils m'ont débauché et j'ai commencé comme logisticien. Un peu plus tard, je suis devenu chef de mission. Après, ma carrière s'est déroulée à merveille. Je suis passé par une plus grosse ONG, puis les Nations Unies. Mais ça, tu le sais déjà. Là-dessus, je ne t'ai pas menti.

— Oui, je sais, lui murmura-t-elle.

— J'ai parcouru le monde avec ce fameux médaillon avec sa photo à l'intérieur, mais je ne l'ai jamais oubliée. J'ai toujours cru que je ne pourrais plus jamais aimer quelqu'un comme je l'ai aimée. Puis, tu as déboulé avec ta voiture mal garée ! glissa-t-il en souriant.

— Déboulé ? Eh bien, c'est une façon d'exprimer les choses, dit-elle en essayant de se montrer vexée.

Elle était surtout touchée par cet aveu.

Ronan reprit son histoire.

— Il y a un an, j'ai reçu un message de mon oncle, le propriétaire de la crêperie. Il me disait qu'il devait à tout prix me parler. J'avais un break d'une semaine prévu le mois suivant et j'ai donc décidé de rentrer en France pour le voir. Cela faisait plusieurs années que je n'étais pas revenu, depuis la mort de ma mère quatre ans plus tôt en fait. Il s'occupait de la maison qu'elle m'avait laissée et je pensais que les discussions allaient porter autour de ça, même s'il n'avait pas voulu me le dire à distance. J'étais loin de m'imaginer ce qu'il allait me révéler. La première chose, c'est qu'il était atteint d'un cancer et que le pronostic n'était pas bon. Il ne lui restait que quelques mois, un an tout au plus. Je l'aimais bien et cela m'a vraiment touché d'apprendre la nouvelle. Ça n'a pas duré, ce n'était pas ce qu'il avait de plus important à me dire. Il ne voulait pas emporter un terrible secret avec lui, alors il m'a raconté ce qu'il s'est passé le jour où Amélie a disparu.

Chapitre 27

La confrontation entre Piraud et Thomas durait depuis près de deux heures maintenant, et ni l'un ni l'autre ne semblait décidé à lâcher du terrain. Piraud était intrigué, mais surtout énervé par l'arrogance de ce petit-bourgeois campagnard qui représentait tout ce qu'il haïssait dans la vie provinciale. Sûr de lui, méprisant, ironique, André Thomas n'allait pas se laisser *emmerder* par un petit flic de seconde zone, même si celui-ci venait de Rennes et prenait de grands airs comme s'il maîtrisait la situation. Il n'y avait rien à maîtriser, car il n'y avait pas de situation. André Thomas avait expliqué pourquoi il s'était absenté de la battue au moment de l'attentat. Il avait détaillé comment il avait appris que sa femme ne lui avait pas envoyé les messages et qu'il était donc reparti rejoindre ses compagnons. Il avait d'abord vu le cycliste approcher du groupe de chasseurs et s'enfuir juste avant l'explosion, puis le nuage de ce qu'il savait maintenant être des papiers. Il avait répété au moins cinq fois la même chose, peut-être plus, il avait arrêté de compter. Son agacement était à la hauteur de son incompréhension. Qu'est-ce que ce fonctionnaire minable s'imaginait ? Qu'il avait zigouillé son beau-frère et trois quidams pour le plaisir ? Quelle raison aurait-il pu avoir de faire une telle mise en scène ? Benoît

Cormier était un être simplet, et il n'avait pas de rapports particuliers et encore moins de problèmes avec les autres victimes. Il avait voulu se lever et sortir, mais le poulet lui avait fait signe de s'asseoir. Il lui avait proposé d'essayer de régler ça entre eux, plutôt que d'être dans l'obligation de le mettre en garde à vue. En garde à vue ? Mais pourquoi ? s'était emporté l'agent immobilier. Parce qu'il avait répondu à l'appel urgent de sa femme et que quelqu'un en avait profité pour trucider quatre chasseurs ? Et puis c'était quoi maintenant ces questions sur les morts de Denigot, Chesnin, Thobie, Robert ? Et celles sur la disparition de Nicolas Alliot ? En quoi cela le concernait-il ? Quel était le rapport avec l'attentat ? Le flic n'avait pas l'air de vouloir l'écouter, mais Thomas avait considéré que la meilleure chose à faire pour en finir le plus tôt possible avec ces absurdités était de rester et de coopérer avec le collègue de sa fille. Il avait d'ailleurs demandé où elle était et si elle pouvait venir assister à l'entretien. Il s'était vu opposer un refus catégorique.

La porte de la salle d'interrogatoire s'ouvrit sur le jeune en uniforme que Piraud avait appelé une heure plus tôt. Devant André Thomas, le Rennais avait longuement chuchoté à l'oreille de son subalterne et celui-ci était ressorti sans avoir prononcé un mot. Cette fois-ci, il fit signe à Piraud de le suivre à l'extérieur de la pièce. Resté seul, André Thomas essayait de comprendre comment il avait pu se retrouver dans une telle situation. Plus il y pensait et plus il comprenait que quelque chose ne collait pas. Il y avait trop de coïncidences dans cette histoire ; sa femme qui perd son téléphone, les SMS venant dudit téléphone lui demandant d'aller en urgence à la pharmacie, l'attentat qui se produit juste sous ses yeux quand il revient. Tout s'imbriquait comme si le timing avait été calculé. Et maintenant, il y avait ces questions sur les morts des derniers mois. Tout cela ne tenait pas debout, ou au contraire s'assemblait un peu trop bien pour être le fait du hasard. Il écarta aussitôt cette idée. Il n'y avait aucune raison pour que tout cela soit l'œuvre coordonnée de quelqu'un qui voulait le piéger. Il n'avait rien à voir là-dedans et les gendarmes allaient s'en apercevoir très vite. Il regarda la poignée de la porte s'abaisser et Piraud, l'air satisfait, pénétrer dans la salle. Il s'était tout juste assis en face de Thomas qu'il décocha :

— Il semblerait que votre femme ne vous ait jamais expédié de SMS !

— C'est ce que je vous ai expliqué au moins vingt fois. J'ai reçu les SMS, mais elle m'a dit que ce n'était pas elle qui les avait envoyés, car elle ne retrouvait pas son téléphone.

— Elle ne retrouvait pas son téléphone… c'est bien pratique ça !

— Comment ça, bien pratique ? Ce n'est quand même pas de ma faute si elle est bordélique. Vous les avez vus les SMS dans mon portable, je ne les ai pas inventés nom de Dieu !

— Je ne doute pas de la réalité des SMS… je m'interroge juste sur l'identité de leur expéditeur.

— L'identité de leur expéditeur ? Ça veut dire quoi votre charabia ?

— Votre femme a assuré à mon collègue ne pas savoir où est son téléphone depuis hier soir et je n'ai pas de raison de ne pas la croire.

— Et par contre, vous en avez de ne pas me croire, moi ! Vous faites un complexe d'infériorité, vous êtes jaloux de ma réussite ? C'est facile de faire ressortir ses frustrations contre des gens comme moi…

— Ça suffit ! Je n'en ai rien à *foutre* de votre statut de potentat de cambrousse ! Je ne vous envie pas, loin de là. Alors changez de ton, sinon je vous boucle.

— Bon, ça va, faut pas vous énerver, mais comprenez-moi, je n'ai rien à voir dans cette histoire.

— Je veux bien vous croire, mais dans ce cas, vous ne vous opposerez pas à ce que nous nous rendions à votre domicile et que nous essayions de trouver le téléphone de votre femme.

— Bien sûr que non, si cela peut mettre un terme à cette mascarade !

André Thomas insista pour rentrer avec sa voiture malgré les injonctions de Piraud pour qu'il monte dans celle de la gendarmerie.

— Je suis en état d'arrestation ? Non ! Donc je prends la mienne, je n'ai aucune raison de revenir ici après.

Il s'était engouffré dans le SUV pour démarrer aussitôt et quitter le parking dans un crissement de pneus qui fit se retourner les passants. La fourgonnette bleue le suivait à une centaine de mètres lorsque André Thomas pénétra dans le lotissement. Il dut se mettre sur le côté pour laisser sortir un autre véhicule arrivant en sens inverse, l'entrée ne permettait pas à deux automobiles de se croiser. L'esprit ailleurs, après les heures qu'il venait de vivre, il ne reconnut la voiture et sa conductrice que quand elle fut à sa hauteur. Il n'aima pas le sourire qu'elle avait sur ses lèvres. Qu'est-ce qu'elle foutait ici cette petite *pute* ? Il allait lui faire passer l'envie de sourire à celle-là si elle voulait le faire *chier* aussi. La Ford de Claire s'éloignait déjà dans le rétroviseur alors que le van de la gendarmerie s'était arrêté juste derrière lui. Il s'engagea à nouveau sur la route pour se stationner une centaine de mètres plus loin devant le portail de sa maison. Il était hors de question que ces ploucs rentrent leur voiture de fonctionnaires zélés dans sa propriété. Il était bien gentil de leur permettre de venir chercher le téléphone de sa femme. Il allait mettre la clé dans la serrure quand la porte pivota pour laisser apparaître cette dernière. Il n'eut pas le temps de lui demander si sa fille était passée chez eux que déjà Piraud et trois autres gendarmes étaient sur ses talons et saluaient la maîtresse de maison. Elle s'effaça pour qu'ils entrent et Piraud expliqua qu'il recherchait son téléphone.

— Vous ne l'auriez pas retrouvé par hasard ? interrogea-t-il soupçonneux.

Elle répondit par la négative. Il enchaîna :

— Bon, je n'ai pas de mandat de perquise, mais on est bien d'accord que c'est vous, monsieur Thomas, qui nous autorisez à chercher chez vous. Pour gagner du temps, je suggère que l'on essaie d'appeler le portable de votre dame et voir si on entend une sonnerie quelque part.

— On a déjà tenté avec le téléphone de ma fille, répliqua Brigitte Thomas, sous le regard courroucé de son mari.

— Eh bien, on va réessayer. Ça ne peut pas faire de mal. Il sortit son smartphone et attendit qu'elle lui donne le numéro, qu'il composa aussitôt.

Ils essayèrent partout dans la maison, mais sans succès. Thomas eut soudainement l'air inquiet.

— Mais dites-moi, ça sonne quand vous appelez ?

— Oui, mais dans le vide.

— Parce que quand je téléphonais hier, je tombais directement sur sa messagerie, répondit Thomas. C'est quand même curieux ça.

— C'est bizarre, ça sonnait aussi avec le smartphone de Claire tout à l'heure, renchérit sa femme.

— On pourra toujours le faire trianguler pour essayer de savoir où il est, si on ne le trouve pas, continua le capitaine. Mais, attendez un instant, c'est quoi ce que vous avez derrière dans le jardin ? Un garage, une remise ?

— C'est juste une remise, mais on ne s'en sert pas vraiment. Il n'y a que des bricoles, du bois pour l'hiver et quelques vieux meubles dont madame ne veut pas se défaire. Le garage est à côté et si le téléphone sonnait dedans nous l'aurions entendu de la maison, je crois.

— On va aller voir dans la remise alors, insista Piraud.

— Si vous avez vraiment du temps à perdre, concéda Thomas.

Ils franchirent les quelques dizaines de mètres qui séparaient la remise de la terrasse. La porte était ouverte et au moment où André Thomas allait y pénétrer, Piraud le retint. Il lui fit signe qu'il passait le premier. Il porta le téléphone à son oreille après avoir composé à nouveau le numéro du mobile de la pharmacienne. La *Lettre à Élise* envahit ce qui ressemblait plus à un chalet qu'à une remise. Le morceau de Beethoven fut aussitôt couvert par le juron qui échappa de la bouche de l'agent immobilier. Piraud se dirigea vers le vieux buffet d'où venait la sonnerie. Il ouvrit la première porte et sortit une petite boîte métallique dans laquelle sommeillaient habituellement les délicieux palets bretons dont raffolait Piraud, une de ses rares concessions à la Bretagne. Il souleva le couvercle et raccrocha son portable.

— Eh bien, je crois qu'on a trouvé le téléphone de madame !

— Qu'est-ce qu'il fout là ? Pourquoi elle l'a mis ici cette folledingue ?

— On va lui demander tout de suite ! Et on lui demandera également pourquoi elle y a aussi mis une grenade et un médaillon, n'est-ce pas ?

— Une grenade et un…

Thomas ne termina pas sa phrase. Il venait de comprendre que l'idée qu'il avait eue plus tôt dans les locaux de la gendarmerie n'était peut-être pas si saugrenue qu'il y paraissait. Quelqu'un essayait de le foutre dans la merde !

— Capitaine, vous n'allez quand même pas croire que c'est à nous cette grenade ? Et puis ce médaillon, c'est quoi ?

— On va rentrer dans la maison et demander à votre femme, peut-être qu'elle en sait un peu plus ? En attendant, je vais laisser un de mes gars devant votre chalet et je vais faire chercher un mandat de perquisition en bonne et due forme.

— Un mandat de perquisition ? Mais vous voyez bien que c'est absurde !

— Absurde ? Pourquoi ? Vous vous absentez juste le temps que l'on commette un attentat et on retrouve chez vous une grenade et un portable soi-disant perdu… j'ai déjà vu plus absurde dans ma carrière ! Suivez-moi.

La pauvre Brigitte Thomas ignorait complètement comment son téléphone avait atterri dans la petite boîte à biscuits au fond de la remise, et encore moins ce qu'une grenade faisait à côté. Elle ne reconnut pas non plus le médaillon. Cela eut le don d'énerver son irascible mari.

— Mais bordel, il n'est pas allé tout seul dans ce meuble, ce putain de smartphone !

— Ce n'est pas moi qui l'ai mis là ! lui renvoya-t-elle avec une voix dans laquelle il crut déceler une pointe de défi.

— Pauvre *conne*, je ne sais pas ce que tu mijotes, mais tu vas expliquer aux gendarmes ce que tu me fais là ! dit-il en s'approchant d'elle et en la saisissant par un bras.

Piraud s'interposa en voyant la frayeur envahir le regard de la dévote. Dès qu'elle fut dégagée, elle se mit à débiter une litanie incompréhensible pour les autres, mais dans laquelle étaient conviés la Vierge Marie, le Saint-Esprit et quelques larrons, dont le bon athée que Piraud était ne connaissait ni d'Ève ni d'Adam.

— On se calme ! Et ce médaillon, vous ne l'avez jamais vu non plus, monsieur Thomas ? demanda le capitaine Piraud en lui passant le pendentif devant les yeux.

— Mais non, je vous l'ai déjà dit dans la cabane. Je ne sais pas ce qu'est ce truc.

L'un des deux gendarmes qui maintenant encadraient la porte de la salle à manger où la scène se déroulait s'avança. Il fit remarquer que cela ressemblait à ces pendentifs où l'on met un portrait à l'intérieur. Piraud étudia l'objet rapidement. Passant son doigt sur le haut, il actionna le mécanisme qui révéla la petite photo découpée et disposée dans le réceptacle prévu à cet effet. Il la regarda, puis la plaça devant les yeux de Thomas.

— Vous la connaissez ?

— Mais non, je ne sais pas qui c'est ! se défendit Thomas.

— Vous n'avez pas regardé ! Regardez bien, s'il vous plaît !

— Non, je ne...

Piraud vit nettement la pâleur prendre possession du visage tanné du propriétaire des lieux. Il retourna le médaillon et observa à nouveau la photo de la jeune fille.

— On dirait que vous avez vu un fantôme, monsieur Thomas !

— Mais pas du tout, rétorqua l'autre qui s'était tout de suite ressaisi, je ne sais pas qui c'est. Je suis fatigué par tout ça et le fait que vous me colliez ce truc juste devant les yeux, ça m'a donné le vertige, c'est tout !

— Mouais, fit Piraud, peu convaincu par cette explication. Et vous, madame Thomas, ça vous dit quelque chose ? demanda-t-il à celle dont l'attention était à nouveau totalement concentrée sur la scène qui se déroulait dans sa salle à manger.

— C'est bizarre, j'ai l'impression de la connaître, mais je n'arrive pas à me souvenir de qui il s'agit. La photo n'a pas l'air très récente, on dirait. Ça me reviendra, mais là comme ça, je ne peux pas vous dire qui c'est. Désolée.

— Ne vous excusez pas, on trouvera de toute façon. On trouve toujours, dit-il plein d'assurance. Bon, il va falloir nous suivre à la brigade à nouveau, monsieur Thomas.

— Il n'en est pas question, j'ai été très coopératif avec vous jusque-là, alors ça suffit. Vous allez me laisser tranquille, répliqua Thomas.

— Je crois que vous ne comprenez pas bien la situation. Nous ne sommes plus dans la coopération. Vous êtes en garde à vue à partir de maintenant.

André Thomas accusa le coup. L'espace d'un instant, Piraud pensa même qu'il allait essayer de s'enfuir, mais le regard furtif que le marchand de parpaings donna vers l'entrée où l'on apercevait deux gendarmes le dissuada probablement de tout geste désespéré.

— Madame, un de mes collègues va rester avec vous le temps que nous revenions avec un mandat de perquisition. Je vous demande donc de ne rien déplacer et dans la mesure du possible de ne toucher à rien. Ça devrait être rapide.

Elle acquiesça et se laissa tomber dans le canapé en murmurant :

— Tout se paie un jour.

Chapitre 28

Claire était tout juste montée dans sa voiture lorsqu'elle aperçut le SUV de son beau-père. Comme toujours, elle reçut le coup de poing au beau milieu de l'estomac, mais cette fois-ci elle se redressa aussitôt et démarra la Ford. La pensée de ce qu'elle venait de faire lui mit le sourire aux lèvres, sourire qu'elle affichait encore quand elle croisa son bourreau qui s'était écarté du chemin pour la laisser passer. Elle remarqua tout de suite l'estafette de la gendarmerie qui se collait à celle d'André Thomas et elle se sentit bien. L'heure de sa vengeance approchait, elle était même probablement déjà entamée. Elle avait déposé dans l'ordinateur de cette ordure, les fichiers que Ronan lui avait confiés. L'un d'eux contenait le tract qui avait été retrouvé sur les lieux de l'attentat, et l'autre devait altérer l'historique du navigateur internet. Ronan avait bien précisé de copier tout ce qu'il y avait sur la clé USB dans la corbeille et ensuite de cliquer sur le menu pour vider celle-ci. Elle ne comprenait pas comment cela fonctionnait, mais elle savait que cette simple manipulation allait déclencher un programme qui modifierait les informations de création du fichier du tract, et un second qui irait rajouter des liens vers des sites internet où il était question de logiciels espions et de leur installation sur des téléphones portables. Le fichier du tract serait retrouvé par les enquêteurs quand ils analyseraient en profondeur le disque dur de la machine et la date qu'ils relèveraient remonterait à quinze jours plus tôt. En fouillant dans le navigateur internet de Thomas, ils verraient aussi que celui-ci avait visité des pages pour télécharger et installer un logiciel espion sur son propre mobile. Elle n'avait pas insisté lorsque Ronan lui avait dit avoir « commandé » les logiciels auprès d'une ancienne relation. Elle savait ce que cela signifiait pour son beau-père, mais elle n'arrivait pas à se considérer comme la complice d'un meurtrier qui allait envoyer un innocent en prison. S'il y avait bien quelqu'un qui n'était pas innocent, c'était bien cette raclure de Thomas. Elle comprenait tout ce que cela voulait dire pour elle, mais la haine qu'elle avait accumulée en elle depuis tout ce temps, lui hurlait qu'elle ne faisait que rendre une justice qui lui avait été refusée des années auparavant.

Elle avait écouté Ronan lui relater la mort d'Amélie, abattue froidement dans le dos par André Thomas. Elle avait serré les poings en entendant la complicité des autres chasseurs et l'omerta qui avait régné chez eux pendant presque quinze ans. Elle était restée silencieuse, encaissant tous les détails du terrible drame qui avait coûté la vie à son amour de jeunesse. Puis était venue la stupéfaction, l'effroi quand il avait expliqué d'une voix presque normale, avoir supprimé Lionel Denigot, François Robert, Patrick Chesnin, Jean-Michel Thobie et Nicolas Alliot. Elle s'était levée, horrifiée par ce qu'elle découvrait de l'homme qu'elle avait accueilli en elle. Elle s'était insurgée. Pourquoi les tuer ? Pourquoi ne pas simplement les dénoncer à la gendarmerie ? Pourquoi ne pas utiliser le témoignage de Jacques Bodinaud et ainsi forcer les autres à avouer ? Pourquoi ne pas laisser la justice faire son travail ?

Ronan ne s'était pas démonté.

— La justice ? Quelle justice Amélie a-t-elle eue ? Tu crois vraiment que la confession de mon oncle aurait suffi à les envoyer en prison ? Et même si c'était le cas, pour combien de temps ?

— Ça valait au moins le coup d'essayer, non ? De quel droit t'es-tu arrogé les rôles de juge et de bourreau ?

— Du droit de la victime ! Du droit de celle que personne ne ramènera ! Du droit d'avoir une justice qui serve à quelque chose !

— Nous y voilà ! Tu parles comme tous ces crétins qui crient après le laxisme des juges et ceux qui réclament le retour de la peine de mort. La justice n'est pas parfaite, mais tu ne peux pas t'asseoir sur des siècles d'évolution et d'amélioration et revenir à la loi du Talion sans t'abaisser au niveau de ceux que justement tu veux punir !

— Et le fait que ton beau-père s'en soit tiré après ce qu'il t'a fait, que personne ne t'a écoutée ? Elle te convient, cette justice-là ?

— Ne mélange pas tout, s'il te plaît ! Et surtout, ne te sers pas de mon histoire pour justifier tes actes !

L'évocation de son beau-père l'avait cependant fait se rasseoir et redevenir attentive aux mots qui sortaient de la bouche de son amant.

Enfin, il avait reconnu être l'auteur de l'attentat de la veille. Il avait avoué du bout des lèvres, être « presque » désolé pour ceux qui avaient été tués alors qu'ils n'étaient pas impliqués dans la mort d'Amélie. Et puis, il s'était ravisé en disant qu'une guerre avait débuté et qu'un monde devait s'éteindre pour qu'une nouvelle société plus humaine, plus charitable et égalitaire puisse voir le jour. Les chasseurs appartenaient au passé, au monde d'avant. Ils n'avaient plus de raison d'être dans celui de demain, mais ne l'accepteraient jamais en douceur. La fragilité qui l'avait accompagné pendant qu'il parlait d'Amélie avait laissé la place à la colère, à la haine, une forme d'extrémisme, mais elle s'était rendu compte qu'elle n'avait pas envie de partir, partagée entre une révulsion qui s'estompait lentement et le sentiment de désormais faire partie de quelque chose de plus grand qu'elle. Elle aimait cette idée d'un Nouveau Monde.

Elle avait été définitivement convaincue quand il lui avait demandé si elle voulait prendre le risque que Thomas récidive avec ses enfants ou ceux de Virginie. Elle avait objecté qu'il n'était pas dans ses projets de procréer dans l'immédiat, et que pour Virginie, cela pouvait être très compliqué. Il était reparti sur son monde d'après, ce monde où les préférences sexuelles et le célibat ne seraient plus des critères pour refuser ni la maternité, ni la paternité.

Elle l'avait embrassé, mais l'avait stoppé quand il s'était fait plus pressant. Elle avait besoin de temps pour digérer tout ça, et surtout elle voulait comprendre ce qu'il cherchait au bout du compte. Pourquoi ne pas tout simplement tuer André Thomas ? Ça aurait été trop facile, trop doux pour cet enfoiré, avait-il dit. Il désirait qu'il souffre et pour cela, il allait le piéger et lui faire endosser tous les meurtres et l'attentat. L'ordure finirait sa vie au fond d'une cellule avec un détenu qui représenterait probablement tout ce que le bourgeois qu'il était abhorrait. Une fois reparti à l'autre bout du monde, Ronan souhaitait garder avec lui l'idée d'un Thomas crevant à petit feu, sachant qu'il avait été piégé. C'était ça, sa vengeance. Et cela pouvait aussi devenir celle de Claire, cela ne tenait qu'à elle.

— Devenir la mienne aussi ? Comment ça ?

— Tu peux lui faire payer ce qu'il t'a fait en lui faisant comprendre que tu as aidé à le coincer.

— Comment tu veux que je fasse ça ? Je ne veux pas l'approcher, il me fait peur, il me dégoûte !

— Tu n'aurais pas forcément besoin de te retrouver

avec lui, ou peut-être juste une fois pour lui dire que c'est aussi grâce à toi qu'il va croupir en prison.

Claire était songeuse. Ce n'est qu'après de longues secondes où son regard fouillait celui de son amant qu'elle brisa le silence.

— Si je t'aide, je ne veux plus de meurtres. Il va me falloir du temps pour digérer ce que tu viens de me raconter et accepter ce que tu as fait, mais cela n'affecte pas mes sentiments pour toi. Je ne veux pas perdre ce qu'il y a entre nous.

— Il n'y aura plus de meurtres. Je te le promets. Réfléchis encore un peu si tu le souhaites.

Elle n'avait pas cogité longtemps. Tous les arguments et les belles paroles qu'elle venait de prononcer s'envolèrent avec sa résistance. Elle lui avait demandé ce qu'elle devait faire. Il lui avait assuré qu'elle ne participerait à rien de violent et qu'il s'agissait juste de déposer deux fichiers dans l'ordinateur des Thomas, puis de vider ensuite la corbeille. Elle avait secoué la tête en reculant. Il n'était pas question qu'elle prenne le risque de se trouver avec lui dans sa maison. Elle céda quand elle se souvint que son beau-père était à la gendarmerie et qu'il y resterait probablement un certain temps. Elle glissa la clé USB dans sa poche et ils convinrent qu'elle ne reviendrait pas chez lui après avoir accompli sa mission. Ronan avait d'autres projets pour lui-même. Il avait quelques derniers détails à régler pour que son plan soit parfait. Il devait mettre le portefeuille de Lionel Denigot et le couteau qui avait crevé la bouée grenouille de François Robert dans le bateau d'André Thomas.

Claire avait parcouru la courte distance qui séparait la demeure de Ronan de celle de son beau-père. Elle avait garé sa voiture de manière qu'elle soit prête à partir rapidement si son violeur débarquait à l'improviste. Elle avait vu la surprise sur le visage de sa mère quand elle avait ouvert la porte et l'avait aperçue sur le perron.

— Il peut arriver à tout moment, avait-elle dit en regardant, paniquée, vers l'entrée du lotissement.

— J'en ai pour deux minutes, c'est une urgence. Je dois envoyer un e-mail, mais sur mon téléphone, ce n'est vraiment pas pratique et je n'ai pas le temps de rentrer. Vous avez un ordinateur ?

— Bien sûr, il est dans le bureau à droite au bout du couloir. Il est encore allumé, je crois, et sinon le mot de passe, c'est « virclair » en minuscules. Je te prépare un café pendant ce temps-là ?

— Oui, je veux bien. Merci.

Le PC était bien démarré et il ne lui fallut que quelques minutes pour faire ce que Ronan lui avait demandé. Elle était dans la cuisine avant que sa mère n'ait eu le temps de lui apporter le café.

— J'étais à la gendarmerie pour voir Virginie tout à l'heure. Il fait quoi là-bas ton mari ?

— Il a été témoin de l'attentat.

— C'est tout ? Virginie m'a dit qu'il y était depuis un bout de temps.

— Je ne comprends pas, il prétend que je lui ai envoyé des SMS pour lui demander de me rejoindre en urgence à la pharmacie juste avant l'attentat, mais je ne sais pas de quoi il parle. J'ai égaré mon portable. Pas moyen de mettre la main dessus depuis avant-hier.

— Ah bon. Pourquoi il raconte ça ?

— Je l'ignore. Tu sais, on ne communique plus trop ! Mais tiens, puisque tu es là, tu pourrais faire sonner mon téléphone, que je voie s'il n'est pas quelque part dans la maison ?

Leurs essais furent infructueux et Claire n'insista pas. Chaque minute de plus qu'elle passait dans cette maison augmentait le risque qu'elle se trouve face à face avec l'homme dont elle venait de sceller le destin.

Chapitre 29

Virginie était interloquée par ce que venait de lui raconter Pascal Piraud. Son père serait impliqué dans l'attentat ? On avait retrouvé le portable de sa mère dans son abri de jardin avec une grenade et un médaillon contenant la photo d'une jeune fille.

— Mon père mêlé à tout ça ? Mais pourquoi ? Ça n'a pas de sens. Je vous le dis tout de suite, je veux continuer à être sur l'enquête !

— Désolé, mais vous savez très bien que cela n'est plus possible. Si votre paternel est le coupable, vous risquez de nous foutre le dossier en l'air pour vice de procédure.

— Et s'il ne l'est pas ?

— Eh bien, on vous remettra sur l'affaire !

— Vous ne pouvez pas me faire ça, pas maintenant. C'est moi qui vous ai mis sur la piste des chasseurs.

— Je sais, ma mignonne, mais ça ne change rien !

— D'une, je ne suis pas votre « mignonne » et de deux, vous savez très bien que personne ne connaît mieux que moi les protagonistes de ce dossier. Vous avez besoin de moi !

— Pour ce qui me concerne, j'ai mon coupable. La suite du boulot va consister à le faire parler et accumuler les preuves contre lui. Pour ça, il n'est pas nécessaire d'avoir des limiers de votre acabit, les hommes de l'unité et de la SR le feront très bien.

— Et vous croyez que je vais rester là, les bras croisés à rien faire, pendant que vous bâclez l'enquête d'une vie ?

— Non, je ne crois pas que vous allez rester les bras croisés. J'ai déjà vu avec le capitaine Rideau. Vous avez des congés à prendre. Il est d'accord pour que ce soit à partir de maintenant et jusqu'à nouvel ordre !

— Espèce de *salopard*, vous n'avez pas le droit !

— Moi non, mais votre supérieur hiérarchique, lui, oui.

Virginie se précipita dans le bureau de son chef et entra sans frapper. Il leva à peine les yeux vers elle.

— Qu'est-ce qu'il y a, major ? Vous avez eu un tête-à-tête avec le lourdingue de Rennes ?

— Vous ne pouvez pas me faire ça ! attaqua-t-elle.

— Et comment que je peux ! Vous ne vous imaginiez pas enquêter sur votre propre père ? Nous ne sommes pas dans une série télévisée ici, il y a des règles à respecter.

— Mais…

— Il n'y a pas de « mais », la coupa-t-il. Je vous connais, si je vous laisse à votre poste, vous allez continuer à mettre votre nez où il ne faut pas. Donc c'est congé, un point c'est tout !

— Congé ? Mais vous ne vous rendez pas compte, c'est l'affaire…

— De votre vie, oui je sais et c'est bien ça le problème, Virginie, dit-il en s'apaisant. Vous êtes trop impliquée, trop proche du principal suspect.

— D'accord, mais je peux quand même aider sans être en contact avec lui, essaya-t-elle.

— Pas question. Je ne veux prendre aucun risque. Vous êtes en congé ! J'ai du boulot, donc filez maintenant. Votre mère va avoir besoin de vous, si j'en crois les premiers éléments trouvés dans sa remise.

Elle sortit en claquant la porte, pour entendre Ludovic Aoustin crier :

— On l'a identifiée !

Elle tenta de se diriger vers l'attroupement qui s'était formé autour de lui, mais le regard noir de Philippe Rideau quittant son bureau l'en dissuada. Elle saisit son sac et sa veste sur sa chaise et franchit le seuil de la gendarmerie, les larmes aux yeux et les poings serrés.

Piraud avait réuni Aoustin et Deschamps et le capitaine Rideau. L'adjudant-chef commença :

— Dès que vous avez fait circuler la photo du médaillon, ça a fait tilt. C'est un des cas que l'on étudiait ce matin quand le major Thomas est passé dans le couloir. Elle nous a demandé ce que c'était et elle a pris le dossier avec elle.

— Nom de Dieu !

Piraud se précipita vers le bureau de Virginie pour en revenir deux minutes plus tard, le sourire aux lèvres et une chemise cartonnée à la main.

— J'ai cru qu'elle était partie avec ! Bon, Aoustin, c'est ça, n'est-ce pas ?

— Oui, Aoustin, mon capitaine.

— Vous allez nous expliquer ce qu'il y a dans ce dossier, et qui est la jeune fille de la photo.

Il ne fallut que quelques minutes au sous-officier pour relater la disparition d'Amélie Bourdeau une quinzaine d'années plus tôt. Il passa rapidement sur les recherches qui avaient suivi et leur abandon quelques semaines après.

— Quel est le rapport avec Thomas ? demanda Piraud.

— Aucune idée, nous n'étions pas là à l'époque, hein Deschamps ?

— Moi non plus, je suis arrivé quelques années plus tard, ajouta Rideau.

— Il doit bien y avoir quelqu'un dans cette taule qui est

au courant de quelque chose. Quelqu'un qui peut nous en dire plus sur cette histoire.

— Il y a bien Tessier. Depuis le temps qu'il est ici, il était déjà sûrement en poste en 2003, se risqua Deschamps.

— Vous attendez quoi ? Allez me le chercher ! tonna Pascal Piraud.

Deschamps revint cinq minutes plus tard en s'excusant.

— Il était aux *chiottes* !

Derrière lui apparut un gaillard d'une cinquantaine d'années, dont la blancheur délavée de la chemise avait du mal à surnager entre les taches et les accrocs. L'un des pans dépassait d'un pantalon dont la braguette n'était qu'à moitié refermée, témoignant d'un usage qui à coup sûr n'était pas recommandé par le fabricant. Plus que son aspect, c'était l'odeur de mauvais vin qui accompagnait l'homme aux yeux bouffis qui fit reculer Piraud. Il y avait aussi ça dans la gendarmerie nationale. De pauvres types volontairement oubliés dans des trous de province où le seul mal qu'ils pouvaient faire se limitait généralement à ternir l'image d'un corps que les populations n'aimaient déjà bien souvent pas d'avance. Tessier ne devait plus être très loin de la retraite, mais à son teint jaunâtre il aurait été fort hasardeux de parier qu'il allait y parvenir. Il toussa et osa :

— Vous vouliez me voir, capitaine ?

— Vous êtes en état de parler ? l'apostropha Piraud.

— Qu'est-ce que ça veut dire ça ? Bien sûr que je suis en état de parler. Faut pas se fier aux apparences, mon capitaine, j'ai peut-être eu quelques problèmes avec l'alcool dans le passé, mais tout ça, c'est derrière moi maintenant. Présent ! ajouta-t-il en se mettant au garde-à-vous, ce qui arracha un sourire aux quatre hommes.

— Bon alors, vous allez m'en dire un peu plus sur la disparition de cette gamine, il y a quinze ans à Férel.

— Vous voulez savoir quoi ? Tout est dans le dossier, je pense, répondit Tessier.

— Il n'y a rien dans le dossier ! Aucune piste, c'est comme si elle s'était envolée ou avait été enlevée par des extraterrestres. On n'y fait même pas mention d'éventuels suspects.

— C'est qu'il n'y en avait pas, si je me souviens bien, mon capitaine !

— Pas de suspects ? Vous vous moquez ?

— Non, chef, je ne me permettrais pas.

— Il y a bien eu quelques hypothèses qui ont été émises à l'époque, même si elles n'ont rien donné ?

— Pas vraiment. C'était une jeune fille sans histoire. On ne lui connaissait pas d'amoureux, pas d'ennemi, bref sans histoire.

— Ce n'est pas possible, il fallait que ça tombe sur nous ! Vous ne vous souvenez vraiment de rien qui pourrait nous faire avancer un peu ?

— Ben non, je vois pas.

— Elle ne chassait pas des fois ? se hasarda Rideau.

— Une gamine de dix-sept ans ? Vous êtes pas du coin, ça se voit bien !

— Ses parents ou ses grands-parents ? insista Piraud.

— Je ne me souviens pas, mais ça m'étonnerait. Je crois que je connais tous les chasseurs de Férel, de maintenant et d'hier, dit-il empli d'autosatisfaction.

Puis hésitant, il commença :

— Mais… non, ce n'est sûrement rien.

Piraud avait bondi de sa chaise.

— Sûrement rien ? Bon sang ! Dites quand même, ce sera toujours plus que ce que l'on a jusqu'à présent.

— Puisque vous me demandez, je me souviens que le jour de sa disparition il y avait une battue aux sangliers dans les environs. Mais tous les participants ont assuré qu'ils n'avaient pas vu la petite.

— Une battue aux sangliers ?

Piraud ne tenait plus en place.

— André Thomas, il en faisait partie ?

— Thomas ? Oh oui, il en faisait partie. Dès qu'il s'agit de chasse ici, il est forcément dans le coin, quand ce n'est pas lui qui est l'organisateur. Ce jour-là, c'était lui qui dirigeait la battue.

— Comment vous pouvez vous souvenir quinze ans après qu'il y avait une battue ce samedi-là et que c'était Thomas qui était à sa tête ? demanda Rideau.

— C'est pas compliqué, chef. C'est ma bonne femme qui avait fait des pieds et des mains pour que la battue ait lieu. Les sangliers avaient ruiné son potager et elle ne décolérait pas. C'était ça ou elle continuait à *m'emmerder*. Je suis donc allé demander à monsieur Thomas et il a tout de suite accepté. Celui-là, quand il s'agit de chasse, il ne peut jamais refuser. Pour ce que ça m'a servi en plus ! Ma femme s'est barrée avec les gosses, trois mois plus tard.

— Putain, on y est les gars ! ne put s'empêcher de s'exclamer le capitaine Piraud. Vous vous souvenez de qui était présent à cette battue ?

— Ça remonte quand même, répondit Tessier en se grattant le cuir chevelu, mais généralement, c'étaient toujours les mêmes groupes de chasseurs.

— Mais il faut tout vous arracher de la bouche à vous ou quoi ! s'exaspéra Piraud. Il y avait qui dans ce groupe ?

— Ben comme ça, je pense, Robert, Thobie et Cormier au moins, mais pour le reste, il faudrait se renseigner.

— Chesnin, Denigot, ça vous parle aussi ? Et Alliot ?

— Peut-être, je ne sais pas, mais c'est sûr que maintenant que vous le dites, ils étaient probablement là, au moins Chesnin et Denigot. Alliot, ça fait longtemps qu'on ne l'a pas vu dans le coin et je ne me souviens plus si ça date d'avant la disparition, ou si c'était après.

Le capitaine Piraud se tourna vers son alter ego.

— Eh bien Rideau, on tient peut-être quelque chose là, non ?

— Ça mérite d'être creusé. On met tout le monde dessus, conclut le patron de la brigade de La Roche-Bernard. Venez, on retourne cuisiner Thomas ! lança-t-il à l'intention de Piraud.

— Bonne idée. Si on lui colle ça sous le nez, ça va peut-être le faire réagir. J'ai eu comme l'impression qu'il reconnaissait la photo du médaillon quand on l'a ouvert chez lui tout à l'heure. Il a prétexté un vertige, mais ce n'était pas très convaincant. Allons-y !

Les deux capitaines pénétrèrent dans la salle où André Thomas marinait depuis plus d'une heure maintenant. Il avait refusé de faire venir un avocat et disait-il, n'avait pas besoin d'un baveux pour éclaircir ce qui n'était pour lui qu'un malentendu dont ils plaisanteraient tous dans quelques heures. Il n'avait toutefois pas touché au verre d'eau qu'un des plantons avait apporté et semblait déjà avoir perdu un peu de sa superbe. Son cerveau était en ébullition depuis qu'il s'était retrouvé seul dans cette pièce. Il avait reconnu la petite sur la photo. C'était la morveuse qu'il avait butée, il y a bien longtemps. Il en était sûr. Mais qu'est-ce que ce fichu médaillon venait faire là ? Il repensa aussitôt à sa belle-fille quittant le lotissement lorsqu'il y arrivait un peu plus tôt dans la journée. Ce n'était quand même pas cette garce qui l'y avait mis ? Et le téléphone de son abrutie de bonne femme ? Et la grenade ? Tout cela n'avait pas de sens. Ou alors, cela en avait trop. Il en était maintenant convaincu, quelqu'un essayait de lui coller sur le dos des choses pour lesquelles il n'avait rien à se reprocher. Il n'allait pas se laisser faire. Si sa *pétasse* de belle-fille était mêlée à ça, il allait s'occuper d'elle une bonne fois pour toutes. Une fois qu'il aurait terminé avec elle, elle comprendrait qu'il avait été gentil avec elle quand elle était ado. Bon, les deux clowns revenaient dans la salle, ce n'était pas trop tôt. Il voulait rentrer chez lui le plus vite possible et cette fois-ci la bigote allait la prendre sa rouste. Si elle n'avait pas vu une *bite* depuis longtemps, il allait lui rappeler ce que la sienne était capable de faire !

— Alors monsieur Thomas, on a eu le temps de réfléchir ? On a peut-être des choses à nous dire maintenant ? attaqua celui qui se faisait appeler capitaine Piraud.

— Qu'est-ce que vous voulez que je dise de plus ? La grenade, elle n'est pas à moi, le médaillon, je ne l'ai jamais vu et je ne sais pas pourquoi ma tarée de bonne femme a foutu son téléphone dans une boîte de gâteaux au fond de la remise. Depuis qu'elle se lave à l'eau bénite, elle débloque la *connasse* !

— Si vous le prenez comme ça ! Nous, on a du nouveau, enfin pour vous, je crois que ça n'a rien de nouveau, continua Piraud.

— …

— La jeune fille de la photo s'appelle Amélie Bourdeau. Ça vous dit quelque chose ? interrogea le gendarme.

— Non, grommela l'agent immobilier.

— Vous ne vous souvenez pas d'elle ? Pourtant, un fait divers tel que celui-ci dans un bled comme le vôtre, ça ne s'oublie pas. L'adolescente qui a disparu, il y a quinze ans ? Ça vous revient maintenant ?

— Ah oui, c'est vrai. Mais qu'est-ce que son médaillon foutait chez moi ? Je ne la connaissais pas cette gamine !

— Vous êtes sûr ?

— Puisque je vous le dis. Non, je ne la connaissais pas.

— Et une battue organisée le jour de sa disparition, ça réveille quelque chose là-dedans ? l'interrompit Rideau en montrant son crâne.

— Une battue ? Mais vous savez combien je fais de battues chaque année ? Alors, me rappeler celles d'il y a quinze ans ?

— Elle était particulière celle-ci quand même, non ? Le jour où une jeune femme disparaît.

— Et quel est le rapport ?

— On cherche justement. On cherche aussi le rapport avec les décès de Lionel Denigot, François Robert, Patrick Chesnin, Jean-Michel Thobie et Benoît Cormier, votre beau-frère, ainsi qu'avec la disparition, ou la mort devrais-je peut-être dire, de Nicolas Alliot, votre ancien ami.

— Mais vous délirez complètement là ! Les premiers sont décédés dans des accidents ou suicidés, l'autre ne l'est peut-être même pas. Pour ce qui est de mon beauf, il a explosé dans un attentat auquel je suis totalement étranger. Qu'est-ce que cela a à voir avec une battue ?

— On attend confirmation, mais on ne serait pas surpris que toutes ces personnes étaient à la fameuse partie de chasse de l'époque. Ce serait quand même une drôle de coïncidence, vous ne trouvez pas ?

— Mais je n'en sais rien, moi. Oui, c'est peut-être une coïncidence, ça arrive ces trucs-là, non ?

— Ça en fait beaucoup à la fois à mon goût, rétorqua Rideau.

— Bon, de toute façon, vous allez passer la nuit ici et on y verra plus clair demain matin quand on aura les résultats de la perquisition. D'ailleurs, votre dame est allée dormir chez sa fille. Il faut croire qu'elle n'a pas aimé que vous la bousculiez tout à l'heure. On peut comprendre. On a mis la maison sous surveillance.

— Pauvre…

Thomas essaya de se lever, mais d'une main ferme, Piraud l'écrasa dans sa chaise. Tous les traits du visage de l'agent immobilier s'étaient creusés et pour la première fois, son regard traduisait plus la haine que le mépris pour le gendarme rennais.

— Stop, ajouta-t-il, n'aggravez pas votre cas. On va vous mettre en cellule. Vous patienterez jusqu'à ce que l'on vienne vous chercher.

Il ouvrit la porte et appela le planton qui se tenait de l'autre côté.

— Vous ne me le perdez pas de vue le temps qu'on prépare la chambre de *môssieur* !

— À vos ordres, mon capitaine.

Les deux officiers quittèrent la pièce, sous les insultes du notable local. Leurs regards se croisèrent et ils pouvaient lire dans celui de l'autre qu'ils ne devaient pas se planter, car cela pourrait leur coûter très cher, on n'attaque pas impunément la noblesse provinciale…

Chapitre 30

Claire était on ne peut moins rassurée. Elle connaissait bien sa sœur et savait que celle-ci ne lâcherait pas aussi facilement. Elle venait de passer la dernière heure avec elle et si elle l'avait trouvée abattue en arrivant, il n'en était pas de même lorsqu'elle l'avait quittée. Sa cadette avait surmonté ce rare moment d'auto-apitoiement et était désormais encore plus remontée qu'avant. Elle était surtout bien décidée à continuer à enquêter, malgré les ordres de ses supérieurs et les risques qu'elle pouvait faire courir à toute la procédure. L'infirmière s'était précipitée chez elle dès qu'elle avait reçu le SMS : « Besoin de toi. » Il n'était pas dans les habitudes de Virginie de réclamer de l'aide et Claire s'était tout de suite alarmée du contenu du court message. Elle l'avait trouvée les yeux bouffis et rougis par les pleurs qu'elle avait déversés depuis qu'elle était rentrée dans son appartement.

— Tu te rends compte ? C'est l'affaire de ma vie, celle qui doit me permettre de me tirer de ce trou à rats et voilà qu'ils m'écartent ! Ce n'est qu'une bande de phallocrates et d'abrutis qui ont peur qu'une femme leur montre comment faire leur travail et soit meilleure qu'eux. En congé ! Ils m'ont mise en congé, pour pouvoir faire leurs petits arrangements entre mecs et s'approprier tous les honneurs. Ce

Piraud, je l'ai calculé tout de suite ! Il veut une promotion, une mutation et c'est pour ça qu'il me fait ce coup fourré. Quel *connard* !

— Virginie, calme-toi, ça ne sert à rien de te mettre dans un tel état.

— Je suis très calme, crois-moi, mais je ne peux pas promettre que cela va durer. De quel droit osent-ils ?

— Écoute, je ne suis pas flic, mais si ton père est le principal suspect, on peut comprendre que tu sois retirée de l'enquête, non ?

— Quoi ? Tu es de leur côté maintenant ?

— Mais non, arrête. Je ne suis pas de leur côté ! Je suis avec toi comme toujours, ça n'a pas changé.

— Eh bien, tu as une curieuse façon de me remonter le moral.

— Tu me connais. Je ne vais pas te raconter des histoires simplement parce que ça te ferait plaisir de les entendre !

— Oui, je sais, mais j'aimerais que tu m'aides à réfléchir à comment je peux faire pour continuer à enquêter sans qu'ils s'en aperçoivent ?

— Continuer à enquêter ? Mais pourquoi ? Ils ont le coupable, non ?

— Mon père, le coupable ? Il a beau être comme il est, je ne crois pas trop à cette théorie. Pourquoi il aurait fait ça ?

— Je ne sais pas moi. C'est toi qui es au fait des détails de l'enquête.

— Tout semble lié à cette Amélie qui a disparu, il y a quinze ans. Mais en quoi est-il concerné ?

— Tu es vraiment sûre que tu n'as pas une petite idée ? Tu le connais aussi bien que moi. C'est un prédateur, un violeur ! Il ne t'a jamais attaquée, car tu es sa fille, mais ça n'en demeure pas moins un criminel. Alors, imagine s'il a croisé la jeune Amélie et qu'il a eu une pulsion, comme il en a déjà eu, ajouta Claire dont la colère commençait à déformer la voix.

— Peut-être, mais tout cela me semble quand même un peu tiré par les cheveux. Si je laisse les deux blaireaux se débrouiller seuls avec l'enquête, elle sera faite à charge et on ne saura peut-être jamais la vérité.

— La vérité ? Mais je viens de te la dire la vérité ! Ce porc a sûrement tué la gamine et fait disparaître le corps.

— Et comment il aurait fait ça ? Se débarrasser d'un cadavre et d'un vélo, ce n'est pas aussi simple que ça. On aurait forcément retrouvé quelque chose.

— Tout le monde est terrorisé face à lui, et les gens sont prêts à faire n'importe quoi pour ne pas s'exposer à ses colères ou ses coups tordus. Alors crois-moi, je ne pense pas que cela soit un problème pour lui.

— Je suis gendarme, ce sont les faits qui m'intéressent, pas tes supputations qui, tu m'excuseras, semblent plus motivées par ta haine de lui que par le bon sens. On est à Férel ici, ce n'est pas Dallas non plus !

— Et lorsqu'il me tripotait, ce n'était pas Dallas non plus ? Et quand personne ne m'a crue et que ma propre mère m'a fait exiler dans une pension, ce n'était toujours pas Dallas ? J'ai tout inventé peut-être ?

— Mais non, arrête ! Je ne dis pas ça. Excuse-moi si je me suis mal exprimée. Je pense juste que même le pire des salauds n'est pas forcément le coupable, il faut des preuves !

— Les preuves ? Je suis sûre qu'ils vont les trouver très vite ! s'emballa Claire.

— Comment ça, tu es sûre qu'ils vont les trouver ? Tu veux dire quoi par là ?

Virginie s'était faite inquisitrice devant la véhémence de sa sœur.

— Rien du tout, qu'est-ce que tu t'imagines ? Je veux

juste dire que tes collègues font leur boulot et ils vont finir par découvrir des éléments qui nous feront tout comprendre.

— Mouais. Bon, il faut que je trouve une solution pour reprendre mon service pour pouvoir continuer à suivre l'évolution de l'enquête discrètement.

— Tu fais comme tu le sens, mais je ne peux pas t'être d'un grand secours pour ça. Je dois filer, Ronan m'attend !

— Ronan ! Ah oui, il t'attend celui-là. Je me posais la question d'ailleurs, si c'était une coïncidence qu'il soit arrivé juste avant que les morts commencent à pleuvoir dans la région.

— Qu'est-ce que tu veux dire ? Quels morts ?

Claire eut la présence d'esprit de jouer la surprise pour que Virginie ne se demande pas comment elle était au courant que les décès de Denigot et des autres chasseurs étaient liés à l'attentat et à l'enquête sur son père.

— Je ne peux pas t'en dire plus, car je dois vérifier quelques points. J'en saurai plus bientôt.

— Stop ! Tu ne peux pas t'arrêter là ? Tu fais une allusion à Ronan, puis tu me dis de laisser tomber ? Qu'est-ce que je dois savoir sur lui que tu me caches ?

— Que je te cache ? Ce ne serait pas plutôt lui qui te cache des choses ?

— Ben non, pourquoi tu dis ça ?

— Je ne peux pas t'en dire plus, je t'ai déjà dit. Sois patiente. Je dois parler avec mon père. Si je peux m'entretenir avec lui, il pourra peut-être m'expliquer qui est ton Don Juan.

— Tu exagères ! Je ne vois pas en quoi Ronan pourrait être lié à tout ça. Il vient de revenir dans le coin…

— Un coin qu'il avait quitté, il y a une quinzaine d'années, juste après la disparition d'Amélie Bourdeau, il me semble.

— N'importe quoi ! Tu m'énerves. Je préfère me casser plutôt que de continuer à entendre tes délires !

— Oui, fais ça, mais moi, je ne compte pas en rester là !

— Fais ce que tu as à faire !

Claire s'échappa en claquant la porte. Elle devait informer Ronan de la tournure que prenaient les événements.

Il était dans le jardin, occupé à tondre la pelouse, ou tout au moins ce qui en faisait office. C'était un mélange de mauvaises herbes et de pissenlits duquel tentait d'émerger un gazon bon marché que Ronan avait semé par-dessus. Le refaire complètement aurait été une dépense conséquente, alors qu'il ne savait pas encore s'il allait vendre la maison ou la garder. Dans cette dernière hypothèse, il n'avait pas non plus décidé s'il allait la louer ou se la réserver pour ses vacances. Claire l'observait, se demandant comment il faisait pour continuer à vaquer à ses occupations comme si tout était normal. Il venait d'assassiner de sang-froid neuf chasseurs et il s'apprêtait à en envoyer un dixième en prison pour le restant de ses jours. Elle était partagée entre un sentiment de sécurité qui lui faisait se dire qu'avec lui elle n'avait rien à craindre, et l'idée, même fugitive, que l'homme qu'elle aimait était capable du pire, et peut-être un jour de considérer qu'elle était devenue encombrante. Elle oublia très vite ce dilemme quand elle se retrouva face à lui et qu'il posa ses mains sur elle. Elle ne lui offrit qu'un baiser furtif avant de lui raconter la scène qu'elle venait de vivre avec sa sœur. Elle avait hésité pendant tout le trajet à la meilleure façon de lui en parler sans qu'il prenne de décisions radicales. Il devait être mis au courant des soupçons qu'elle avait pour ne pas être pris au dépourvu si Virginie l'interrogeait. Elle avait fini par se convaincre que Ronan ne lui ferait aucun mal, que la gendarme n'était pas son ennemie. Il saurait trouver un stratagème pour faire taire ses doutes et la rediriger vers la culpabilité de Thomas.

— Tu es sûre qu'elle a bien dit ça ? Qu'elle s'étonne du timing de mon retour ?

— Oui, j'en suis sûre ! répondit Claire, agacée.

— Merde, ce n'est pas bon ça. Si elle se met à y réfléchir et qu'elle en discute avec ton père, ils pourraient échafauder des théories. C'est risqué.

— Risqué ?

— Mon plan est basé sur le fait que le travail est tout cuit pour les flics et qu'ils n'ont donc pas besoin d'aller fouiller trop loin. Si l'un, ou plutôt l'une d'entre eux commence à fouiner, cela change tout. Ils pourraient faire des liens qui finiraient par mettre à jour des failles dans mon scénario.

— Qu'est-ce que l'on peut faire pour éviter ça ?

— Malheureusement, il n'y a qu'une solution.

Claire recula, horrifiée.

— Non ! Hors de question que tu touches à un cheveu de ma sœur !

— Mais non, bien sûr que non. Ça ne m'a jamais traversé l'esprit. Elle n'a rien à voir avec tout ça !

— Alors quoi ?

— Ton beau-père !

— Quoi, mon beau-père ?

— Il doit disparaître !

— Disparaître ? Pour de bon… tu veux dire ?

— Oui, pour de bon. S'il meurt avec l'étiquette du coupable, ils n'iront pas chercher plus avant, et ta sœur ne pourra pas obtenir son aide pour son enquête parallèle.

— Je crois que là, ça va trop loin pour moi !

— Trop loin ? Et ce qu'il t'a fait quand tu étais gamine, ce n'était pas aller trop loin, ça ? s'énerva Ronan.

Claire fut surprise de sa réaction. Elle ne l'avait jamais vu ainsi auparavant. Cela ne lui plaisait pas, mais elle ne voulait pas d'une scène avec Ronan maintenant.

— De toute façon, il est en garde à vue à la gendarmerie, donc ça va être difficile de le trucider là-bas.

— Difficile oui, mais pas impossible !

— Tu y as déjà pensé en fait. Tu viens juste de trouver un prétexte pour lui faire payer une bonne fois pour toutes. Je ne te reconnais pas, Ronan.

— Non, je te jure que mon idée de départ, c'était qu'il croupisse en prison jusqu'à la fin de ses jours. C'est vrai que j'ai aussi envisagé l'hypothèse où il faudrait aller plus loin avec lui. Je te promets que j'aurais préféré que ta sœur ne s'en mêle pas et que mon plan se déroule comme prévu.

— Ne compte pas sur moi pour t'aider à le zigouiller.

— Du moment que tu ne m'en empêches pas, je saurai me débrouiller.

— Je n'aime pas ça, termina Claire.

— Moi non plus, mais le plus important, c'est que nous nous en sortions sans être inquiétés. N'oublie pas que s'ils me chopent, j'aurai beau leur dire que j'ai tout fait tout seul, ils vont te soupçonner. Ils pourraient très bien penser que certaines informations qui m'ont servi pour préparer les meurtres et piéger ton beau-père venaient de toi.

Claire s'apprêtait à faire demi-tour pour partir quand il la saisit par le bras.

— Tu t'en vas ? s'inquiéta-t-il.

— Je ne sais pas. Ça me met mal à l'aise tout ça quand même, avança-t-elle timidement.

— Je comprends, mais tout sera bientôt terminé et nous pourrons discuter de l'avenir, de notre avenir, lui murmura-t-il en s'approchant de son visage.

— J'ai hâte, dit-elle avant de poser ses lèvres sur les siennes. Et si on ne parlait plus de ça pour aujourd'hui ?

— J'ai d'autres idées, lui susurra-t-il dans le creux de l'oreille avant de lui prendre la main et la tirer vers la maison.

Chapitre 31

Virginie franchit la porte de la brigade d'un pas décidé, comme s'il était parfaitement normal qu'elle soit au boulot ce jour-là. Elle l'avait prévu, les simples gendarmes n'étaient pas encore au courant de sa mise en congé et elle put avancer sans encombre jusqu'aux salles d'interrogatoire. Un rapide coup d'œil à l'intérieur lui fit comprendre que son père n'était pas là. Il devait être dans l'une des cellules. Il était peu probable qu'il ait déjà été transféré à Rennes. Piraud attendrait que l'enquête soit bouclée et que toutes les preuves contre lui soient réunies pour finaliser son dossier avant de le transmettre au juge d'instruction. Pour accéder aux cellules, il fallait passer devant le bureau du capitaine Rideau et il allait sûrement remarquer sa présence. Elle n'avait pas le choix. Elle devait prendre ce risque. Elle avait préparé une explication sur des médicaments qu'elle devait revenir chercher dans l'un de ses tiroirs à l'unité et elle en profitait pour dire bonjour. En avançant, elle fut soulagée de constater que son supérieur n'était pas là, mais ce répit ne fut que de courte durée. Elle avait parcouru un petit mètre de plus quand elle entendit dans son dos la voix de Piraud.

— Major !

— Oui ! dit-elle en pivotant pour lui faire face.

— On dirait que vous ne pouvez pas vous empêcher de désobéir aux ordres.

— Je suis juste venue récupérer des médocs que j'avais laissés dans mon tiroir. J'en profitais pour saluer le capitaine Rideau. Il n'est pas dans son bureau, donc je regardais s'il était plus loin.

— Plus loin, comme par exemple où se trouve la cellule où est enfermé votre père ?

— Mais pas du tout !

— Vous voulez *foutre* cette enquête en l'air ou quoi ? Je vous préviens, ça ne va pas se passer comme ça. Maintenant, vous sortez ! Je vais en référer au capitaine Rideau dès que je le vois ! tempêta Piraud.

— Vous n'aurez pas à attendre ! clama une voix dans son dos.

— Ah, Rideau ! Comme vous le pressentiez, le major est revenu fouiner !

— On dirait bien.

— Je compte sur vous pour prendre les mesures qui s'imposent. Elle va nous faire foirer toute la procédure.

— Thomas, dans mon bureau ! Tout de suite ! tonna Rideau. Vous aussi Piraud !

Le supérieur hiérarchique de Virginie s'était enfoncé dans son fauteuil et la fixait en silence. Elle était restée debout, tandis que le flic de la section de recherches s'était assis sur le bord du bureau. Rideau finit par prendre la parole.

— Vous ne me refaites jamais ça, major !

— Non. C'est promis, chef.

Virginie avait choisi de la jouer penaude et de courber l'échine. L'introduction était plutôt positive et contrairement à ce que demandait le blaireau de Rennes, il n'allait pas la sanctionner, elle le sentait. Piraud voulut ouvrir la bouche pour protester, mais Rideau l'arrêta d'un geste de la main et ajouta :

— Ici, c'est moi qui décide, Piraud ! Je ne cautionne pas le comportement du major Thomas, mais il se trouve que j'ai besoin d'elle sur une autre affaire.

— Une autre affaire ? s'étouffa Piraud.

— Eh oui, qu'est-ce que vous croyez ? Que les petites frappes de campagne arrêtent de nous faire *chier* jusqu'à la fin de l'enquête ? Que les poivrots du coin ne se défoulent plus sur leur bonne femme quand ils rentrent complètement bourrés, parce que le capitaine Piraud est dans le secteur ? Eh bien, figurez-vous qu'il ne se passe peut-être pas des choses sensationnelles dans nos contrées, mais il s'en passe quand même et c'est tout aussi glauque que ce que vous pouvez voir en ville.

— Ne vous énervez pas, tenta Piraud.

— Mon capitaine, je suis à votre disposition, fanfaronna Virginie.

— Ne vous emballez pas, major. Je vous ai à l'œil et si jamais je vous reprends à vous approcher de votre père, votre carrière est terminée ! En attendant, vous allez réquisitionner un des sous-officiers et filer à la capitainerie. Il y a eu des vols sur les pontons la nuit dernière !

— À vos ordres, mon capitaine, conclut Virginie qui se retourna, bien décidée à mettre derrière elle le sale quart d'heure qu'elle pensait passer.

— Pas si vite, major, l'arrêta Rideau, je suis sérieux pour l'enquête de Piraud. Je ne vous raterai pas, alors faites attention !

Sans répondre, Virginie sortit en le maudissant intérieurement. Ça allait être compliqué, voire impossible, de parler avec son père. Elle était folle de rage, mais elle savait qu'elle avait eu beaucoup de chance de ne pas être mise à pied. Elle ne pouvait pas compromettre sa carrière sur des hypothèses foireuses. Il fallait qu'elle laisse Piraud tranquille. Il serait toujours temps d'intervenir plus tard, quand les circonstances seraient plus propices. Elle devait s'estimer heureuse de pouvoir à nouveau travailler et de ne plus être en congé forcé. Tant qu'elle serait dans la brigade, elle pourrait continuer à obtenir des informations sur l'état d'avancement de l'affaire. Elle fut interrompue dans ses pensées par l'arrivée d'une voiture de gendarmerie qui stationnait juste devant l'entrée du bâtiment. Elle vit un de ses collègues en descendre et ouvrir le coffre pour en sortir un fauteuil roulant. À l'arrière du véhicule, elle reconnut Georges et Marlène Grandin. Que venaient-ils faire ici ?

Piraud se précipita à la rencontre des Grandin. Après les avoir chaudement salués, il les accompagna dans la salle où il avait prévu de recueillir leur témoignage. Il avait remarqué le regard inquiet de Virginie et se réjouissait à l'idée de ce qu'elle pouvait s'imaginer. Elle devait bien se douter que si le couple de personnes âgées avait été amené à la brigade, c'est que ce qu'ils avaient à dire était important et nécessitait une déposition en bonne et due forme. C'était tout ce qu'elle saurait. Un dernier coup d'œil en arrière lui permit de constater qu'il avait réussi son effet et que l'arrivée précipitée du capitaine Rideau pour assister à la rencontre n'allait sûrement pas la rassurer.

Georges Grandin se délectait de toutes les petites attentions qui lui étaient prodiguées. Des mois à mourir d'ennui en attendant les visites de l'infirmière, du facteur ou encore du jardinier qui entretenait la propriété et voilà qu'il se trouvait transporté au cœur de l'actualité. Et en grande pompe, s'il vous plaît. La voiture de la gendarmerie n'avait rien d'un carrosse, mais il s'en était contenté, tout comme il s'était satisfait de cette arrivée en fanfare sur le parking où était venu l'accueillir celui qui semblait être le chef. Finalement, l'idée de Ronan de rapporter ce qu'il avait vu le jour du décès de François Robert avait des avantages. Il avait tout d'abord refusé catégoriquement, comme tout bon Français, il se méfiait des flics. Avec ces gens-là, disait-il, on ne sait jamais à quoi s'attendre, même quand vous n'avez rien à vous reprocher, vous vous sentez quand même coupable. C'est pourquoi, lorsque le jeune gendarme était passé la première fois pour l'enquête de voisinage, il n'avait pas raconté ce qu'il avait vu le matin de la mort de François Robert. D'ailleurs, pourquoi s'intéressaient-ils à la disparition de celui-là ? Tout le monde rapportait que c'était un accident. Georges Grandin se souvenait parfaitement avoir entendu le facteur dire à Marlène qu'à sa connaissance l'affaire était close. Le sous-officier n'avait pas été très bavard sur le sujet, mais il avait quand même lâché qu'ils vérifiaient tous les faits divers des derniers mois à cause de l'attentat. On ne sait jamais, avait-il conclu sa confidence. Ronan était passé à la maison l'après-midi même. Il avait reçu une visite semblable, mais n'avait rien à signaler. Il s'était souvenu de ce que Georges avait dit lors d'un apéritif quelque temps plus tôt, mais il n'en avait pas parlé aux gendarmes, il s'était dit que peut-être lui l'avait fait. Il ne l'avait pas fait. Ronan n'avait pas insisté, il avait simplement ajouté « dommage, ça pourrait peut-être avoir son importance pour les flics », et il était ensuite reparti chez lui. Le retraité en avait discuté avec Marlène, sans préciser que l'idée lui avait été soufflée par Ronan. Il avait beau être invalide et âgé, il n'en avait pas moins toujours l'envie de se donner le premier rôle auprès de sa femme. Celle-ci avait tout de suite été emballée par « son » idée. Elle n'avait pas compris pourquoi il n'avait rien dit la première fois quand ils étaient passés, mais les explications de son mari l'avaient satisfaite. Elle aurait pourtant aimé raconter dans le village que c'était le témoignage de son Georges, influencé par elle bien sûr, qui avait permis de faire avancer l'enquête. C'est pourquoi, malgré la surprise, elle fut ravie du changement d'avis de son époux. Peut-être que dans ce qu'il avait vu et qui lui semblait sans importance, les flics allaient déceler quelque chose qui s'avérerait crucial, lui confia-t-elle. Et voilà qu'une heure après avoir téléphoné, la voiture d'un bleu typique s'était arrêtée devant le portail de leur propriété et qu'une trentaine de minutes plus tard ils étaient assis en face des deux capitaines.

Georges Grandin avait raconté son histoire aux deux hommes telle qu'il l'avait déjà relatée à Marlène, Claire et Ronan, mais il avait gardé le meilleur pour la fin. Il avait ajouté un détail que Marlène et Claire ignoraient, mais que Ronan lui avait suggéré lors de leur conversation plus tôt dans la journée. Il assura aux officiers qu'il se souvenait nettement du dessin sur le flanc arrière du bateau qu'il avait vu ce matin-là sur la Vilaine, très peu de temps avant la mort de François Robert. Il précisa surtout qu'il se remémorait parfaitement à qui appartenait l'embarcation sur laquelle se trouvait ce dessin. C'était la barque de Thomas.

— Thomas ! André Thomas ? avait tonné Piraud.

— Oui. André Thomas, mon voisin. Enfin, l'un de mes voisins, confirma Grandin.

— Vous en êtes sûr ? insista Piraud.

— Tout ce qu'il y a de plus sûr. Je n'ai jamais vu un autre chaland avec un motif comme ça depuis que nous sommes dans la maison, hein Marlène ?

— Moi non plus, acquiesça sa femme.

Les deux flics se regardèrent. Rideau glissa :

— Ce bateau mérite une petite visite, vous ne croyez pas, capitaine ?

— Il est en bas de chez lui normalement, attaché au ponton qu'il s'est fait construire, le coupa Georges Grandin. Vous vous rendez compte, il n'a même pas d'autorisation pour ça. C'est interdit vous savez, mais ces gens-là se croient tout permis. Il en a un autre de bateau, un plus gros. Un Merry Fisher, je dirais. Il doit être au ponton aussi. Vous pouvez aller voir, je ne mens pas, conclut le vieil homme.

— On vous remercie, monsieur Grandin, je vais appeler quelqu'un qui va prendre par écrit tout ce que vous nous avez dit. Il vous raccompagnera ensuite, termina Rideau en se levant pour quitter la pièce, aussitôt suivi par son collègue de Rennes.

À peine avaient-ils refermé la porte de la salle où se trouvait encore le couple de retraités que Piraud attaqua :

— Dites-moi capitaine, on a reçu les résultats de la perquisition chez les Thomas ?

— Les équipes ne devraient plus tarder, si elles ne sont pas déjà rentrées.

— Espérons qu'ils ont pensé à fouiller les bateaux du suspect.

— Espérons-le, sinon il faudra recommencer. J'appelle un de mes hommes pour m'en assurer.

Après une brève conversation téléphonique, il se retourna vers Piraud en secouant la tête.

— Ils n'ont pas terminé, mais ils ne savaient pas pour les bateaux. Je leur ai dit de nous attendre. On fonce sur place.

Piraud opina et lui emboîta le pas.

Il ne leur fallut pas vingt minutes pour être devant les deux embarcations amarrées au ponton que les Thomas s'étaient fait construire en toute illégalité. Sur cette portion de la Vilaine, ce genre d'ouvrage était tout aussi peu contrôlé que la vitesse des plaisanciers qui détruisaient les berges avec les vagues que créaient leurs excès. La fouille fut rapide et fructueuse. Dans le chaland, l'un des hommes retrouva un petit couteau de chasse et dans le Merry Fisher, un autre récupéra un portefeuille coincé entre deux coussins d'une banquette. Dès qu'il l'ouvrit, le capitaine Rideau vit un sourire s'afficher sur les lèvres de son collègue.

— Lionel Denigot !

— C'est l'alcoolo qui s'est égaré et noyé par une nuit de brouillard. On a toujours pensé qu'il s'était perdu, avait cassé sa roue de mobylette dans un fossé et avait fini dans la Vilaine par accident.

— Je sais, je sais. Qu'est-ce que son portefeuille vient foutre dans le bateau de Thomas ?

— Aucune idée. On doit vérifier s'il l'avait quand il a quitté le bar où il s'est saoulé le soir de sa mort, mais connaissant le patron, c'est plus que probable. Il n'est pas du genre à faire crédit, surtout à des clients comme ça. Je vais l'appeler tout de suite.

Il s'éloigna dans le chemin qui remontait vers la propriété des Thomas et Pascal Piraud le vit porter le téléphone à son oreille. L'enquêteur de la section de recherches sentait que son intuition était la bonne, André Thomas était coupable et il finirait bien par découvrir pourquoi. Avant ça, il fallait réunir les preuves, qui une fois qu'il y serait confronté ne laisseraient plus le choix au notable local, il devrait avouer. Piraud n'était pas inquiet, cela se terminait toujours comme ça. Les suspects niaient tout en bloc, mais quand ils voyaient qu'il avait tout compris et qu'il avait assemblé toutes les pièces du puzzle pour les coincer, ils finissaient tous par craquer et devenaient plus loquaces qu'une concierge. Il regardait avec attention le couteau au fond de la poche plastique et repensa à la mort de François Robert. Où était la bouée qui avait causé sa perte ? Il se souvint que la *pétasse* de major Thomas avait chargé l'un des sous-officiers de l'unité de chercher ce qu'il était advenu des éléments matériels liés aux décès des quatre premiers chasseurs, mais elle ne lui avait pas fait de retour là-dessus. Est-ce qu'elle essayait encore de le doubler en retenant des informations ? Il appela la gendarmerie et demanda à parler à l'homme à qui la tâche avait été confiée. Quand il raccrocha quelques minutes plus tard, un sourire radieux éclairait son visage. Il fut surpris par la voix du capitaine Rideau qui était revenu vers lui.

— Eh bien, capitaine, on dirait que vous venez d'apprendre une bonne nouvelle !

— Peut-être, peut-être, répondit-il, songeur.

— De quoi s'agit-il ? insista Rideau.

— On a retrouvé les choses récupérées lors de la mort de François Robert. Ça traînait dans la réserve des pompiers.

— Ah…

— Il semblerait que la bouée montre une entaille qui pourrait avoir été faite par un couteau ou un objet tranchant.

— Un couteau ? Comme celui que vous avez dans la main par exemple ?

— Par exemple, répéta le Rennais.

— On va devoir vérifier ça. Ça doit partir chez les scientifiques le plus vite possible.

— Oui. Et vous, ça a donné quoi avec le barman ?

— Il est sûr que Denigot avait son portefeuille !

— Il a une bonne mémoire celui-là, s'étonna Piraud.

— Comme tous les barmans ! Mais surtout, à l'époque du décès de Denigot, un collègue l'avait déjà interrogé sur le sujet et il se souvient très bien qu'à ce moment-là, il lui avait dit avoir vu le maroquin sur le comptoir.

— Donc, il aurait disparu entre son départ du bar et le moment où il s'est noyé…

— Il semblerait, continua Rideau.

— Ça semble surtout indiquer que le poivrot est venu sur le Merry Fisher de Thomas cette nuit-là et qu'il y a perdu son portefeuille, asséna Piraud.

— N'allons pas trop vite non plus, mais c'est une possibilité, le reprit le capitaine rochois.

— Vous voyez quelle autre solution, vous ? Thomas a trouvé le portefeuille d'un mort quelques jours plus tard et il l'a déposé dans son bateau juste comme ça ? Pour moi, ça ne fait pas de doute, l'étau se resserre autour de notre tueur, déclara-t-il satisfait.

Il entama la remontée vers la maison du suspect.

Chapitre 32

La journée s'annonçait longue. Pascal Piraud espérait bien que ce serait sa dernière dans ce trou à rats. La perquisition de la veille avait été un vrai succès. Tous les éléments recueillis s'étalaient sur la table devant lui, à l'exception de l'ordinateur de la famille, des téléphones portables et du couteau saisi dans le bateau qui avaient été envoyés directement aux spécialistes qui les feraient parler. Il se doutait qu'il leur serait difficile d'affirmer avec certitude que c'était bien ce couteau qui avait crevé la bouée, mais ce serait déjà beaucoup s'ils ne l'excluaient pas. Il se chargerait ensuite de présenter les choses à Thomas d'une telle manière que celui-ci ne pourrait pas nier que c'était l'arme qui lui avait servi à supprimer François Robert. Il attendait encore le bornage des téléphones d'André Thomas et celui de Nicolas Alliot, mais il était convaincu que ceux-ci se trouvaient dans la zone du crématorium au moment de la disparition du croque-mort. Il s'était fait amener tous les dossiers et ce qui le frappait maintenant, c'est que toutes ces morts accidentelles pouvaient tout aussi bien être criminelles. Il n'y avait jamais de témoin direct, les enquêtes avaient été bâclées. C'était comme si le tueur avait anticipé le fait que l'on ne s'attarderait pas sur ce qui paraissait être de tragiques faits divers. Bien sûr, l'esprit du limier rennais était parfois traversé de doutes, mais il savait que ceux-ci s'estomperaient quand ils auraient tous les éléments. Comment Thomas avait-il pu abuser toutes ses victimes sans qu'elles se défendent ? Comment s'était-il procuré les grenades et les *burners* ? Pourquoi vouloir supprimer les autres chasseurs ? Qu'est-ce que cela avait à voir avec cette jeune fille dont la photo semblait le fixer depuis le médaillon posé sur la table devant lui ?

Il était perdu dans ses pensées quand Deschamps entra dans le bureau.

— Mon capitaine, on a reçu les résultats du bornage des téléphones. Vous aviez raison, celui du suspect était bien dans la zone du crématorium de Nicolas Alliot.

— Excellent, on le tient.

— Il y a encore mieux, mon capitaine, enchaîna Deschamps.

— Mieux ? Allez, accouchez Deschamps !

— Les techos ont fait parler le smartphone et on a retrouvé des SMS échangés entre Alliot et Thomas dans lesquels ils prévoient de se rencontrer à la boîte de pompes funèbres le soir de la disparition. Thomas les avait effacés, mais ils ont pu en récupérer certains. C'est assez bizarre que les messages soient parfois envoyés sur son portable perso, et qu'il s'en soit aussi servi pour y répondre alors qu'il avait commencé la discussion avec le *burner*, mais ce que l'on a est suffisant pour le placer sur les lieux et en présence du croque-mort en plus, continua Deschamps.

— C'est tout bon ça, se délecta Piraud.

— Et ce n'est pas tout. Le bornage du téléphone de madame Thomas montre que les SMS qu'elle est supposée avoir envoyés à son mari depuis la pharmacie l'ont en fait été à partir d'un autre endroit.

— Un autre endroit ?

— On ne peut le déterminer avec certitude, mais la

pharmacie est proche d'un relais alors que le portable a borné sur un autre. Et comme par hasard, c'est celui auprès duquel était le coupable au même moment, acheva le sous-officier.

— Suspect, Deschamps, suspect. Pas coupable, pas encore, le reprit son supérieur, mais ce n'est plus qu'une question de temps maintenant. Autre chose ?

— Oui, et c'est plutôt déconcertant. Il y avait un logiciel espion dans le téléphone.

— Un logiciel espion ? C'est quoi ça ?

— C'est un petit programme que l'on installe sur le portable de quelqu'un pour pouvoir suivre ses déplacements.

— Qu'est-ce que c'est que ces *conneries* ? Qu'est-ce qu'il *foutait* dans son téléphone ?

— On ne sait pas, capitaine. On ne peut pas retrouver la personne qui était à l'autre bout et qui surveillait le téléphone.

— Il y a sûrement une explication. Il l'a peut-être installé lui-même pour une tout autre raison.

Deschamps venait tout juste de quitter le bureau et Piraud n'avait pas fini de savourer cette avalanche de bonnes nouvelles, que la porte s'ouvrit à nouveau pour laisser passer Ludovic Aoustin.

— J'espère que c'est important ! tonna Piraud.

— À vous de juger, mon capitaine, mais je crois que oui.

— Allez-y, bon sang ! Je vous écoute.

— Les langues se délient dans le village depuis que les gens savent que Thomas est en garde à vue et qu'on le soupçonne d'être responsable de l'attentat et des morts des autres chasseurs, commença-t-il.

— Responsable de la mort des autres chasseurs, balbutia Piraud, mais qui leur a dit ça ?

— Allez savoir, ça peut être n'importe qui dans la brigade.

Comprenant soudainement ce qu'il venait de lâcher, il ajouta :

— Mais ce n'est pas moi, je vous le jure, mon capitaine.

— Nom de Dieu ! On n'a pas intérêt à se planter maintenant ! Allez *bordel*, vous me dites ce pour quoi vous êtes là, ou vous attendez pour prendre l'apéro avec la bouteille que le capitaine Rideau garde dans son bureau ? lui asséna le gradé.

— La bouteille du cap… balbutia le sous-officier.

Mais il n'eut pas le temps de terminer.

— Je vous fais marcher, jeune homme. Bon, j'écoute, lui répondit un Piraud mi-amusé, mi-agacé.

— On a des témoins qui ont vu le suspect s'engueuler avec deux des victimes quelques jours avant leur mort.

— Lesquelles ?

— Robert et Chesnin ! C'était au loto de l'école. Tout le monde se souvient des trois hommes parlant à l'extérieur de la salle polyvalente. Apparemment, ils ont failli en venir aux mains, mais quand Chesnin a remarqué qu'ils étaient observés, il a mis fin aux hostilités.

— Ce n'était plus le grand amour, on dirait, lança Piraud.

— D'autant plus qu'il y a eu une nouvelle prise de bec entre Chesnin et Thomas quelques semaines plus tard lors d'un match de foot, continua Aoustin. Des menaces ont été proférées, mais elles diffèrent selon chacun des témoins, donc c'est peu fiable.

— Il y avait décidément quelque chose qui ne collait plus entre ces trois-là, soupira Piraud.

Puis, s'adressant au capitaine Rideau qui était entré au milieu de l'exposé du gendarme :

— C'était aussi le cas avec Denigot, d'après ce que l'on sait.

— Vous faites référence au témoignage du patron du café ? demanda Rideau.

— Oui, il n'a pas vu tout ce qu'il s'est passé, mais il semblerait bien que le soir de la mort de Lionel Denigot, il se soit écharpé avec Thomas dans son bar, reprit Piraud.

— J'y venais justement. On a d'autres témoins, chef. Des habitués ont assisté à la scène. Thomas aurait quitté très vite le troquet sous les insultes de son pote chasseur. Ce dernier aurait fait allusion à un coup de fusil dans le dos, glissa Aoustin.

— Un coup de fusil dans le dos ? Comment ça ? Qu'est-ce qu'il voulait dire par là ? Ils disent quoi exactement vos témoins ? insista Piraud.

— Juste ça, mais cette phrase avait fait se figer Thomas. Une fois qu'il a été parti, Denigot a ajouté qu'il savait ce qu'il savait, mais que cela ne regardait que lui.

— Des élucubrations de poivrots probablement, essaya Rideau.

— Ou pas, répondit sèchement son alter ego rennais. Je suis convaincu que la clé de toute cette affaire, c'est ce qu'il est arrivé à la jeune fille, il y a quinze ans. Plus j'y réfléchis, plus je me dis que tous les protagonistes de notre histoire ont un lien avec sa disparition. Il faut qu'on creuse de ce côté-là, si l'on veut avoir une vue d'ensemble de tout cet imbroglio.

— Quinze années après, ça va être coton ! rétorqua Rideau.

— Pas forcément. Vous pouvez nous laisser, Aoustin. Merci pour votre boulot et pareil pour Deschamps. Vous n'avez pas envie de venir à la section de recherches ?

— Hop, hop, hop, comme vous y allez, capitaine ! le stoppa Rideau. Ils n'iront nulle part sans mon accord.

— Faut voir, avait eu le temps de glisser l'adjudant-chef avant de s'esquiver.

— Ne vous énervez pas, Rideau, je vous taquine. Ils sont trop jeunes et on est déjà complets !

— Ne leur donnez pas de faux espoirs alors ! C'est moi qui vais devoir continuer à les gérer ensuite et à les maintenir motivés. Croyez-moi, ce n'est pas toujours évident dans une petite brigade de campagne !

— Je sais, Rideau, je sais ! Bon, revenons à notre affaire.

— Vous, vous avez une idée derrière la tête. Je le vois à votre air satisfait.

— Non, je n'ai pas vraiment d'idée, mais je me dis que si cette histoire refait surface maintenant, ce n'est sûrement pas par hasard.

— Comment ça, pas par hasard ? questionna Rideau.

— Vous voulez ma théorie, Rideau ?

— Ai-je le choix ?

— Pas sympa ça ! Bon, j'y vais quand même. Je pense que la jeune Amélie Bourdeau est tombée sur les chasseurs pendant leur battue. Je ne sais pas ce qu'ils lui ont fait, mais vous connaissez comme moi ce qu'est l'effet de meute, donc je ne vous fais pas un dessin.

— Suppositions ! Ils n'ont rien trouvé à l'époque qui permette d'accréditer cette thèse.

— Ce n'est pas parce qu'ils n'ont rien trouvé que c'est faux. Je pense même le contraire ! Elle est trop parfaite cette disparition ; plus de jeune fille, plus de vélo. On dirait un travail d'équipe. C'est eux, j'en suis sûr ! On ne peut rien prouver et encore moins maintenant qu'ils sont tous morts, d'après ce que l'on sait.

— Et qu'est-ce qui justifierait que Thomas les repasse un par un après tout ce temps ? demanda Rideau.

— Il semblerait que certains d'entre eux devenaient un peu nerveux. Peut-être qu'ils avaient décidé de le faire chanter. Je le vois bien être le principal responsable de la disparition de la jeune femme. Les autres n'ont pas l'âme de chefs de toute façon, à part Alliot peut-être, mais il avait coupé les ponts avec tout le monde.

— Tout ça est un peu tiré par les cheveux. Vous n'avez surtout aucune preuve pour étayer votre brillante théorie.

— Ça viendra, ça viendra, soupira Piraud, je ne sais pas quand, mais ça viendra.

La porte s'ouvrit à nouveau et c'est un Deschamps tout sourire qui entra dans le bureau.

— Eh bien, c'est votre jour de chance, mes capitaines ! lança-t-il.

— Quoi encore, Deschamps ?

— L'ordinateur ?

— Quoi, l'ordinateur ?

— Les techniciens ont récupéré un fichier que l'on avait supprimé. C'est le tract que l'on a retrouvé sur les lieux de l'attentat. Je crois que cette fois-ci, il ne pourra pas se défiler, capitaines !

— Excellent ! Décidément, cette enquête va bientôt être bouclée et je pourrai rentrer chez moi.

— En fouillant dans l'historique de son navigateur internet, ils ont aussi constaté qu'il était allé sur des sites où l'on explique où trouver des logiciels espions et comment les installer. Vous aviez raison, il l'a installé lui-même. Le meilleur dans tout ça, c'est qu'en vérifiant le téléphone de madame Thomas, on a trouvé le même logiciel espion. C'était elle qu'il espionnait, mes capitaines, ça n'a rien à voir avec notre affaire.

Piraud s'étira de bien-être. Sa mine réjouie traduisait la satisfaction de soi et le sentiment du devoir accompli. Il ne savait pas encore que la journée n'avait pas fini de lui apporter son lot de bonnes nouvelles.

Chapitre 33

Jacques Bodinaud savait que le temps qu'il lui restait à vivre, se comptait désormais en jours et non plus en semaines. Son médecin avait été honnête avec lui, c'était bientôt la fin, c'était même miraculeux qu'il ait survécu aussi longtemps après que cette *saloperie* se fut déclarée. Cela faisait plus d'un an qu'il se battait avec force et dignité contre le cancer. Malgré des périodes d'abattement et de renoncement, le courage qui avait caractérisé toute la vie de cet infatigable défenseur des petits commerces, l'avait toujours emporté. Ce courage lui avait pourtant fait défaut deux fois. L'une d'entre elles au moins, était selon lui à l'origine de ce que l'on appelait encore pudiquement une longue maladie. Dévoré de l'intérieur par le remords pendant presque quinze ans, il était convaincu que son cancer de l'estomac était le juste paiement pour la faute qu'il avait commise lors de la mort d'Amélie Bourdeau.

À l'époque, il n'avait rien pu faire pour empêcher le drame. C'est surtout après que le courage l'avait abandonné, quand Thomas lui avait fait jurer de ne rien dire ou alors il révélerait à tout le monde son attirance pour la gent masculine. Une telle nouvelle dans ce pays de Basse-Vilaine, où le brave peuple se drape dans une respectabilité teintée de religion et de conservatisme, aurait signé la fin de son restaurant. Son homosexualité, sa seconde abdication, cette honte que ses parents lui avaient appris à cacher, c'était son deuxième regret sur son lit de mort. Avec le recul, il se disait qu'il aurait peut-être pu faire autrement. Il aurait pu partir, tout abandonner, laisser derrière lui ce monde figé dans un autre siècle, pour aller tenter sa chance ailleurs, où les différences sont des richesses et non des tares. Il n'avait pas osé. Il y avait Blandine, sa femme, et surtout il y avait eu les enfants. Il n'avait pas pu leur infliger ça. Il n'en avait jamais parlé avec elle, mais il savait qu'elle avait deviné. Elle n'avait jamais cherché à lui imposer ou reprocher quoi que ce soit. Leur vie de couple s'était très vite transformée en une profonde amitié et ils étaient allés trouver ce dont ils avaient besoin dans d'autres lits. Aujourd'hui, tout cela n'avait plus d'importance, il devait à nouveau raconter son histoire, comme il l'avait fait à Ronan un an plus tôt. Ronan… Il le considérait comme son fils et il avait tant souffert de voir la joie de vivre le quitter quand son amour avait disparu. Il avait voulu cent fois lui dire qu'il ne lui servait à rien d'attendre, mais la lâcheté avait pris le dessus. Ce n'est que lorsqu'il s'était su condamné qu'il avait décidé qu'il ne pouvait emporter son secret dans la tombe. Jusqu'au bout, Jacques Bodinaud se tenait au courant de ce qu'il se passait dans sa région, et il avait rapidement compris que les morts accidentelles des chasseurs étaient tout sauf une coïncidence d'événements tragiques. L'attentat avait achevé de le convaincre que Ronan présentait l'addition aux assassins de son amour de jeunesse. Il ne lui en voulait pas. Il s'en voulait surtout à lui-même d'avoir volé toutes ces années à son neveu. Quelle idée avait-il eue de commencer la chasse ? Il n'avait jamais vraiment aimé ça, mais comme pour son père et son grand-père avant lui, la tradition avait été la plus forte. Mais avant de partir, il pouvait encore réparer une partie des torts qu'il avait causés.

Il n'avait pas retenu le nom de l'un des deux capitaines qui étaient assis dans les chaises que Blandine avait mises à côté du lit. L'un d'eux s'appelait Rideau, il en était certain, mais l'autre, celui qui semblait le plus sûr de lui, le plus arrogant aussi, il l'avait oublié aussitôt qu'il l'avait entendu. Cela n'avait plus aucune importance maintenant, là où il allait, il n'avait pas besoin de s'en souvenir. Les deux hommes n'avaient pas traîné après le coup de téléphone de Blandine à la gendarmerie. Jacques avait bien insisté :

— Demande à parler à Virginie Thomas.

Il la connaissait depuis qu'elle était toute petite et même si elle était la fille d'André, il savait qu'elle le prendrait au sérieux. Peu importe qu'il s'agisse de son père, elle ferait le nécessaire. Blandine était revenue dans la chambre quelques minutes après l'avoir laissé, la mine un peu dépitée.

— Virginie n'est plus sur l'enquête. Ils m'ont passé celui qui est en charge. Un type pas très sympa qui m'a envoyée promener au début, mais quand je lui ai dit que ça concernait Amélie Bourdeau et André Thomas, il s'est adouci d'un coup. Il arrive tout de suite.

Ils étaient là tous les deux, visiblement gênés de se retrouver au chevet d'un mourant, même si celui-ci s'apprêtait à leur faire des révélations. Ils avaient refusé poliment les boissons que Blandine avait proposées, et avaient chacun sorti un petit calepin et un stylo à bille. Ils furent transportés quinze ans en arrière, un matin ensoleillé de juillet au beau milieu d'une battue aux sangliers.

Les chasseurs sont nombreux et ils se sont divisés en groupes de huit. L'équipe qui emprunte le chemin qui descend vers la Vilaine, à côté de ce qui n'est pas encore le lotissement des Berges de l'Isle, est composée d'hommes du coin à l'exception de Nicolas Alliot, qui réside à Vannes. Il est là tous les week-ends et ne rate que rarement une bonne partie de chasse. Pour tous les autres, c'est comme s'il était de la commune. André Thomas a pris la tête du groupe comme toujours, et Jacques Bodinaud lui sert de second. Lionel Denigot, François Robert, Patrick Chesnin, Jean-Michel Thobie et Benoît Cormier font office de fantassins. Ils n'ont encore rencontré aucun sanglier quand arrive l'heure de la pause. Ils s'assoient sous les arbres à l'endroit où le chemin se sépare entre la piste étroite qui se faufile sur la droite vers les rives de la Vilaine et celle qui remonte vers le Drézet pour passer devant l'auberge du même nom. Les verres de vin et de gnôle ont rapidement fini de cuiter la plupart d'entre eux et André Thomas, d'ordinaire plutôt sobre, semble avoir lui aussi presque son compte. Nicolas Alliot et Jacques Bodinaud conversent tranquillement à l'écart du groupe de soûlauds lorsqu'ils voient le vélo s'approcher d'eux. Ils ne sont pas les seuls. Leur meneur s'est déjà levé, et agitant les bras en l'air, il s'est posté au beau milieu du chemin. Pour prévenir qu'il y avait une battue, dirait-il ensuite à ses complices. Le résultat est immédiat, la jeune fille perd l'équilibre sur sa bicyclette et va échouer directement dans le fossé juste à côté des autres chasseurs. Aussitôt relevée, très en colère, elle vient défier André Thomas et l'insulter. Il l'accueille avec une énorme gifle, qui la fait tomber. Choquée, Amélie reste assise d'interminables secondes avant d'essuyer son nez en sang. La vue du liquide rougeâtre provoque chez elle un nouveau sursaut de rage et elle se dresse pour frapper Thomas. Celui-ci la saisit par le col et la claque une deuxième fois. Amélie est projetée au sol à nouveau. Son chemisier se déchire pour laisser apparaître un bustier de dentelle blanc, sous lequel se dessinent les formes parfaites de la jeune femme.

Les cinq chasseurs avec qui Thomas a partagé le petit-déjeuner se sont approchés. Ils entourent maintenant celle qui n'est pas encore leur victime et qui s'est remise sur ses deux jambes. Elle essaye de percer la ronde menaçante qui la sépare de son vélo, mais se retrouve repoussée par deux mains vers André Thomas, qui la serre contre lui et lui arrache le corsage déjà bien abîmé. Nicolas Alliot et Jacques Bodinaud tentent de s'interposer et de briser le cercle infernal au milieu duquel elle se débat, mais ils sont écartés par un André Thomas qui a perdu toute mesure et les encourage à venir en profiter aussi. Il faut la présence d'esprit du restaurateur et les deux coups de semonce qu'il tire en l'air pour que la petite puisse se glisser entre deux de ses prédateurs et enfourcher son deux-roues.

L'histoire que le moribond raconte aurait pu s'arrêter là, mais la voix déformée par la colère, Amélie hurle qu'elle va tout de suite à la gendarmerie pour porter plainte. Jacques Bodinaud se souvient l'avoir regardée partir, il a reconnu l'amie de son neveu Ronan. Il connaît le jeune homme et il sait que s'il apprend ce qu'il s'est passé, il va vouloir s'occuper lui-même des ordures qui ont agressé sa copine. Il n'a pas le temps d'aller plus loin dans ses réflexions qu'une détonation déchire l'espace et ses oreilles. Il voit à quelques dizaines de mètres devant lui l'adolescente être éjectée de son vélo par la violence du projectile qui vient de la frapper dans le dos. Incrédule, il se retourne vers André Thomas, qui tient encore son fusil en joue. Le silence qui suit a l'odeur de la poudre et le goût de la poussière soulevée par les pas de Bodinaud et Alliot, qui se précipitent vers la forme inerte sur le chemin de terre. Il est trop tard, la vie a déjà quitté le corps martyrisé de la pauvre enfant. Lorsqu'il se retourne, Bodinaud découvre les autres chasseurs hilares autour du meurtrier. Il sent la colère qui monte en lui. Il se relève pour voir la horde s'approcher de l'endroit où gît Amélie. Nicolas Alliot est en larmes et tremble de tous ses membres, ses yeux ne peuvent se détacher de la forme allongée devant lui. Thomas est déjà sur eux et leur ordonne de s'écarter. Bodinaud s'interpose et lui dit d'arrêter ses conneries, mais il reçoit un coup de crosse de fusil dans l'estomac qui le plie en deux. Les ivrognes sont devenus silencieux, comme si la vue de la victime les avait fait émerger de leur état d'ébriété. Cormier ne cesse de répéter « mon Dieu, mon Dieu… » tandis que ses voisins restent cois.

Alliot se redresse et relève Jacques Bodinaud, qui aussitôt sort son téléphone avant d'être stoppé par Thomas.

— Tu vas faire quoi là ?

— J'appelle la gendarmerie, bien sûr !

— Tu n'appelles personne. Tu vas faire ce que je dis.

Et se tournant vers les autres, il ajoute :

— Et vous aussi.

— Non mais tu es malade, essaie Alliot, tu viens de buter une gamine que tu voulais violer juste avant ! Tu ne penses pas qu'on va couvrir ça quand même ?

— Toi, le croque-mort, tu la fermes, et n'oublie pas qui couvre qui pour l'instant. Si je tombe, tu tombes aussi !

— Mais…

— Ta gueule, tu fais comme je dis, un point c'est tout. Et vous autres, Cormier, Chesnin, Denigot, Thobie et Robert, c'est pareil, motus. J'ai tiré, mais ne perdez pas de vue que vous étiez avec moi quand nous l'encerclions et que vous avez bien profité du spectacle. Au mieux, vous êtes complices, donc vous la fermez ! Et toi, Bodinaud, j'imagine que tu n'as pas envie que tout le monde découvre ton petit secret, alors je te conseille de te calmer et d'arrêter de jouer les jeunes vierges effarouchées.

— Tu ne me fais pas peur, je n'en ai rien à foutre de tes intimidations. J'appelle les flics ! insiste Jacques Bodinaud, avant de se prendre un nouveau coup de crosse dans les côtes.

— Tu vois Bodinaud, tu peux faire le bourgeois dans ton restaurant à La Roche-Bernard, mais ici tu es chez moi et le chef, c'est moi ! le menace André Thomas. Si je décide que c'est toi qui as pressé la détente, tous les mecs qui sont présents diront que c'est la vérité et que c'est toi l'assassin. Assassin et

pédé ! Tu crois que ta femme et tes gosses vont s'en remettre ? J'en doute, et fais-moi confiance pour leur pourrir la vie d'une manière ou d'une autre.

— Tu n'as pas le droit, c'est dégueulasse. Pourquoi tu as tiré d'abord ? Elle ne serait peut-être même pas allée chez les flics. Et puis tu sais comment ils sont, ils ne l'auraient probablement pas crue ! se risque le restaurateur.

— Tu rigoles ? Avec l'histoire de ma salope de belle-fille, ces couillons auraient été bien foutus de se dire que ça faisait quand même beaucoup pour un seul homme. Je ne pouvais pas me permettre qu'ils creusent trop de ce côté-là non plus.

— Et tu comptes t'en sortir comment maintenant ? hurle Alliot. Elle est morte, tu comprends ? Quand ils vont la trouver, ils vont bien voir qu'elle a reçu un coup de fusil de chasse et toute la battue sait que c'est notre groupe qui était dans cette zone. Ils ne sont pas très futés nos poulets, mais il ne faut pas les prendre pour des cons non plus ! Ils auront vite fait de conclure que c'est l'un d'entre nous qui l'a tuée.

— Qui te dit qu'ils vont retrouver son corps ? répond Thomas.

Les sept chasseurs le regardent sans comprendre. Chesnin se hasarde :

— Comment ça, ils ne vont pas retrouver le corps ?

Quelques minutes plus tard, l'agent immobilier a fini d'expliquer ce qu'il a l'intention de faire et le rôle que chacun de ses complices va y jouer. Nicolas Alliot a ravalé ses dernières protestations et a accepté d'incinérer le cadavre dans son crématorium. Il dispersera les cendres dans l'endroit qui est prévu à cet effet derrière son entreprise. Chesnin va s'occuper de démonter le vélo et de faire disparaître les pièces détachées aux quatre coins du canton. Les autres doivent se contenter de dire aux gendarmes, si on les interroge, qu'ils n'ont pas vu la jeune fille pendant la battue. André Thomas sait qu'il les tient tous d'une manière ou d'une autre et qu'il n'a pas à être inquiet. Il a très vite compris que la seule façon de se sortir de cette sale histoire, c'est qu'il n'y ait pas d'histoire. Il a donc décidé d'effacer toute trace de l'adolescente et du vélo. Il s'est assuré qu'il n'y a pas de résidus de sang ou des fragments du corps d'Amélie qui restent sur le bord du chemin. Le soleil a doucement cédé la place à des nuages lourds. Dans les prochaines heures, ils vont déverser leur contenu sur la plaine de la Vilaine et laver tout ce qui peut encore témoigner du drame qui vient de se jouer. Pour les gendarmes, il s'agira d'une simple fugue et avant que des recherches approfondies et méticuleuses ne soient lancées, il se passera un ou deux jours qui seront suffisants pour brouiller toutes les pistes.

André Thomas a supervisé le chargement du corps dans le coffre de Nicolas Alliot. Il l'a lui-même enroulé dans l'une des bâches de protection qui servent à éviter que les voitures soient tachées du sang des animaux tués. Le vélo a été monté dans la camionnette de Patrick Chesnin, qui a aussitôt quitté le groupe. Une fois les autres chasseurs dispersés, Thomas reste seul avec Jacques Bodinaud. Il attaque tout de suite :

— C'est toi le maillon faible dans cette histoire ! Je me demande si je ne ferais pas mieux de m'occuper de ton cas pour être sûr que tu n'iras pas baver dès que j'aurai tourné les talons.

— Est-ce que j'ai le choix, espèce d'enfoiré ? Quoi que je fasse, de toute façon je suis coincé ! Si je parle, tu me fais porter le chapeau et tes petits toutous se feront un plaisir de corroborer tes dires. Et même dans l'hypothèse où les flics ne te croient pas et comprennent que c'est toi l'assassin, ma réputation sera fichue et mon entreprise aussi !

— Et je m'occuperai de ton cas et celui de ta famille, n'oublie pas ça non plus, ajoute l'agent immobilier. Je ne plaisante pas, tu as vu de quoi j'étais capable !

— Je vais la fermer, mais je ne veux plus jamais croiser ta sale gueule et celles de tes acolytes. J'imagine que ta conscience *ne t'empêchera pas de dormir, moi, j'espère juste que j'arriverai à trouver un compromis avec la mienne.*

— Ça, c'est ton problème, mon minet, se moque Thomas. Moi, je ne vais m'inquiéter que les quelques semaines qui seront nécessaires aux condés pour mettre l'enquête de côté quand ils verront qu'ils n'obtiennent pas de résultats.

Jacques Bodinaud le regarde fixement une dernière fois et remonte dans son véhicule pour rentrer chez lui.

La chambre redevint silencieuse. Piraud n'en revenait pas ! Toutes les pièces du puzzle prenaient leur place désormais. Rideau prit la parole :

— Et pendant toutes ces années, vous n'avez jamais eu envie de vous soulager la conscience et de venir tout nous raconter ?

— Non, j'ai appris à vivre avec, à dormir avec, murmura le restaurateur. Je n'en ai parlé à personne jusqu'à aujourd'hui, même ma Blandine n'était pas au courant.

Il ne pouvait leur avouer qu'il s'était confié à Ronan. Il ne pouvait pas non plus leur dire combien les premières semaines après le meurtre avaient été difficiles, combien de fois en voyant Ronan s'enfoncer dans son désespoir, il avait failli se livrer et relater ce qui était arrivé ce matin-là. Il ne l'avait pas fait et il s'était dit que Ronan passerait un jour à autre chose et qu'il oublierait. Il était passé à autre chose, mais il n'avait pas oublié, Jacques Bodinaud en était convaincu, mais ce secret il l'emporterait avec lui.

Chapitre 34

Ronan et Claire s'étaient retrouvés chez elle à la fin de sa journée de travail. Ce qu'elle lui raconta une fois qu'ils furent installés dans le canapé, une bière à la main, lui convint parfaitement. La colère grondait dans la population, ou tout au moins dans sa partie la plus influençable. Lors de sa tournée, Claire avait entendu plusieurs de ses patients exprimer leur ras-le-bol de ces flics qui étaient de mèche avec les bourgeois pendant que les pauvres honnêtes gens étaient écrasés. Depuis la veille Ronan avait distillé chez les moins éclairés des chasseurs, l'idée que Thomas était un assassin et qu'il allait s'en tirer avec un minimum, car il avait le bras long. Les simples d'esprit avaient tout d'abord émis des doutes, mais les arguments de Ronan avaient fini par faire mouche. Si c'étaient eux qui s'étaient retrouvés dans la situation du notable, la gendarmerie puis la justice n'auraient pas fait pas de quartier, mais là une fois de plus les privilégiés allaient se serrer les coudes. Un tel discours ne pouvait que trouver un terreau favorable chez ces anciens gilets jaunes, nourris de complotisme qui votaient extrême droite, juste parce que le père Le Pen, lui au moins il en avait. Les premiers jalons du plan de Ronan étaient posés. Il passerait à la seconde phase le lendemain. Il était allé voir Jacques Bodinaud quelques heures avant que ce dernier ne fasse sa confession aux poulets. Il savait que l'étau allait se refermer sur André Thomas et qu'il serait donc bientôt extrait de sa cellule au fond de la petite gendarmerie rurale pour être transféré vers la capitale bretonne. Il devait agir, ou plutôt il devait pousser les chasseurs à agir avant.

La visite à son oncle ne lui avait procuré aucune émotion. Il n'avait éprouvé ni colère contre celui qui s'était tu pendant tout ce temps, ni compassion pour le mourant qui gisait dans le lit médicalisé. La conversation avait été brève, Ronan avait coupé court aux jérémiades de Jacques Bodinaud et lui avait demandé de garder ses excuses et son repentir pour son prochain voyage, s'il croyait encore en quelque chose. Ronan avait depuis longtemps mis derrière lui tous résidus de religion, mais il ne doutait pas que si son oncle Jacques devait passer par le purgatoire, il n'en ressortirait pas par le chemin qu'une vie, presque sans tache, aurait dû lui faire emprunter. S'il avait renoncé à présenter l'addition au condamné qui avait après tout terriblement souffert depuis un an, il n'était pas prêt à lui pardonner. Il le remercia cependant quand le restaurateur lui expliqua ce qu'il comptait faire maintenant que sa fin était imminente, et comment il allait l'aider à assouvir sa vengeance. Il n'eut pas besoin de mentionner le fait qu'il savait qu'il était le tueur en série que les flics voyaient en André Thomas. À quoi bon dorénavant ? L'important était que Thomas paie et que Ronan s'en sorte sans ennui. C'était bien le minimum qu'il puisse faire avant de trépasser. Avant que son neveu parte, il lui demanda de prévenir Blandine qu'il voulait qu'elle le rejoigne pour lui donner les consignes pour appeler les gendarmes. Ronan s'en alla comme il était venu, sans effusion, sans hésitation. Il referma la porte de la chambre sans voir les larmes qui coulaient sur le visage du mourant.

Claire s'était blottie contre lui. Elle pouvait sentir la chaleur de son corps et l'excitation qu'elle ne manquait jamais de provoquer chez lui. Elle rompit le silence.

— Tu es sûr de ton coup pour mon beau-père ?

— Je ne maîtrise pas tout, mais ce que tu me dis là me conforte dans l'idée que la petite graine que j'ai plantée dans le cerveau de ces crétins a déjà bien germé. Il ne faut pas que Thomas soit transféré avant après-demain pour que je puisse terminer ce que j'ai commencé, mais je ne suis pas trop inquiet pour ça, assura-t-il.

— Tu m'expliques comment tu vois les choses ? le relança-t-elle.

Elle avait à peine achevé sa phrase que la sonnette retentit dans la maison. À sa question, elle répondit à Ronan qu'elle n'attendait personne. Elle se leva pour aller ouvrir la porte. Virginie était sur le perron.

— Entre, mais je te préviens, je ne suis pas d'humeur à entendre tes fadaises. Et puis Ronan est là, s'empressa de préciser Claire.

— T'inquiète, je viens faire la paix. Je suis désolée pour la dernière fois. J'étais à cran. Je ne sais pas pourquoi je t'ai dit tout ça, larmoya Virginie.

— Entre, je te dis. Tu veux une bière ?

— Tu n'as pas quelque chose de plus costaud ?

— Whisky, martini, porto… Tu connais la maison, donc tu sais ce que j'ai habituellement.

— Porto. Double, s'il te plaît. Bonjour, Ronan.

— Salut, Virginie.

— Bon écoute, je suppose que Claire t'a raconté notre scène d'hier. Je voudrais m'excuser.

— Elle m'a juste dit que vous vous étiez chauffées un peu et à propos de quoi, mais sans entrer dans les détails. Sois tranquille, je ne t'en veux pas. Tu es sous pression en ce moment.

— C'est le moins que l'on puisse dire. J'ai vraiment cru que mon père était innocent. Il nous aura décidément tout fait celui-là !

— Qu'est-ce que tu veux, comme disait je ne sais plus quel philosophe « on choisit ses amis, mais rarement sa famille », ajouta Ronan.

— Philosophe ? Ça ressemble plutôt à une sortie de pilier de comptoir ça, lui envoya Claire, qui depuis la cuisine, n'avait rien perdu de leur conversation.

— Je blaguais. C'est de Renaud. Le chanteur, pas les voitures ! Je préfère préciser.

— Très drôle ! Tu m'as l'air en forme. Alors attrape quelques gâteaux apéro dans le buffet et mets-les dans des bols. Au moins, pendant que tu fais ça, tu nous épargneras tes maximes à deux balles, le rembarra Claire.

— Eh bien, il y a de l'ambiance ici ! rigola Virginie.

— La période ne s'y prête pas trop, mais je ne vais pas épiloguer sur qui tu sais et le plaisir que me procurent les ennuis qu'il a, répondit sa sœur. Je comprends que cela te chagrine. C'est ton père malgré tout.

— Mon père ? Je me demande bien ce que j'ai vraiment en commun avec lui. Je ne devrais pas vous le dire, mais l'enquête a avancé depuis ce matin.

— Ah ! fit Ronan, soudainement intéressé.

— Avant de quitter la gendarmerie, j'ai croisé Piraud et Rideau qui revenaient avec un sourire jusqu'aux oreilles. J'ai fait celle qui avait oublié quelque chose et je suis allée cuisiner Deschamps. Ronan, il semblerait que ton oncle ait fait des révélations sur ce qu'il est arrivé à la jeune fille qui a disparu, il y a plus de quinze ans.

— Quelles révélations ? fit Ronan en simulant la surprise sous l'œil bienveillant de Claire.

— Une sale histoire. En résumé, la gamine serait tombée par hasard sur le groupe de chasseurs dont la plupart étaient déjà bourrés comme d'habitude, et il s'en serait pris à elle.

— Il ? glissa Claire.

— Mon père ! Je n'en sais pas plus, mais il lui aurait tiré dans le dos et elle serait morte sur le coup.

— C'est affreux, dit Claire en prenant sa tête dans les mains.

— Oui ! Et le pire, c'est qu'ils ont brûlé le corps dans le crématorium de l'un d'eux, Nicolas Alliot. Un autre s'est chargé de se débarrasser du vélo pour faire croire à une disparition, conclut Virginie.

— Merde !

Claire aurait voulu continuer et jouer la compassion pour la famille, mais elle venait de voir le visage fermé de son amant et estima qu'il était temps de changer de sujet.

— Donc il va se passer quoi maintenant ?

— D'après ce que j'ai compris, les deux capitaines vont à nouveau l'interroger dans la matinée pour le confronter à tous les nouveaux éléments qu'ils ont. Ensuite, il devrait être présenté à un juge d'instruction qui va l'inculper.

— Ils vont le transférer ailleurs demain alors, s'enquit Ronan.

— Demain, ça m'étonnerait, c'est samedi, donc à mon avis ce sera plutôt lundi à la première heure. Mais bon, ce n'est pas moi qui décide, donc on verra bien, répondit la gendarme.

L'apéritif avait été rapide, Virginie ne voulait pas trop traîner pour aller retrouver sa mère. Elle préférait ne pas laisser la pauvre femme seule trop longtemps, même si celle-ci ne semblait pas perturbée outre mesure par la situation de son mari. Elle s'était donc esquivée une grosse demi-heure plus tard, abandonnant Claire et Ronan, songeurs.

— Ça ne te donne pas beaucoup de temps, avança Claire.

— Non, mais ça devrait aller. Il faut que l'attaque de la gendarmerie ait lieu demain soir, rétorqua Ronan.

— Tu vas t'y prendre comment ?

— Je n'ai pas le choix, je dois chauffer encore la populace pour qu'elle passe à l'action. Il y a un tournoi de foot pour la fin de la saison demain après-midi. Je vais y aller et faire monter la sauce. Je continuerai ensuite au bar quand les plus excités s'y seront réfugiés après les matchs.

— Sois prudent quand même, il ne faut pas que quelqu'un se doute de quelque chose, lui glissa Claire en se pelotonnant contre lui.

— Ne t'inquiète pas, je sais comment m'y prendre avec ces gens-là, la tranquillisa Ronan.

— Je ne sais pas si je dois être rassurée quand je t'entends parler comme ça, murmura Claire.

— C'est bientôt terminé. Plus que quelques jours, et l'on va pouvoir passer à autre chose. Fais-moi confiance, tu ne le regretteras pas.

Cette nuit-là, leurs étreintes furent encore plus intenses que d'habitude. Claire ne parvint à trouver le sommeil que quelques heures avant que le soleil ne se lève. Elle était restée de longues minutes à contempler le corps dénudé de son amant endormi à ses côtés. Saurait-elle un jour qui était vraiment celui qui la comblait depuis plusieurs mois ? Elle en doutait fortement. Était-ce si important pour elle ? Non, elle apprendrait à se contenter de ce qu'il avait à lui offrir et lui laisserait sa part d'ombre. Leur union était à ce prix et elle avait accepté de le payer.

Chapitre 35

Piraud savait que le temps jouait contre lui. La garde à vue de Thomas avait déjà été prolongée de vingt-quatre heures et à son terme il n'aurait que deux choix, l'envoyer devant le juge d'instruction qui l'inculperait, ou bien le relâcher. Il n'envisageait pas la seconde hypothèse, mais des années à croiser le fer avec les magistrats lui avaient petit à petit fait abandonner l'idée de trouver une logique dans leurs décisions. Il en avait connu des bons, des très bons même, mais il s'était souvent heurté à la frilosité des autres et avait parfois eu l'impression que certains œuvraient contre lui. C'était probablement l'éternelle complainte de l'enquêteur, mais il savait que la journée qui s'ouvrait allait être déterminante. Il voulait qu'elle se termine par l'ordre de transfert du suspect à Rennes. La première surprise quand il entra dans la salle d'interrogatoire fut de voir que Thomas n'était pas seul. L'homme assis à ses côtés ne pouvait être que son avocat. L'agent immobilier avait donc changé d'avis et cela ne plaisait pas au capitaine. Il décida toutefois de ne pas modifier sa stratégie et d'exposer ce qu'il croyait être la vérité ; le meurtre maquillé en disparition de la jeune Amélie Bourdeau, puis la suppression de tous les témoins, car certains commençaient à s'agiter et risquaient à tout moment de le dénoncer.

Il s'était tout juste calé dans la chaise quand le capitaine Rideau pénétra dans la salle pour venir s'asseoir en face de l'avocat. L'audition pouvait débuter. Piraud prit la parole :

— Si vous voulez bien, nous allons reprendre chacune des affaires qui nous concernent…

— Quelles affaires ? Il me semblait que mon client était en garde à vue pour cette histoire de pseudo-attentat, l'arrêta l'avocat.

— Maître… maître comment déjà ? l'interrompit Rideau.

— Maître Yannick Le Floch.

— Donc, maître Le Floch, gardez vos effets de manche pour le tribunal et laissez parler mon collègue, vous comprendrez très vite que nous soupçonnons votre client d'être impliqué dans d'autres morts suspectes.

— Eh bien, allez-y, si vous avez du temps à perdre, répliqua l'homme à la robe.

— Tout d'abord, nous souhaiterions revenir sur la disparition d'Amélie Bourdeau en juillet 2003.

— Qu'est-ce que c'est que ces *conneries* ? Qu'est-ce que cela vient faire ici ?

— Monsieur Thomas, vous voudrez bien garder le silence pour l'instant. Vous aurez l'occasion de vous exprimer quand nous vous le demanderons. Donc, la disparition de la gamine en 2003. Nous avons reçu la confession d'un de vos anciens amis, ou complices devrais-je dire. Jacques Bodinaud, restaurateur à La Roche-Bernard, ça vous évoque quelque chose ? Ah ! Je vois que le nom ne vous est pas inconnu. J'ai même l'impression que cela ne vous fait pas plaisir, Thomas ! Ce n'est que le début.

Piraud reprit le témoignage de Jacques Bodinaud, appuyé par endroits par les précisions qu'apportait Rideau. L'avocat prenait des notes, tandis que les deux gendarmes ne perdaient pas de vue André Thomas, qui s'affaissait sur sa chaise au fur et à mesure qu'il prenait connaissance des détails que le capitaine donnait. Une fois qu'il eut terminé, Piraud saisit son verre d'eau sur la table et le vida d'un trait avant de s'adresser à Thomas :

— C'est comme ça que ça s'est passé, n'est-ce pas ?

— Il délire votre témoin. J'ai entendu dire qu'il était à l'agonie. Il ne doit plus savoir ce qu'il raconte. Je n'ai rien à voir là-dedans, répliqua Thomas.

— Je veux bien qu'il soit à l'article de la mort, mais la confession écrite qu'il nous a confiée est datée de décembre 2003. Elle nous attendait tranquillement chez son notaire, rétorqua Piraud.

Thomas accusa le coup, mais ne répondit pas.

— Je constate que vous n'avez donc rien à déclarer sur cette affaire. Nous y reviendrons plus tard. Alors, je continue avec Lionel Denigot, enchaîna Piraud en reprenant son exposé.

À nouveau, André Thomas se redressa sur sa chaise. Il protesta lorsque le capitaine de la section de recherches lui demanda ce que faisait le portefeuille de Lionel Denigot sur son bateau. Il hurla au coup monté, mais sur les conseils de son avocat, il finit par se calmer. Il lâcha toutefois :

— Denigot, il est mort un mercredi soir et moi tous les mercredis soir je suis chez ma maîtresse, comme je l'ai déjà dit à l'un de vos collègues.

— Oui, oui, nous avons vérifié. Vous êtes effectivement chez votre maîtresse, la femme du maire si je ne m'abuse, tous les mercredis soir, mais selon elle – oui nous l'avons interrogée – vous partez toujours vers vingt-trois heures.

— La garce, elle ne pouvait pas la fermer celle-là ! pesta l'agent immobilier.

— Un peu de tenue, monsieur Thomas, le reprit Rideau. Elle n'était pas disposée à nous parler la première fois, mais elle a vite compris que si elle vous fournissait un alibi pendant que vous étiez occupé à commettre un meurtre, ce n'était pas bon du tout pour elle. C'est amusant de voir comme les gens ne pensent qu'à eux lorsque les *emmerdes* se profilent. Vous ne trouvez pas, Thomas ?

— Je suis rentré chez moi directement, je l'ai déjà dit, insista Thomas.

— Et le portefeuille, il est arrivé là-bas comment ?

— On l'aura mis pour me nuire.

— C'est un peu dur à avaler, votre théorie du complot ! D'autant plus que l'on vous a vu avoir une altercation avec la victime quelques heures avant sa mort. Et surtout, que celle-ci avait son portefeuille quand elle a quitté le bar. Je ne mentionne même pas sa mobylette qui était dans un fossé à proximité de votre maison, continua Piraud.

— Vous pensez que je suis suffisamment *con* pour zigouiller un mec et laisser sa mob devant chez moi ? Il va falloir trouver mieux, vous ne croyez pas. Maître, pouvez-vous leur expliquer ce qu'est la présomption d'innocence ? Dites-leur bien que ce n'est pas à moi de démontrer que je n'ai rien fait, se gargarisa André Thomas.

— Mon client a raison, messieurs, pour l'instant je vois surtout des suppositions, mais aucune preuve, renchérit l'avocat.

— Et le portefeuille, ce n'est pas une preuve ça ? essaya Piraud.

— Non, n'importe qui a pu le mettre là, lui renvoya Yannick Le Floch.

— Moi, je crois plutôt que votre client a pris peur ce soir-là quand Lionel Denigot a mentionné un coup de fusil dans le dos, devant tous les habitués du bar. Il faisait allusion au meurtre de la petite Bourdeau, n'est-ce pas ? Vous ne répondez pas ? Nous pensons que vous avez décidé de le supprimer afin qu'il n'aille pas raconter ce qu'il était advenu en 2003. Était-ce prémédité, ou bien est-ce que ce sont les circonstances qui vous ont fait passer à l'acte ce jour-là ? À vous de nous le dire !

— N'importe quoi ! le coupa Thomas.

— Je vais vous expliquer comment cela s'est déroulé selon moi, reprit Piraud. Après avoir quitté votre maîtresse, vous êtes rentré chez vous et vous êtes tombé sur Denigot qui avait cassé sa mobylette. Vous avez probablement pensé qu'il venait encore vous menacer et vous avez décidé d'en finir avec lui. Vous l'avez amené sur votre bateau au prétexte de discuter avec lui dans un endroit tranquille. Peut-être même que vous lui avez proposé de l'argent. Il était tellement ivre qu'il a dû perdre son portefeuille à ce moment-là. Vous l'avez fait continuer à boire et quand il a été complètement cuit, vous l'avez balancé par-dessus bord. Vous étiez au courant qu'il ne savait pas nager et qu'il n'était de toute façon pas en état de se rendre compte de ce qu'il faisait. Il s'est noyé aussitôt et son corps, que vous avez sûrement poussé, a ensuite dérivé jusqu'où on l'a trouvé. Je ne serais pas surpris que les trois quarts du temps un objet jeté de votre bateau termine son périple à l'endroit où l'on a retrouvé Denigot. Ou alors, quand vous avez vu qu'il était mort, vous l'avez chargé dans votre chaland et déposé dans l'anse à côté de l'usine de traitement des eaux.

— Capitaine, votre théorie est bien séduisante, mais là encore, j'ai beau chercher, je ne trouve pas l'ombre d'une preuve, pas le moindre élément matériel qui vient la corroborer, répliqua l'avocat.

— Monsieur Thomas, vous en dites quoi de ma petite histoire ?

— Rien du tout, je n'ai rien à voir là-dedans ! cria plus que ne répondit l'agent immobilier.

— Très bien. Je note que vous n'avez rien à déclarer non plus sur cette mort suspecte. Nous y reviendrons également.

Les deux gendarmes se relayèrent pour exposer comment ils pensaient que Thomas s'y était pris pour se débarrasser de ses complices dans le meurtre d'Amélie Bourdeau. L'avocat et son client se contentèrent au début de nier catégoriquement les faits et d'insister sur le manque de preuves, puis finirent par ne plus réagir aux remarques et questions des deux capitaines. La photo du couteau trouvé dans le chaland eut à nouveau l'air de déstabiliser Thomas, mais il afficha de nouveau très vite une sérénité apparente. Les marques sur la bouée grenouille pouvaient correspondre à celles qu'aurait laissé une arme de ce type, mais là encore maître Le Floch se fit un plaisir de répéter que cela ne constituait en aucun cas une preuve contre son client, que ce genre de couteau était en vente partout. Il en allait de même avec le dessin de canard colvert sur le chaland et le témoignage d'un vieil homme qui ne pouvait jurer que c'était bien André Thomas qui dirigeait l'embarcation ce matin-là.

— Les petits bateaux comme le mien, tout le monde peut les prendre et les remettre à leur place sans que l'on s'en aperçoive, avait affirmé le suspect avant de retourner dans son mutisme.

Les morts de Patrick Chesnin et de Jean-Michel Thobie furent évacuées très vite par les enquêteurs. Le capitaine Rideau prenait conscience petit à petit que si pour les deux premiers meurtres les éléments étaient déjà légers, ils l'étaient encore plus dans ces deux dernières affaires. Thomas avait été incapable de justifier ce qu'il faisait au moment estimé de la pendaison de Chesnin, et il avait été impossible de contacter le mystérieux acheteur avec lequel il prétendait avoir rendez-vous à l'autre bout du canton. Les SMS trouvés dans le portable du notable ne prouvaient certes rien, mais les somnifères retrouvés dans la maison des Thomas avaient très bien pu servir à mettre l'ancien mécano hors d'état de se défendre pour pouvoir ensuite le suicider. Là encore, l'avocat se délecta d'affirmer, tout comme à propos de la mort de Jean-Michel Thobie, que rien ne le reliait à son client. La confiance changeait de camp au fur et à mesure que les deux gendarmes avançaient dans leurs explications. Le capitaine Rideau mesurait la fragilité du dossier qu'ils essayaient de constituer contre leur principal suspect. Il laissa cependant son collègue continuer sa revue des meurtres et enchaîner sur le cas de Nicolas Alliot.

— Pour ce qui est de Nicolas Alliot, vous allez aussi nous dire que vous n'y êtes pour rien, j'imagine !

— Exactement capitaine, je n'ai rien à voir avec ça. Je n'étais plus en contact avec lui depuis des années, répondit Thomas.

— Depuis 2003 précisément, asséna Rideau. D'après sa femme, c'est juste après la disparition d'Amélie Bourdeau qu'il a cessé de venir participer à vos réunions de chasse. Elle assure même que son mari et vous ne vous êtes pas revus depuis.

— C'est possible, je ne m'en souviens pas exactement.

— Alors, qu'est-ce que vous êtes allé faire au funérarium le jour où Alliot a disparu ? attaqua Piraud.

— Au funérarium, le jour de sa disparition ? essaya André Thomas.

— Ne faites pas le malin, Thomas, votre téléphone a borné à proximité de l'entreprise de pompes funèbres en fin de journée, le coupa le gendarme. Juste dans le créneau horaire où nous situons la disparition. N'est-ce pas étrange ? Que faisiez-vous là-bas ?

André Thomas resta silencieux et regarda son avocat. Celui-ci se pencha vers lui. Au terme d'un conciliabule de quelques dizaines de secondes, son client prit la parole :

— Il m'a envoyé un SMS me demandant de venir, mais

quand je suis arrivé, il n'était pas là. Sa voiture était sur le parking, mais lui, je ne l'ai pas vu. Je vous le jure !

— Voilà qui est bien commode. Avez-vous remarqué si le four crématoire était en marche quand vous êtes entré dans la salle mortuaire ? interrogea Rideau.

— Non, je ne sais pas. Je n'ai pas fait attention. J'ai essayé de l'appeler, mais sans succès. J'ai attendu un peu dehors et j'ai finalement décidé de rentrer chez moi, conclut Thomas.

— Mouais, émit Piraud, vous n'avez pas l'air intrigué par cette question.

— Mais bon sang, tout cela n'a aucun sens ! reprit Thomas. Vous me soupçonnez d'avoir tué Denigot, Chesnin et Robert parce qu'ils voulaient me faire chanter ou qu'ils parlaient trop ? Mais quelles raisons avais-je de supprimer Nicolas Alliot ? Vous avez des témoins qui disent qu'il me menaçait aussi ? Voyons, soyez sérieux.

Les deux gendarmes marquèrent le coup. Leur silence provoqua un sourire mauvais chez l'agent immobilier. Piraud reprit les commandes de l'entretien.

— Moi, je pense qu'une fois que vous vous êtes débarrassé des trois premiers, vous avez craint que les autres ne trouvent ça étrange, toutes ces morts subites en si peu de temps, et qu'ils commencent à prendre peur. Cela aurait pu les amener à tout déballer. La seule solution pour vous, c'était de les faire taire une bonne fois pour toutes. Il faut avouer que vous avez failli parvenir à vos fins. Les quatre premiers décès ont été classés sans suite, accidents ou suicide. Alliot aurait pu tout simplement disparaître et on ne saura peut-être jamais si les cendres retrouvées dans le four sont les siennes. Enfin, il y a votre attentat revendiqué par des extrémistes écolos. Pourquoi pas ? C'était plutôt bien pensé. Vous avez juste été négligent, Thomas. Vous avez laissé des indices derrière vous !

— Des indices ? Des supputations vous voulez dire, l'interrompit maître Le Floch. Vous n'avez rien contre mon client. Même pour l'attentat, vous n'avez rien !

— Une grenade, des téléphones qui bornent sur place, un *burner* avec les soi-disant messages envoyés par sa femme. Le tract que l'on a retrouvé sur le disque dur de son ordinateur. Vous appelez ça rien, maître ?

— Pas grand-chose, c'est certain ! En tout cas, rien qui constitue un faisceau de preuves suffisantes pour inculper mon client. Je vous mets au défi de trouver un juge d'instruction qui va vous suivre !

— Franchement, pourquoi aurais-je inventé cette histoire d'attentat ? Si je vous suis bien, ce serait pour me débarrasser de mon beau-frère ! Il aurait été plus simple de le faire disparaître comme les autres, non ? fanfaronna André Thomas.

— Si Benoît Cormier avait été tué seul, vous auriez forcément été touché par l'enquête en tant que proche de la victime. Je suppose que vous n'avez pas voulu prendre ce risque. Vous vous êtes dit qu'en liquidant quatre personnes en même temps, nous ferions moins attention à chacune d'entre elles, répliqua Piraud.

— Vous êtes vraiment un gros consommateur de séries télévisées, capitaine, conclut Thomas.

Le flic rennais et Rideau se regardèrent. Sur un signe de la tête du second, ils se levèrent et quittèrent la pièce.

Les deux hommes s'assirent dans le bureau du chef de l'unité et restèrent silencieux de longues minutes, avant que Rideau ne prenne la parole :

— Ça ne va pas tenir, Piraud, vous le savez. Vous vous êtes un peu emballé ! Nous n'avons que des théories à lui opposer, mais pas assez d'éléments de preuves pour le coincer. Tout est vraiment tiré par les cheveux. Il ne faut pas compter sur lui pour avouer quoi que ce soit, vous le savez aussi bien que moi ! Alors, qu'est-ce qu'on fait maintenant ?

Piraud avait abandonné sa bonne humeur du matin et semblait perdu dans ses pensées. Tout était basé sur les aveux qu'il espérait de Thomas, mais il comprenait qu'il ne les obtiendrait jamais. Rideau se garda bien de l'interrompre. Quand le capitaine de la section de recherches de Rennes prit la parole, ce fut simplement pour dire :

— Ça ne peut être que lui ! Il a les mobiles et aucun alibi pour les jours des meurtres. C'est lui, je vous dis.

— Ce n'est pas moi qu'il faudra convaincre, Piraud ! Et si quelqu'un avait essayé de le piéger ? Vous y avez pensé à ça ?

— Le piéger ? Nous ne sommes pas dans une série américaine. Qui aurait pu vouloir le piéger ? Hein ? Dites-moi ?

— Je ne sais pas, quelqu'un qui souhaite lui faire payer ce qu'il a fait à la petite, il y a quinze ans ?

— Il n'y a personne. Le père d'Amélie Bourdeau s'est suicidé quelques mois plus tard et sa mère a tout quitté pour se barrer chez des bonnes sœurs au beau milieu de la Centrafrique. On a vérifié, elle n'est pas revenue en France depuis plus de dix ans. Les grands-parents avec qui elle logeait sont décédés depuis quelques années aussi. Donc, qui ? À part les huit chasseurs, personne n'était au courant que la petite était morte.

— Bodinaud ? Il nous a dit n'en avoir parlé à personne, mais est-ce bien vrai ?

— À qui en aurait-il parlé ? Et pourquoi ?

— Je ne sais pas, je cherche. Vous vous rendez compte qu'on va devoir libérer le suspect, n'est-ce pas ?

— Le libérer ? On peut au moins demander à un juge de l'inculper pour la mort d'Amélie Bourdeau ?

— On peut essayer, mais je n'y crois pas trop. On n'a aucune preuve, juste les aveux d'un moribond.

— Ce sont quand même des aveux ?

— Oui, mais tous les autres témoins de l'époque ne sont plus là pour les corroborer, donc il pourra toujours dire que Bodinaud a inventé cette histoire pour soulager sa conscience. Il affirmera que c'était sûrement lui qui avait tué la gamine. En plus, Bodinaud a eu la bonne idée de mourir ce matin.

— *Putain*, fait *chier* !

Piraud envoya promener sa chaise en se levant.

— On peut au moins le garder encore pour l'attentat, non ?

— Pour faire quoi ? Il va falloir plusieurs jours pour confirmer que la grenade que l'on a retrouvée chez lui est bien du même modèle que celle qui a servi à l'attentat, et si c'est le cas, cela ne suffit pas à en faire un coupable à coup sûr.

— S'il sort, il va détruire les preuves qui restent s'il y en a, vous le savez très bien, insista Piraud.

— S'il y en a ! Écoutez Piraud, j'ai conscience que vous avez envie de boucler cette affaire rapidement pour rentrer en ville. Vous ne cachez pas que vous ne supportez pas notre cambrousse, mais je ne vais pas garder un type en détention juste pour que vous retourniez à votre vie citadine. Si vous voulez que ça avance, je vous conseille de reprendre l'enquête sur l'attentat et de vous concentrer sur celle-ci. Si déjà vous pouvez le coincer pour ça, nous n'aurons pas besoin de l'incriminer dans les autres meurtres ou la disparition du croque-mort.

Chapitre 36

La nuit venait tout juste de tomber quand André Thomas franchit le seuil de la gendarmerie. Exténué, après toutes ces heures de garde à vue, il n'en demeurait pas moins très remonté contre les poulets et tous les traîtres qui s'étaient fait un plaisir de témoigner contre lui alors qu'ils le pensaient à terre. Il n'avait pas encore eu le temps de déterminer comment il allait procéder, mais ces salauds allaient payer leur forfaiture. Virginie l'attendait dans la voiture sur le parking. Elle avait accepté de le ramener à la maison familiale. Elle espérait secrètement qu'il se livrerait à elle et qu'elle pourrait lire dans ses yeux qu'il n'avait rien à voir avec tout ça, malgré tous les doutes que la jeune femme pouvait avoir. Ils restèrent muets pendant tout le trajet. Elle l'accompagna jusqu'au perron et sans attendre son invitation, elle le suivit à l'intérieur. Il se dirigea directement vers le salon et ouvrit le vieux buffet pour en retirer une bouteille de cognac. Il se tourna vers sa fille et lui demanda si elle en voulait aussi. Elle déclina. Elle s'assit dans l'un des fauteuils, sachant qu'il allait comme toujours prendre possession de celui qui se trouvait juste à côté. Elle l'observait du coin de l'œil, tandis qu'il portait le verre à ses lèvres. Il semblait avoir pris dix ans en trois jours, mais ses traits durcis ne laissaient aucun doute sur sa volonté de rendre les coups qu'il venait de recevoir.

Virginie rompit le silence.

— Papa. Il faut que tu me parles. Promets-moi que tu n'as rien à voir dans la mort de tous les chasseurs !

— Tu ne vas pas t'y mettre toi non plus ! Bien sûr que je n'ai rien à voir là-dedans. Tu me prends pour qui ?

— Je ne sais plus. Il se dit tellement de choses ces derniers jours dans le village et à la gendarmerie.

— Il se dit des *conneries*. Quelqu'un a voulu me *foutre* dans la *merde* ! Je vais trouver qui c'est. Ensuite, il va payer.

— Et Amélie Bourdeau ? se risqua Virginie.

Son instinct de flic ne pouvait la tromper, il avait tiqué, encaissé et hésité avant de répondre.

— Amélie Bourdeau, quoi ?

— Tu n'as rien à voir avec sa disparition non plus, tu me promets ? insista Virginie.

— Mais non, ce sont des histoires tout ça. C'est du passé, je ne sais pas ce qui lui a pris à Bodinaud de raconter des choses comme ça.

Elle sut tout de suite qu'il mentait. Elle se leva et avant de franchir la porte du salon, elle se retourna.

— Je sais pour Claire, depuis longtemps. Quelque chose en moi a fait que j'ai toujours voulu croire qu'il y avait une explication, mais aujourd'hui je me rends compte qu'il n'y en a pas. Bodinaud disait la vérité, tu as tué cette gamine. Non, ne dis rien, ce n'est pas la peine. Nous n'avons plus rien à nous dire. Je ne veux plus te voir, plus jamais.

— Virginie…

— Comporte-toi comme un homme, un vrai, et ensuite j'envisagerai peut-être de commencer à essayer de te pardonner.

André Thomas entendit le bruit de la porte d'entrée que l'on claquait et murmura :

— Pauvre petite *conne*, qu'est-ce que tu crois savoir ? Vous n'avez encore rien vu !

Avec ses jumelles à vision nocturne, Ronan suivit la voiture de Virginie qui quittait le lotissement. Il avait observé la jeune femme arriver un peu plus tôt et André Thomas la précéder dans la maison. La nouvelle de la libération de son voisin lui était parvenue avant même que ce dernier ne passe la porte de la gendarmerie. Claire était avec sa mère chez la gendarme quand elle avait reçu l'appel de son père, lui demandant de venir le chercher pour le ramener à son domicile. Elle avait aussitôt prévenu Ronan. Il ne s'attendait pas à ce que l'agent immobilier soit relâché aussi rapidement et avait plutôt tablé sur une sortie le lendemain matin. La garde à vue avait dû expirer et les poulets n'avaient eu d'autre choix que de le remettre en liberté. C'était le seul aspect de son plan qu'il n'avait pas partagé avec Claire, depuis le début il n'avait jamais eu l'intention de laisser son ennemi en vie. Toutes les manœuvres qu'il avait entreprises jusque-là ne devaient servir qu'à rendre le notable suspect. Il savait très bien que les indices qu'il avait volontairement abandonnés pour les enquêteurs ne suffiraient pas à ce qu'il aille pour de bon derrière les barreaux. Le meurtre d'Amélie était trop ancien et le témoignage de son oncle ne ferait pas le poids face au manque de preuves. Les morts des chasseurs avaient été préparées et mises en œuvre avec l'idée que Thomas soit soupçonné. Il fallait cependant que la fragilité des éléments à charge conduise à ce qu'il soit libéré, lorsque les flics concluraient qu'ils ne disposaient pas d'un dossier assez solide pour l'inculper.

Ronan avait reçu le coup de téléphone de Claire alors qu'il était encore au bar du village. Sans en avoir l'air, il avait continué à monter les chasseurs présents contre André Thomas. La nouvelle que lui avait donnée la jeune femme le forçait à accélérer l'exécution du bouquet final de son plan. Il rapporta à Jeff ce qu'il venait d'apprendre, en ajoutant :

— *Selon que vous serez puissant ou misérable...* La Fontaine avait raison, on dirait.

L'annonce de la libération du marchand de parpaings se répandit comme une traînée de poudre dans le troquet. Les murmures la colportant se transformèrent très vite en grognements. Le volume des conversations enflait au fur et à mesure que les bouteilles se vidaient. Ronan se contentait d'attiser la colère par l'intermédiaire du barman. Tous les commentaires qu'il lui soufflait à voix basse étaient repris quelques minutes plus tard à voix haute par Jeff. Il se les appropriait sans vergogne et sans aucun risque de voir leur véritable auteur protester. Quand il y repenserait les semaines suivantes, il ne se souviendrait plus qui le premier avait lancé l'idée d'aller rendre une visite à Thomas. Il affirmerait toutefois à qui lui demanderait, que ce n'était pas lui. La proposition fut unanimement accueillie et l'ardeur qui émanait de cette populace avinée ne rassura pas Ronan. Il était trop tôt pour que ces justiciers alcoolisés débarquent chez l'agent immobilier. S'ils arrivaient avant lui et que celui-ci les apercevait, il risquait de faire demi-tour. Il serait raccompagné à son domicile dans la voiture de gendarmerie de Virginie. Ronan devait les faire patienter. Là encore, Jeff convint que ce n'était pas une bonne idée d'y aller tout de suite, que si André Thomas venait d'être libéré, il ne serait sûrement pas seul au début. Il fallait attendre et s'assurer qu'il n'y avait pas de poulets dans les parages. Quelqu'un se risqua, sous les huées des autres, à émettre l'hypothèse que la bigote de femme de Thomas serait peut-être là. Elle n'avait rien à voir avec tout ça, mais d'une table s'éleva une voix pour dire qu'elle avait fait ses valises et logeait maintenant chez sa fille.

Ronan avait déserté le bar dès qu'il avait compris que

la machine était lancée. Il était rentré se poster dans la chambre à l'étage et observait la maison de Thomas depuis une trentaine de minutes quand il vit Virginie le ramener puis quitter le lotissement. Il fut soulagé de constater que les feux arrière de sa voiture avaient déjà disparu depuis quelques minutes sur la route qui allait à La Roche-Bernard lorsqu'un cortège de phares emprunta la voie communale sinueuse qui menait aux Berges de l'Isle. Il descendit précipitamment, se faufila dans les bois qui longent la Vilaine, et alla s'installer en bas de la propriété des Thomas. D'où il était, il avait une vue imprenable sur le salon à travers la baie vitrée. Il put voir son ennemi affalé dans son fauteuil sursauter. C'étaient probablement les chasseurs qui tambourinaient à la porte. Il s'était levé et était sorti de la pièce, pour revenir poussé par deux des types qui étaient au café plus tôt dans la soirée. Une dizaine d'individus les accompagnait. Ronan eut peur que l'un d'entre eux décide de baisser le volet roulant, mais la horde était focalisée sur sa victime et elle n'esquissa pas le moindre mouvement vers la baie vitrée. Le lynchage dura plus de cinq minutes. André Thomas se retrouva bousculé entre les hommes qui l'encerclaient. À force de coups, il finit par chuter lourdement sur le sol, où il fut accueilli par une avalanche de coups de pied. Ronan craignit un moment qu'ils ne le tuent tellement leur haine chargée de vinasse semblait inextinguible, mais sur un geste de leur meneur les coups cessèrent brusquement. L'un des frères de Patrick Chesnin se pencha sur la masse inerte qui gisait devant lui. Il se releva aussitôt pour lui asséner un dernier coup de pied et faire signe aux autres que la curée était terminée. La pièce se vida aussi soudainement qu'elle s'était emplie. Le silence retomba autour de la maison, quand le bruit des moteurs des voitures qui repartaient vers Férel s'estompa dans la nuit déjà bien avancée.

Ronan sortit de son affût et contourna la bâtisse. Il n'essaya pas d'y pénétrer par la baie vitrée de peur qu'elle soit verrouillée de l'intérieur et que sa victime ne l'aperçoive. Il ne pouvait risquer que Thomas, s'il en était encore capable, ferme la porte d'entrée, ce que les lyncheurs n'avaient bien évidemment pas pris la peine de faire. Ronan s'en chargea, donna un tour de clé et s'avança dans le salon guidé par les gémissements de l'assassin. Il avait l'homme à ses pieds quand il sentit le vibreur de son téléphone dans la poche de son pantalon.

Chapitre 37

Ronan sortit le téléphone pour voir s'afficher le prénom de Claire. Il ne décrocha pas. Il fixa les yeux ouverts au milieu du visage tuméfié de l'homme qui était à ses pieds. Il n'était pas médecin, mais il était facile de comprendre que même s'il était conscient, il était dans un sale état et avait besoin de soins très rapidement. Ronan lui demanda simplement s'il l'entendait et reçut un clignement d'œil en guise de réponse. Il allait enchaîner, quand son téléphone vibra à nouveau. Le texto qui venait d'arriver était de Claire : « Je ne pouvais pas dormir. Je suis devant chez toi, tu es où ? »

Ce n'était pas prévu, mais puisqu'elle était là, il était peut-être temps pour elle de profiter aussi de sa vengeance. Pour cela, elle devait vaincre les réticences qu'elle avait exprimées lorsqu'il lui avait exposé son plan pour en finir avec son beau-père.

Il appuya sur la touche d'appel et n'eut pas à attendre deux sonneries pour entendre la voix de celle qu'il aimait.

— Alors, tu es où ?

— Chez lui !

— Comment ça, chez lui ?

— Chez lui. C'est presque réglé.

— …

— Tu peux venir si tu veux être là et qu'il te voie au dernier moment.

— …

— Tu n'auras qu'à regarder. Le travail est déjà aux trois quarts fait de toute façon, insista Ronan. Passe par en bas, je t'attends derrière la baie vitrée.

— J'arrive.

Ronan entrouvrit la porte de verre et guetta le bruit des pas de Claire. Elle ne tarda pas et il verrouilla derrière elle.

— Alors ? l'interrogea-t-elle.

— Ces abrutis de chasseurs l'ont salement amoché, commença Ronan, je doute fort qu'il s'en sorte.

— Il est où ?

— Viens, dit-il en lui prenant la main et l'attirant dans le salon.

La jeune femme resta silencieuse devant la masse déformée qui se trouvait à même le sol. Elle crut voir dans ses yeux une lueur de surprise, qui la laissa penser qu'il l'avait reconnue. Elle examina son beau-père avec l'œil de l'infirmière et le diagnostic tomba :

— Il a de nombreuses fractures et au moins une hémorragie interne. On fait quoi ?

— Toi, rien. Moi, je vais lui raconter une histoire et j'abrégerai ses souffrances. Je ne peux pas prendre le risque qu'il survive et aille dire qu'il nous a vus cette nuit. Tu peux retourner m'attendre à la maison, si tu préfères.

— Non, je reste.

— Comme tu veux, conclut Ronan.

Alors, Ronan commença son récit à quelques dizaines de centimètres du visage de Thomas. Son amour pour Amélie, ce matin où elle devait venir le rejoindre et où elle n'était jamais arrivée, les recherches après sa disparition, les semaines à devenir fou, l'abandon des recherches, le désespoir puis la fuite. Il continua avec son oncle qui lui avait raconté ce qu'il s'était vraiment passé ce jour de juillet 2003. Le mourant avait compris dès que le prénom d'Amélie avait été prononcé. Ronan avait pu voir dans ses yeux comme une étincelle, un éclair rapidement effacé par la colère. Il poursuivit néanmoins et relata comment il avait préparé son plan, comment il l'avait mis à exécution en faisant toujours attention à ce que lui, André Thomas, n'ait pas d'alibi au moment des meurtres. Il détailla ensuite pourquoi il avait laissé chez lui et sur ses bateaux des éléments qui l'incriminaient. Il passa rapidement sur les premiers morts et s'attarda sur Nicolas Alliot et l'attentat. Se tournant vers Claire, il la désigna de la main en appuyant sur ses mots :

— Et figure-toi que pour te mettre tout ça sur le dos, j'ai eu l'aide d'une autre de tes victimes. Ta belle-fille, celle sur qui tu as assouvi tes bas instincts de pédophile avant de l'exiler loin de sa mère et sa sœur. Elle aussi, c'est un peu sa vengeance aujourd'hui.

Ronan se pencha vers l'oreille du moribond. Il murmura pour que Claire ne l'entende pas :

— Tu as bien compris que toutes ces mises en scène n'avaient pas vraiment pour but de te faire aller en prison, n'est-ce pas ?

Un gargouillis sortit de la bouche de son beau-père. Claire sursauta.

— Qu'est-ce que tu lui as dit ?

— Juste qu'il allait mourir, la rassura Ronan en posant sa main sur son bras. Il ne peut plus te faire de mal, ne t'inquiète pas !

— Je sais, mais je n'aime pas ça.

— Il est préférable que tu ailles m'attendre chez moi. Repars par où tu es venue, dit-il en faisant glisser la baie vitrée.

Claire en avait assez vu et elle se dépêcha de s'échapper dans la nuit. Ronan referma derrière elle.

Il reprit son monologue :

— Voilà, ce n'est plus que toi et moi maintenant. Je savais que les gendarmes finiraient par te relâcher, que la confession de mon oncle ne suffirait pas pour t'envoyer derrière les barreaux. Je ne pouvais rien faire de plus pour te faire suspecter dans les morts et disparitions de tes potes chasseurs, donc je n'ai pas été surpris par ta sortie. Je l'attendais, même si je dois dire que je pensais qu'ils te garderaient plus longtemps. J'avoue que j'ai pris beaucoup de plaisir à manipuler tes amis canardeurs du dimanche. Je ne croyais pas que ce serait aussi facile, mais leur réputation de bas du plafond n'était pas usurpée. C'est marrant comme les gens se retournent contre toi quand ils comprennent que tu n'es pas vraiment des leurs. Tu sais, lorsqu'ils comprennent que pendant des années tu les as écrasés, humiliés et que désormais tu ne peux plus leur faire de mal. Je m'imaginais en convaincre deux ou trois de venir te faire la peau, mais ils étaient plus de dix. Qu'est-ce que tu dis de ça ? Eh bien moi, je crois que tu ne seras pas regretté dans le coin. Je ne te demande pas si tu as quelque chose à dire pour ta défense. Tu es indéfendable, impardonnable. Mais arrêtons là, il est temps d'en finir.

Ronan se pencha sur l'agent immobilier, qui ne pouvait bouger. Il regarda une dernière fois par la vitre pour être sûr que Claire n'était plus là. Il mit sa main sur la bouche de sa victime et lui pinça le nez. L'homme paralysé ne lutta pas. Les quelques soubresauts nerveux qui l'agitèrent disparurent très vite, pour céder la place à une immobilité qui s'étendait bien au-delà de son corps. Ronan était resté agenouillé au-dessus de lui et ne bougea pas pendant de longues minutes. Il se releva enfin et après avoir vérifié qu'il n'oubliait rien de compromettant derrière lui, il se dirigea vers le couloir.

Il laissa la porte d'entrée entrouverte en s'en allant et

regagna sa maison par les bois en bords de Vilaine comme il était venu. Claire l'attendait sur la terrasse. La nuit n'avait plus que quelques heures à vivre, mais ni l'un ni l'autre ne ressentait l'envie de dormir. Claire n'arrivait pas à savoir si le silence qui les accompagna un long moment était dicté par l'obscurité qui les enveloppait, ou par l'énormité de ce qu'ils venaient de partager. Elle avait pris la main de son amant et s'était lovée contre lui.

— Tu es soulagé ? murmura-t-elle.

— Même pas. Toutes ces années à attendre, puis ces mois à me préparer pour ce moment et je ne ressens rien. Aucune satisfaction, aucun dégoût, juste de la lassitude.

— Tu as toujours eu l'intention de le tuer, n'est-ce pas ?

— Sincèrement, je ne sais pas. Peut-être que oui ? Peut-être que si tu m'avais demandé de l'épargner, je l'aurais fait.

— Ne dis pas ça ! Je vais penser que c'est uniquement à cause de moi qu'il est mort, dit Claire en se détachant de lui.

— Mais non, ce n'est pas ce que j'ai voulu dire, tu le sais bien. De toute façon, il serait décédé des suites des blessures que ces *salauds* de chasseurs lui ont infligées. Finalement, j'ai fait preuve de compassion.

— Arrête ! Il est mort, un point c'est tout, ne cherchons pas des excuses ou des motifs de ne pas nous sentir responsables. Nous le sommes et nous devrons vivre avec. Je sais que ça ne me posera pas de problème de conscience et il ne faut pas que tu en aies non plus, ajouta-t-elle en revenant vers lui.

— Il n'y a pas de risque de ce côté-là, dit-il, son visage tourné vers elle.

Il attira ses lèvres contre les siennes.

Les deux amants n'en étaient encore qu'au prélude de leurs étreintes quand le jour commença à percer à travers les volets de la chambre. Leurs mains, leurs lèvres et leurs langues ne semblaient jamais devoir finir d'explorer l'autre. C'était comme si les moments qu'ils venaient de vivre les poussaient dans cette quête d'une osmose que seule la communion totale de leurs corps pouvait leur procurer. Ils retardaient sans cesse l'inévitable climax et prolongeaient ces heures où le monde autour d'eux n'était plus qu'un décor dont l'unique raison d'être était de leur servir d'écrin. À plusieurs reprises, elle avait voulu l'attirer en elle pour ne plus le relâcher. Il l'avait tendrement détournée pour aller découvrir de nouvelles contrées et l'amener toujours plus loin dans cet état d'abandon que, quelques mois plus tôt, elle pensait ne jamais pouvoir connaître. À son tour, il avait tenté de s'immiscer en elle, mais elle s'était soustraite à son étreinte pour mieux l'enrober de ses lèvres et le mener jusqu'au point où elle le sentait prêt à se répandre. Elle le libérait alors pour aller chercher une autre gourmandise. Quand enfin leurs enveloppes charnelles ne purent attendre plus longtemps, elle s'assit sur lui pour l'absorber. D'ondulation en ondulation, elle se laissa aller jusqu'à ce que sa sève l'inonde. Ils restèrent de longs moments soudés et ce ne fut qu'à regret qu'elle se dégagea pour venir se lover contre son torse. Ni l'un ni l'autre ne brisa le silence confortable qui s'était installé dans la chambre. Ce ne fut que lorsqu'il entendit le bruit régulier de la respiration de sa compagne que Ronan la rejoignit dans le sommeil.

Chapitre 38

Virginie ouvrit la porte de son appartement et leur fit signe d'entrer. Brigitte Cormier était assise dans le canapé. Elle se leva quand elle vit ses deux filles et l'ami de l'aînée se diriger vers elle.

— Alors ça y est, c'est le grand départ ! dit-elle d'une voix chargée d'émotion.

— Oui, le grand départ. Un taxi va nous emmener à l'aéroport très tôt et demain à cette heure-ci nous serons à Dakar, répondit Claire.

— C'est loin, fut la seule parole que les lèvres de sa mère articulèrent avant que les larmes ne s'emparent de sa frêle personne.

Claire la serra contre elle et pour la consoler, lui assura que ce n'était qu'à quelques heures d'avion, qu'elle reviendrait souvent et qu'elle pouvait aussi venir lui rendre visite au Sénégal. Ça lui changerait les idées, après tout ce qu'il s'était passé ces derniers mois. Elle ajouta :

— Mais maintenant, nous sommes là pour boire et manger. Alors, on le commence cet apéro ?

Deux mois s'étaient écoulés depuis la découverte du corps de son mari dans leur maison. À ceux qui disaient dans son dos que la veuve ne semblait pas vraiment éplorée, elle n'opposait que des regards méprisants et le plus religieux des dédains. Depuis bien longtemps, elle n'aimait plus l'homme dont elle était devenue la veuve. Sa mort, aussi horrible fût-elle, avait été comme une délivrance. Elle allait pouvoir se donner encore plus à son seul maître, celui qui ne l'étouffait pas, ne la maltraitait pas et n'était pas un danger pour ses filles. Elle avait déjà pardonné aux pauvres pécheurs qui avaient massacré André et secrètement, elle espérait que leurs condamnations ne seraient pas trop lourdes.

Les gendarmes avaient été alertés par Henry Dobson, qui s'inquiétait de ne pas voir rentrer son épouse, partie depuis plus de trois heures chez André Thomas. Mue par ce qu'elle considérait comme une légitime curiosité, la vieille bique n'avait pu s'empêcher d'aller prendre des nouvelles de son voisin, qu'elle savait revenu après plusieurs jours de garde à vue. Les pandores la retrouvèrent allongée devant la porte du salon et en conclurent que la pauvre femme n'avait pas supporté de découvrir son deuxième cadavre en si peu de temps. Elle avait été victime d'un infarctus, qui malheureusement pour elle, avait été fatal. Plus que le corps de l'Anglaise, c'est celui du principal suspect dans l'affaire la plus marquante de toute l'histoire du canton qui retint l'attention des enquêteurs. Il ne leur fallut pas longtemps pour procéder aux premières arrestations. Jeff, le patron du *Café des Sports*, raconta la soirée précédente et le départ de la milice avinée dans la nuit pour aller « s'occuper du marchand de parpaings ». Les interrogatoires furent vite expédiés. Les dégénérés, dont certains traînaient encore dans leur sillage les remugles du mauvais alcool qu'ils avaient ingurgité la veille, commencèrent par nier en bloc. L'un d'entre eux avait fini par reconnaître qu'ils avaient rossé l'agent immobilier, mais qu'il était toujours vivant quand ils étaient partis. La solidarité que l'on aurait pu espérer entre les chasseurs vola alors très vite en éclats. Les uns se dépêchèrent d'accuser les autres pour finalement se serrer les coudes et désigner comme coupables ceux qui à leur sens avaient donné le plus de coups, et à tout le moins les coups de poing et de pied qui avaient été fatals. Ils paieraient pour tout le monde. Le premier était le frère d'un des types qu'il pensait avoir été tué par leur victime. Piraud, qui avait décidé de boucler l'affaire et toutes celles qui y étaient liées, ne chercha pas plus loin. Il avait envoyé les deux boucs émissaires devant le juge d'instruction, qui leur avait signifié leur mise en examen et leur incarcération immédiate. Après des années de prédation, il ne faisait aucun doute que les deux benêts allaient devenir les proies de délinquants beaucoup plus endurcis qu'eux.

Les morts des chasseurs survenues au premier trimestre 2019 restèrent classées comme deux accidents, un suicide et une crise cardiaque. La disparition de Nicolas Alliot fut imputée à André Thomas, qui n'était plus là pour se défendre. Les éléments qu'avaient les gendarmes le désignaient comme seul possible coupable. L'absence d'autre piste pour l'attentat et les preuves recueillies chez le suspect et dans son téléphone en faisaient aussi le meilleur candidat pour en endosser la responsabilité et permettaient de refermer le dossier. L'affaire commençait à faire regretter aux notables locaux le coup de projecteur qui avait été mis sur leur région, alors qu'ils avaient pourtant largement alimenté les journaux dans un premier temps. Tout le monde se satisfit donc que toutes les histoires sordides qui ternissaient l'image du pays de Basse-Vilaine soient résolues et que les coupables soient hors d'état de nuire. Virginie avait pendant quelque temps espéré que de nouvelles avancées viendraient tempérer l'implication de son père, mais elle se résigna devant l'évidence. Les sous-entendus de son capitaine sur les torts que son entêtement pourrait causer à sa carrière contribuèrent largement à la faire passer à autre chose.

L'apéritif et le repas s'étaient déroulés dans une bonne humeur toute relative. La piété de Brigitte Cormier et les signes de croix qu'elle faisait dès que ce qu'elle considérait comme un blasphème était prononcé avaient fini par éteindre les sourires des plus jeunes. Ils ne furent donc pas fâchés quand elle se leva de table et annonça qu'elle allait se coucher. Après avoir longuement serré Claire dans ses bras et tapoté la main de Ronan, elle s'enfuit plus qu'elle ne disparut dans la chambre de Virginie, qu'elle squattait. Sa maison était déjà vendue à des Anglais qui n'avaient que faire de ce qu'il s'y était passé. Ils avaient surtout voulu profiter d'une bonne affaire. La pharmacienne comptait bien rester chez sa fille les quelques semaines qui la séparaient de la signature de la vente définitive. Elle escomptait ensuite trouver une place dans un couvent afin de tirer un trait sur ce monde qui ne lui avait apporté que des contrariétés. Claire et Virginie soupirèrent en entendant la mélopée qui parvenait de la pièce où elle s'était enfermée. Elles quittèrent la table pour se vautrer, l'une dans le canapé où Ronan la rejoignit, l'autre dans le fauteuil où elle sortit le tabac à rouler, les feuilles de papier à cigarettes et la barrette qu'elle avait mise au fond de sa poche avant que ses invités n'arrivent. Claire fit un signe de tête vers la chambre, comme pour s'inquiéter de la présence de sa mère.

— Elle ne va rien sentir ?

— Elle est déjà partie dans son monde. Ça se produit de plus en plus vite en fait, mais il n'y a rien à faire, elle est heureuse comme ça. Elle t'a dit qu'elle voulait finir sa vie dans un couvent ?

— Oui, elle m'a dit, répondit Claire. Quelle idée à la *con* !

— Si ça lui va, ce n'est pas plus mal, elle aura moins loin pour aller à l'église, répliqua sa cadette en riant.

— Et toi Virginie, c'est quoi ton programme après ? interrogea Ronan.

— Partir, et vite ! J'ai fait une demande de mutation et j'ai de bons espoirs que ça marche cette fois-ci.

— Où ça ? s'enquit Claire.

— Lille !

— Lille ? Tu ne rêvais pas de Paris ? objecta Ronan.

— Si, mais en attendant, c'est déjà ça. C'est au moins une vraie ville pour patienter jusqu'à Paname.

— On compte sur toi pour venir nous voir à Dakar, et pas dans des années, le plus vite possible, glissa Claire.

— Ne crois pas que tu vas te débarrasser de moi aussi facilement, sœurette. Tu risques de regretter ton invitation…

— Ça m'étonnerait ! On t'attend, conclut sa sœur.

Le joint circulait, tandis qu'ils devisaient de leurs avenirs. Ronan ramena la conversation vers les affaires.

— Toutes les enquêtes sont closes depuis la mort de ton père du coup ?

— Non, pas celle de l'attentat. Disons qu'elle est à l'arrêt. Piraud est reparti d'où il était venu et le capitaine Rideau ne nous met pas une pression dingue pour chercher de nouvelles pistes. La thèse de l'attentat terroriste a été définitivement écartée et tout le monde semble se satisfaire de la possible culpabilité de mon père. La région a été suffisamment exposée et les pontes trouvent commode de tout mettre sur son dos.

— Tu n'as pas l'air convaincue ? répondit Claire.

— Que je le sois ou pas, cela n'a plus d'importance, tout cela est derrière nous. S'il y avait un autre tueur dans les parages et qu'il a terminé ce qu'il avait à faire, il peut dormir tranquille ! lâcha-t-elle en regardant fixement Ronan.

Remerciements

Je souhaite tout d'abord remercier les membres du jury du Grand Prix Femme Actuelle d'avoir sélectionné *Requiem pour un chasseur* et de l'avoir récompensé. Je suis particulièrement honoré d'être le Coup de Cœur de Françoise Bourdin, la présidente de ce jury. C'est un peu comme si une bonne fée s'était penchée sur le berceau de *Requiem pour un chasseur*.

Un grand merci aussi à Lupin Daignault et Stéphane Baudry, mes deux primo-lecteurs, qui par leurs remarques et suggestions m'ont permis d'améliorer le contenu des pages que vous venez de lire.

Je remercie également Jocelyne Barbas de l'Esprit Livre pour son aide et ses conseils à mes débuts, et tout ce que cela m'a apporté pour l'écriture de *Requiem pour un chasseur*. Il ne serait pas ce qu'il est sans le bout de chemin que nous avons parcouru ensemble.

Merci à mon épouse Katrien pour sa patience et son soutien inconditionnel, ainsi qu'à Océane et Nils, nos deux pépites, pour leurs encouragements. Je leur dédie ce roman.

Merci aux Nouveaux Auteurs, pour la confiance qu'ils m'accordent et la chance qu'ils me donnent de pouvoir partager *Requiem pour un chasseur* avec le plus grand nombre. N'est-ce pas après tout le souhait de tout auteur ?

Enfin et surtout, un grand merci à vous tous, lectrices et lecteurs, d'avoir parcouru ces pages. Vos encouragements sont le plus puissant des moteurs.

Hervé Belliot

Né en 1967 à Guérande, Hervé Belliot, a travaillé de nombreuses années à écumer l'Afrique pour différentes ONG françaises, et vit actuellement à Dakar au Sénégal, où il se consacre à l'écriture et au coaching d'auteur. *Requiem pour un chasseur* est son 1er roman.

Couverture :
© Silas Manhood / Trevillion Images

Ligne graphique : Séverine Morizet

Conception graphique de la couverture : IGS-CP à L'Isle-d'Espagnac (16)

Studio Fabrication : Flora Bellanger

Responsable Développement : Vesna Veljkovic

Composition : IGS-CP à L'Isle-d'Espagnac (16)

Impression :

CPI
BRODARD & TAUPIN

pour le compte des Éditions

NOUVEAUX AUTEURS

Dépôt légal : mai 2022 – N° d'impression : 3047194

Tous droits réservés. Toute reproduction, même partielle, de cet ouvrage est interdite sans l'autorisation écrite de l'éditeur. Une copie ou une reproduction par quelque procédé que ce soit constitue une contrefaçon passible des peines prévues par la loi sur la protection du droit d'auteur.

Depuis 2009, Prisma Media met en place une politique d'achat écoresponsable. Ainsi, une majorité du papier de nos magazines est certifié (gestion durable des forêts). La fabrication des livres des Éditions Prisma s'inscrit également dans cette démarche.

Cet ouvrage a été imprimé en France sur un papier composé de fibres naturelles, recyclables, et fabriqué à partir de bois provenant de forêts plantées et cultivées pour la fabrication de pâte à papier.

FSC www.fsc.org MIXTE Papier issu de sources responsables FSC® C108412